한밤중에 개에게 일어난 의문의 사건

THE CURIOUS INCIDENT OF THE DOG IN THE NIGHT-TIME
by Mark Haddon

THE CURIOUS
INCIDENT
OF THE DOG
IN THE NIGHT-TIME

한밤중에
개에게
일어난
의문의 사건

MARK HADDON

마크 해던 지음
유은영 옮김

문학수첩 리틀북

이 책을
소스에게 바칩니다.

아울러 캐서린 헤이먼, 클레어 알렉산더,
케이트 쇼, 그리고 데이브 코헨에게 감사드립니다.

■ 일러두기

지하철 로고, 건물 구조, 노선 운행표 등은 런던 철도청(Transport for London)의 승인을 받아 실었음을 밝힌다. 쿠오니 광고 또한 쿠오니 광고 회사(Kuoni Advertising)의 허락을 얻어 인용했다. A레벨 수학 문제는 OCR의 허가를 얻어서 실었다. 다른 내용도 판권 소유자의 출처를 밝히려 고 가능한 노력했다. 그래도 실수나 누락된 내용이 있다면 다음 개정판에 서 수정할 수 있도록 지적해 주기 바란다.

2

지금은 밤 12시 7분. 개 한 마리가 시어즈 부인의 집 앞 잔디 한가운데 드러누워 있다. 눈은 감겨 있다. 꿈에서 고양이라도 쫓는지 달음질하는 자세 그대로 옆으로 누워 있다. 그러나 개는 달리는 것도, 잠자고 있는 것도 아니었다. 개는 죽어 있었다. 개의 몸 밖으로 정원에서 쓰는 쇠스랑이 삐죽이 나와 있었다. 쇠스랑 끝은 개의 몸 전체를 관통해서 땅에 꽂혀 있는 듯했다. 쇠스랑이 꼿꼿이 서 있었기 때문이다. 개는 아마도 쇠스랑에 찔려 죽은 것 같았다. 개에게서 다른 상처는 보이지 않았다. 개가 다른 이유로 죽은 다음에—가령 병에 걸려 죽거나 도로에서 사고로 죽은 다음에—쇠스랑으로 다시 찔렸을 것 같지는 않았다. 그러나 그 점에 대해서도 확신할 수는 없다.

나는 닫혀 있는 시어즈 부인의 집 대문을 열었다. 그러고는 그 집 잔디 위로 걸어가 개 옆에 쭈그리고 앉았다. 나는 개의 콧등을 만져보았다. 아직 따뜻했다.

개의 이름은 웰링턴이다. 우리와 친구처럼 지내는 시어즈 부인의 개다. 부인은 길 건너편에 살고 있다. 그 집 왼쪽으로는 집 두 채가 더 있다.

웰링턴은 푸들의 일종이었다. 털이 북슬북슬한 작은 푸들이 아니라 큰 푸들이다. 곱슬곱슬한 검은색 털을 갖고 있지만, 가까이 가서 보면 털 밑의 피부가 닭처럼 엷은 노란색이다.

나는 웰링턴을 한 번 쓰다듬었다. 누가 이 개를 죽였는지, 왜 죽였는지 궁금했다.

3

내 이름은 크리스토퍼 존 프랜시스 부운이다. 나는 세계의 모든 나라들과 그 나라들의 수도들을 알고 있고, 7507까지의 모든 소수(1과 그 자신으로만 나누어지는 수 : 역주)를 기억하고 있다.

내가 처음 시오반 선생님을 만났을 때, 선생님은 내게 이 그림을 보여 주었다.

나는 이 그림이 '슬픔'을 나타낸다는 걸 알았고, 이것은 내가 그 죽은 개를 발견했을 때 느낀 바로 그 기분이었다.

시오반 선생님은 내게 이런 그림도 보여 주었다.

이 그림은 '기쁨' 을 나타내는 것으로, 내가 아폴로 우주선의 특별한 비행을 읽었을 때 받은 느낌과 같은 것이었다. 또한 새벽 3시 혹은 4시에 깨어, 마치 내가 전 세계에서 유일한 사람인 양 길 이곳저곳을 산책할 때의 느낌과 같은 것이었다.

시오반 선생님은 또 다른 여러 그림들을 보여 주었다.

그러나 나는 이 그림들이 무엇을 나타내는지 알 수 없었다.

나는 시오반 선생님에게 이 얼굴들을 그리고, 그것들이 정확히 어떤 의미인지 그 그림 옆에 적어 달라고 했다. 나는 주머니에 그 종잇조각을 넣고 다니며, 어떤 사람이 말하는 것이 이해되지 않을 때면 그 종이를 꺼냈다. 그러나 사람들의 얼굴은 아주 빨리 움직이기 때문에 그들의 얼굴 모습이 그 그림들 중 어느 것과 닮았는지 판단하는 일은 매우 어려웠다.

내가 이렇게 하고 있다고 시오반 선생님에게 말했을 때, 선생님은 연필과 다른 종이를 꺼내어, 그렇게 하면 아마도 사람들은 이렇게 느낄 것이라며 아래 그림을 그려 주었다.

그리고 선생님은 웃었다. 그래서 나는 처음에 시오반 선생님이 그려 주었던 종잇조각을 찢어서 멀리 던져 버렸다. 그러자 시오반 선생님은 내게 사과했다. 이제 나는 사람들이 말하는 내용을 알지 못할 때, 그들에게 그것이 무슨 의미인지 물어보거나 아니면 그냥 가 버린다.

5

나는 개에게 꽂혀 있던 쇠스랑을 뽑고, 개를 들어 품에 안았다. 쇠스랑을 뽑아 낸 자리에서는 피가 흘러 나왔다.

나는 개를 좋아한다. 당신도 개가 생각할 줄 안다는 사실을 알고 있을 것이다. 개는 네 가지 감정을 가지고 있다. 기쁨, 슬픔, 괴로움, 집중력. 또 개들은 충성스럽다. 그리고 개는 말을 할 수 없기 때문에 절대로 거짓말을 하지 않는다.

나는 4분 정도 개를 꼭 안아 주었다. 그때 나는 비명 소리를 들었다. 고개를 들자, 시어즈 부인이 테라스에서 내 쪽으로 달려오는 것이 보였다. 부인은 잠옷을 입고 그 위에 코트를 걸치고 있었다. 발톱에는 밝은 분홍색이 칠해져 있었는데, 신발도 신지 않고 달려오는 중이었다.

부인은 소리를 질렀다.

"도대체 어떤 놈이 내 개를 그 지경으로 만든 거야?"

나는 내게 소리 지르는 사람을 좋아하지 않는다. 나를 치거나 건드릴까 봐 무섭기도 하지만 무슨 일이 일어날지 예측할 수 없기 때문이다.

"그 개를 내려놔. 빌어먹을! 그 망할 놈에게서 떨어져."

시어즈 부인은 고래고래 소리를 질렀다.

나는 개를 잔디밭에 내려놓고, 2미터 뒤로 물러났다.

부인은 몸을 구부렸다. 나는 부인이 개를 들어올릴 것이라고 생각했지만, 그렇게 하지 않았다. 아마도 피가 많이 난 것을 알아채고, 옷을 더럽히고 싶지 않은 것 같았다. 대신 다시 울부짖기 시작했다.

나는 손으로 귀를 막고, 눈을 감고, 몸을 앞으로 숙여, 잔디 위로 이마가 닿도록 몸을 둥글게 구부렸다. 젖은 잔디는 차가웠다. 나는 그 느낌이 좋았다.

7

이 책은 살해 사건을 다룬 추리 소설이다.

시오반 선생님은 읽고 싶은 내용을 스스로 써 보라고 말해 주었다. 나는 대체로 과학과 수학에 관한 책을 많이 읽는다. 나는 순수소설을 좋아하지 않는다. 순수소설에서 사람들은 다음과 같이 말한다.

"나는 광맥처럼 철과 은, 그리고 흔히 보는 토양으로 구성되어 있다. 나는 어떤 자극에도 흔들리지 않는 사람들처럼 굳세게 주먹을 쥘 수가 없다."

(언젠가 엄마가 나를 시내에 데려갔을 때, 그곳 도서관에서 이 책을

발견했다.)

이것이 무슨 의미일까? 나는 모르겠다. 아빠도 모른다고 했다. 시오반 선생님과 지본스 선생님에게도 물어보았지만 모른다고 했다.

시오반 선생님은 금발의 긴 머리를 내려뜨리고, 초록색 플라스틱 안경을 쓰고 있다. 그리고 지본스 선생님은 늘 비누 냄새가 나고, 대략 60여 개의 작고 동그란 구멍이 뚫린 갈색 구두를 신고 있다.

나는 살인 사건을 다룬 추리소설을 좋아한다. 그래서 살해 사건을 다룬 추리소설을 쓰고 있다.

살인 사건을 다룬 추리소설에는 살인자와 그들을 잡으려는 사람이 등장한다. 그것은 퍼즐과 같다. 만약 그것이 잘 만들어진 퍼즐이라면, 당신은 가끔은 소설이 끝나기 전에 답을 풀 수가 있다.

시오반 선생님은 사람들의 관심을 끌 수 있는 내용으로 책을 시작해야 한다고 말해 주었다. 그래서 나는 개 이야기로 시작했다. 개 이야기라면 내게도 일어났던 일이다. 내게 일어나지도 않은 일을 상상하기란 어렵기 때문이다.

시오반 선생님은 첫 페이지를 읽은 후, 달리 써 보는 게 좋겠다고 말했다. 선생님은 첫 번째 손가락과 두 번째 손가락으로 따옴표를 만들어 살인 사건이라는 말을 그 따옴표 안에 집어넣었다. 선생님이 살인 사건을 다룬 추리소설은 대개 사람이 죽는 것이라고 말하기에 나는 『배스커빌의 사냥개』에서는 개 두 마리가 죽었다고 대답했다. 그 소설에서는 사냥개와 제임스 모티머의 스패니얼(귀가 축 처지고 털이 긴 애완용 개 : 역주)이 죽었다.

그러나 시오반 선생님은, 그 책에 나오는 살인 사건의 희생자는 그 개들이 아니라 찰스 배스커빌 경이라고 말했다. 독자들이 개보다는 사람에 대해 더 관심을 갖기 때문에, 사람이 죽어야 독자들이 계속 책을 읽고 싶어 한다는 말도 덧붙였다.

나는 실제로 일어난 일을 쓰고 싶지만, 죽은 사람은 알아도 살해된 사람은 모른다고 대답했다. 에드워드의 아버지 폴슨 씨는 글라이더 사고로 죽었지 살해된 것은 아니며, 사실 나는 그를 잘 알지도 못한다. 나는 또한 개들이 충성스럽고 정직하기 때문에 관심이 더 많이 간다고 말했다. 어떤 개들은 사람보다 더 영리하고 더 재미있다. 가령 목요일마다 학교에 오는 스티브는 음식 먹을 때 다른 사람의 도움이 필요하고, 막대기를 물어 올 수도 없다. 시오반 선생님은 이 사실을 스티브의 엄마에게 말하지 말라고 내게 당부했다.

11

그때 경찰이 도착했다. 나는 경찰이 좋다. 그들은 경찰복을 입고, 번호를 달고 있다. 당신은 그들이 무엇을 하려는지 알 것이다. 여자 경찰과 남자 경찰이었다. 여자 경찰은 왼쪽 타이즈의 발목 부분에 작은 구멍이 났고, 구멍 가운데는 빨간 생채기가 있었다. 남자 경찰의 구두 밑창에는 큼직한 오렌지색 나뭇잎이 삐져 나와 있었다.

여자 경찰이 시어즈 부인을 팔로 감싸안고, 집 뒤쪽으로 데리고 갔다. 내가 잔디에서 얼굴을 들자 남자 경찰은 내 옆에 쭈그리고 앉아서 말했다.

"얘, 여기서 무슨 일이 일어났는지 말해 줄 수 있겠니?"

나는 일어나 앉아서 말했다.

"개가 죽었어요."

"그건 나도 알아."

그가 말했다.

"제 생각에 누가 개를 죽인 것 같아요."

"너 몇 살이냐?"

그가 물었다.

"태어난 지 15년 3개월하고 2일 됐어요."

"그런데 넌 이 정원에서 정확히 뭘 하고 있었지?"

"저는 개를 안고 있었어요."

나는 대답했다.

"왜 개를 안고 있었지?"

어려운 질문이었다. 나는 그저 그러고 싶었을 뿐이다. 나는
개를 좋아한다. 그런데 개가 죽은 것을 보니 무척 슬펐다.

나는 경찰도 좋아한다. 그래서 적절하게 대답하고 싶었지만
경찰은 정확한 대답을 할 시간을 주지 않았다.

"너는 왜 개를 안고 있었지?"

경찰이 다시 물었다.

"저는 개를 좋아해요."

"네가 개를 죽였니?"

"저는 개를 죽이지 않았어요."

"이건 너의 집 쇠스랑이니?"

그가 물었다.

"아니요."

"너는 이번 일에 많이 놀란 것 같구나."

그는 너무 많은 질문을, 너무 빠르게 하고 있었다. 그 질문들은 내 머릿속에서 테리 삼촌이 일하는 빵공장의 빵처럼 쌓이고 있었다. 그 공장에서 삼촌은 빵을 얇게 써는 기계를 작동시키고 있다. 때때로 그 기계가 제대로 작동하지 않을 때가 있는데 그래도 빵은 계속 나와 쌓인다. 조사해 보면 막혀 있는 부분이 있다. 나는 가끔 내 마음이 기계 같다는 생각을 한다. 물론 언제나 빵 자르는 기계 같은 건 아니다. 하지만 내 마음이 빵 자르는 기계 같다고 생각하면 내 마음 상태를 다른 사람에게 설명하는 것이 더 쉬워진다.

경찰은 말했다.

"다시 한 번 묻겠는데……."

나는 잔디밭에 다시 웅크리고 앉아 땅에 이마를 대고는 아빠가 끙끙거린다고 말하는 그런 소리를 냈다. 나는 외부 세계에서 너무 많은 정보가 내 머릿속으로 들어올 때면 이런 소리를 낸다. 이것은 당신이 당황할 때 내는 소리, 혹은 라디오 소리가 귀에 거슬려서 두 개의 방송 사이에다 라디오를 맞출 때 나는 소리와 같다. 이렇게 하면 하얀 소음(해를 끼치지 않는 소음 : 역주)만을 들을 수 있고, 볼륨을 높이면 그 소리 덕분에 다른 것은 들을 수 없기 때문에 안전하다는 생각이 든다.

경찰은 내 팔을 잡고 나를 일으켜 세웠다.

나는 그가 내 몸에 손대는 게 싫었다.

그래서 나는 그를 때리고 말았다.

13

이 책은 재미있는 책은 아닐 것이다. 나는 농담을 이해하지 못하기 때문에 농담을 못한다.

다음 예는 아빠가 하던 농담 중 하나다.

그의 얼굴을 그렸거든(drawn), 그런데 커튼이 실제로 있었어.

나는 이것이 왜 재미있는지 이제는 알지만 그때는 몰라서 물어보았다. 'drawn'이 세 가지 의미를 가졌기 때문이란다. 즉 1) 연필로 그리다, 2) 지치다, 3) 창문 위로 드리우다. 첫 번째 의미는 얼굴과 커튼 둘 다에 해당된다. 두 번째 의미는 단지 얼굴 표정에만 해당되고, 세 번째 의미는 커튼에 대해서만 쓰일 수 있는 표현이다.

만약 내가 농담을 하려고 애쓰면서 말을 만들게 되면, 동시에 세 가지의 다른 의미를 갖는 단어를 써야 한다. 그것은 세 개의 음악 작품을 동시에 듣는 것과 같다. 그것은 언짢고, 혼란스러우며, 하얀 소음처럼 편안하지도 않다. 이것은 세 사람이 당신에게 동시에 각각 다른 말을 하는 것과 같다.

그래서 나는 이 책에 농담을 쓰지 않았다.

17

경찰은 잠시 말 없이 나를 보았다.

"너를 경찰을 때린 죄목으로 체포하겠다."

그의 이 말은 텔레비전이나 영화에서 경찰이 흔히 하던 것이라서 나는 오히려 편안한 마음이 들었다.

"좋게 말할 때, 차 뒷좌석으로 들어가 앉아. 다시 한 번 그런 바보 같은 짓을 하면, 똥도 누지 못하게 만들 테다. 나, 이 누더기 같은 옷 벗어 버리면 그만이야. 무슨 말인지 알아듣겠어?"

나는 대문 밖에 주차되어 있는 경찰차로 걸어갔다. 그는 뒷문을 열었고, 나는 차 안으로 들어갔다. 운전석에 올라탄 그는 아직 안에 있는 여자 경찰에게 무전기로 말했다.

"케이트, 어린놈이 지금 나한테 걸렸어. 얘를 경찰서에 데려다 놓고 올 동안, 시어즈 부인과 이야기 나누고 있겠어? 토니에게 협조 요청해서 함께 데리러 올게."

"알겠습니다. 나중에 뵙죠."

그녀가 대답하자 경찰은 "좋아." 하고 말한 뒤 나와 함께 떠났다.

경찰차 안에서는 달구어진 플라스틱 냄새와 면도 후에 바르는 로션과 감자 칩 냄새가 났다.

시내로 가는 길에 나는 하늘을 쳐다보았다. 맑은 밤하늘이어서 은하수를 볼 수 있었다.

어떤 사람들은 은하수가 별들이 길게 줄지어 있는 거라고 생각한다. 그러나 그렇지 않다. 우리의 은하계는 엄청난 별들로 이루어진 거대한 원반 모양으로, 지름이 십만 광년이나 되며 태양계는 그 원반 가장자리 어딘가에 위치해 있다.

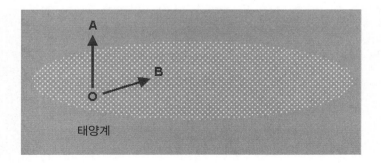

이 원반에서 90도 A방향으로 바라보면, 별들을 그다지 많이 볼 수 없다. 그러나 B방향으로 바라보면, 훨씬 더 많은 별들을 볼 수 있는데 이것은 은하계의 중요한 몸통 부분을 보게 되기 때문이다. 은하계는 원반 모양이어서 줄지어 늘어선 별들을 볼 수 있는 것이다.

우주에는 수십억의 별들이 있고, 어느 방향으로 쳐다보든 별들이 가득한데도 밤하늘은 어둡다. 이 사실 때문에 과학자들은 얼마나 오랫동안 머리를 짜냈을까? 빛이 지구에 도달하는 것을 막는 게 거의 없기 때문에 하늘은 별빛으로 환하게 밝아야 할 텐데 말이다.

우주는 팽창하고 있고, 별들은 모두 빅뱅 이후에 서로 급격하게 멀어져 간다. 별들이 우리에게서 멀리 떨어져 있을수록 그 별들은 더 빨리 움직이고, 어떤 별은 거의 빛의 속도만큼 빨리 움직여서 그 빛이 우리에게까지 도달할 수 없는 경우도 있다.

나는 이런 사실을 좋아한다. 머리 위에 펼쳐진 밤하늘을 바라보며 아무에게도 묻지 않고 혼자 마음속에서 이런 사실을 떠올릴 수 있다는 건 멋진 일이다.

우주의 폭발이 끝나면 모든 별들이 공중에 던져진 공처럼 속도를 늦추고 잠시 정지해 있다가, 다시 우주의 중심부로 떨어지기 시작할 것이다. 그렇게 되면 별들이 모두 우리를 향해 움직이고 점차 더 빨라지기 때문에, 우리가 세상에서 별들을 보는 것을 막을 것은 아무것도 없게 될 것이고, 우리는 세상이 곧 끝나리라는 사실을 알게 될 것이다. 왜냐하면 우리가 밤하늘을 올려다보았을 때 더 이상 어둠은 없을 테니까. 단지 떨어져 내리는 수십 억의 밝은 빛만을 보게 될 것이다.

지구에는 더 이상 사람이 남아 있지 않을 것이므로, 그 광경을 아무도 볼 수 없다는 것이 안타까울 뿐이다. 별들은 아마도 바로 그때에 가서야 명확해질 것이다. 그리고 살아 있는 사람이 있다 할지라도, 그들은 그것을 보지 못할 것이다. 왜냐하면 빛은 아주 밝고 뜨거워서 사람들이 타 죽을 테니까. 동굴 속에 살아도 상황은 마찬가지다.

19

  책을 나누는 장은 자연수로, 그러니까 1, 2, 3, 4, 5, 6…… 이런 순서로 나간다. 그러나 나는 이 책의 장들을 소수인 2, 3, 5, 7, 11, 13 등으로 붙여 나갈 것이다. 왜냐하면 나는 소수를 좋아하니까.

  내가 소수를 어떻게 찾아냈는지 그 방법을 알려 주겠다.

  우선 세상에 존재하는 모든 숫자를 써 보자.

1	2	3	4	5	6	7	8	9	10
11	12	13	14	15	16	17	18	19	20
21	22	23	24	25	26	27	28	29	30
31	32	33	34	35	36	37	38	39	40
41	42	43	44	45	46	47	48	49	등

그러고는 먼저 2의 배수를 모두 지운다. 다음에 3의 배수도 지운다. 그리고 4의 배수, 5의 배수, 6의 배수, 7의 배수 등 계속 배수를 지운다. 그리고 남는 수가 소수이다.

	2	3		5		7			
11		13				17		19	
		23						29	
31						37			
41		43				47			등

소수를 찾는 규칙은 아주 단순하다. 그러나 지금까지도 아주 큰 어떤 숫자가 소수인지 아닌지, 또는 다음에 어떤 소수가 올 것인지에 대해 공식을 만들어 알려 준 사람은 없었다. 만약 어떤 숫자가 정말로, 정말로 크다면, 그것이 소수인지 알아보는 데 컴퓨터로도 여러 해가 걸릴 것이다.

소수는 문서 코드로도 유용하다. 미국에서 소수는 군대 자료를 분류할 때에도 쓰인다. 만약 당신이 100자리가 넘는 소수를 찾았다면 CIA에 알려야 할 것이다. 그러면 그들은 만 달러를 주고 살 것이다. 하지만 이 방법은 먹고 살기에 좋은 방법은 아닌 것 같다.

소수는 모든 규칙들을 지우고 났을 때 남는 수다. 나는 소수가 인생과 같다고 생각한다. 소수들은 매우 논리적이지만, 당신이 한평생 생각하더라도 소수가 만들어지는 규칙은 결코 알아낼 수 없다.

23

내가 경찰서에 도착하자, 그들은 내 신발에서 끈을 풀고 주머니에 있는 것을 모두 책상 위에 꺼내 놓으라고 했다. 경우에 따라 내가 스스로 목숨을 끊거나, 도망가거나, 경찰을 공격할 수 있는 것을 모두 없애기 위해서라고 했다.

책상 뒤에 앉아 있는 경사는 손에 털이 아주 많았고, 손톱을 너무 많이 물어뜯어서 피가 맺혀 있었다.

내 주머니에 있던 것은 다음과 같다.

1. 스위스제 군용 칼 : 부속물이 13개나 되는, 철로 된 껍질 벗기는 도구. 톱, 이쑤시개, 핀셋 등이 달려 있다.
2. 끈 한 묶음.

3. 다음과 같이 생긴 나무 퍼즐 한 도막.

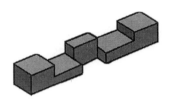

4. 애완용 쥐 토비에게 줄 먹이. 알약처럼 생긴 것 3개.

5. 1파운드 47펜스(1파운드 동전과 20펜스 동전, 10펜스 동전 2개, 5
   펜스 동전, 그리고 2펜스 동전).

6. 빨간색 클립 한 개.

7. 현관 열쇠.

나는 시계도 차고 있었는데 그들은 그것도 풀어 책상 위에 놓
으라고 했다. 나는 시계를 계속 차고 있어야 몇 시인지 정확히
알 수 있다고 말했다. 그들은 내 손목에서 시계를 억지로 풀려
고 하다가 내가 소리를 지르는 걸 듣고야 계속 차고 있어도 좋다
고 했다.

그들은 내게 가족이 있는지 물었다. 나는 그렇다고 대답했다.
그들은 가족이 누구누구인지 물었다. 나는 아빠가 있고, 엄마는

돌아가셨다고 말했다. 또한 아빠의 동생 테리 삼촌도 있는데 지금은 선덜랜드에 살고, 친가 외가 조부모님 중 세 분은 돌아가셨고, 노인성 치매를 앓고 있는 버튼 할머니만 집에 계신다고 말했다. 그 할머니는 내가 텔레비전에 나오는 사람이라고 생각한다.

그들은 아빠의 전화번호를 물었다.

나는 그들에게 아빠의 전화번호 두 개를 알려 주며 하나는 집 전화이고 하나는 휴대폰 번호라고 말해 주었다.

경찰서의 구치소는 그런대로 마음에 들었다. 그곳은 완벽에 가까운 정육면체로, 가로 2미터, 세로 2미터, 높이 2미터였다. 부피는 대략 8세제곱미터였다. 창살이 달린 작은 창문이 있고 반대편에 금속 문이 있었다. 이 문 아래에는 식판을 넣어 주는 길고 얇은 구멍문이 있었고, 위에는 경찰이 죄수가 도망가거나 자해하지는 않았는지 볼 수 있는 미닫이문이 달려 있었다. 또한 다치지 않도록 푹신한 천이 깔려 있는 긴 의자가 있었다.

내가 소설 속의 주인공이라면 어떻게 도망갈지 생각해 보았다. 그러나 내가 가진 것이라고는 옷과 끈 없는 신발밖에 없어서 탈출은 어려울 듯싶었다.

가장 좋은 계획은, 햇빛이 비치기를 기다렸다가 내 안경으로 옷의 한 부분에 햇빛을 모아 불을 내는 것이라고 생각됐다. 그들이 연기를 보고 나를 감옥에서 꺼내는 순간 도망가야 할 것이다. 만약 그들이 연기 나는 걸 알아채지 못하면 옷에 오줌을 누고 나서 사람들을 부를 수도 있다.

시어즈 부인이 내가 웰링턴을 죽였다고 말했는지 궁금했다. 시어즈 부인이 거짓말한 걸 경찰이 알게 되면 부인은 감옥에 가야 할 것이다. 다른 사람에 대해 거짓말하는 것은 명예훼손죄에 해당하기 때문이다.

29

나는 사람들이 왜 당황하는지 안다.

두 가지 중요한 이유가 있다.

첫 번째는 사람들이 입으로 말하지 않으면서도 너무 많은 말을 하기 때문이다. 시오반 선생님은 한쪽 눈썹을 올리는 것만으로도 많은 의미를 표현할 수 있다고 했다. 즉 '나는 당신과 자고 싶어요.'가 될 수도 있고, '나는 당신이 말한 것이 아주 어리석다고 생각해요.'라는 뜻이 될 수도 있다는 것이다.

시오반 선생님은 이렇게도 말했다. 만약 당신이 입을 다물고 코로 크게 숨을 내쉰다면, 그것은 긴장을 풀고 있거나 지루해한다는 뜻이거나 화가 났다는 뜻이 될 수 있다. 이런 모든 것은 당신의 코에서 얼마나 많은 공기가 얼마나 빨리 나오는지, 그렇게 할 때 당신의 입 모양이 어떤지, 당신이 어떻게 앉아 있는지, 그리고 조금 전에 무슨 이야기를 했는지 등등 수백 가지 상황에 따라 의미가 달라진다고 한다. 이것들은 너무 복잡해서 몇 초 내에 알아내기 어렵다.

사람들이 당황하는 두 번째 이유는 사람들이 종종 은유를 써서 말하기 때문이다. 다음은 은유의 예들이다.

웃겨서 배꼽이 다 빠졌다.

그는 그녀의 보물이었다.

그들은 마음속에 비밀금고를 갖고 있었다.

우리는 돈벼락을 맞았다.

개는 죽어 돌이 되어 있었다.

은유라는 말은 어떤 사물을 한 영역에서 다른 영역으로 옮기는 것을 의미한다. 그것은 그리스 단어인 $\mu\epsilon\tau\alpha$('한 공간에서 다른 공간으로'를 의미)와 $\varphi\epsilon\rho\epsilon\iota\nu$('옮기다'를 의미)에서 온 말이며, 존재하지 않는 것을 묘사할 때 사용한다. 그렇다면 은유라는 단어조차도 그저 은유일 뿐이다.

나는 그것을 거짓말이라 불러야 한다고 생각한다. 왜냐하면 돈은 벼락이 아니고, 사람들의 마음속에는 금고가 없기 때문이다. 그리고 위의 문장을 머릿속으로 그려 보려고 애쓸수록 나는 더욱 혼란스러워진다. 왜냐하면 어떤 사람을 보물이라고 착각하는 것은 사람을 좋아한다는 것과 아무 상관이 없고, 그래서 무슨 이야기를 하고 있는지 잊어버리게 만들기 때문이다.

내 이름도 일종의 은유다. 그것은 '그리스도를 전한다'는 의미로, 그리스어인 χριστος('예수 그리스도'를 의미)과 ψερειν('옮기다'라는 의미)에서 온 말이다. 이것은 원래 성 크리스토퍼에게 주어진 이름이다. 그는 예수 그리스도를 강 건너로 안내했기 때문이다.

그가 그리스도를 강 건너로 안내하기 전에는 사람들이 그를 무엇이라 불렀는지 궁금해진다. 그러나 그는 다른 이름으로 불리지 않았다. 이것은 외경(성경의 편집 과정에서 제외된 문서들 : 역주)에 전해진 이야기이기 때문이다. 외경 역시 거짓말이다.

엄마는 크리스토퍼가 좋은 이름이라고 말하곤 했다. 그것은 친절하고 남을 잘 돕는 사람에 관한 이야기였기 때문이다. 그러나 나는 내 이름이 친절하고 남을 잘 돕는다는 의미라는 것이 좋지 않다. 나는 그저 내 이름이 '있는 그대로'의 나를 의미하기만 바랄 뿐이다.

31

새벽 1시 12분에 아빠가 경찰서에 도착했다. 하지만 나는 1시 28분이 되어서야 아빠를 만났다. 그러나 나는 아빠의 목소리를 듣고 아빠가 온 것을 알 수 있었다.

아빠는 소리를 질렀다. "아들을 만나고 싶소.", "도대체 왜 내 아들을 이 지옥 같은 곳에 가두어 놓은 거요?", "물론이죠. 엄청나게 화가 납니다." 등의 소리가 들렸다.

그때 나는 경찰이 아빠에게 진정하라고 말하는 것을 들었다. 한동안 아무 소리도 들리지 않았다.

새벽 1시 28분에 경찰이 와서 구치소 문을 열어 주며 나를 만나려는 사람이 있다고 말했다.

나는 밖으로 걸어 나왔다. 아빠는 복도에 서 있었다. 아빠는 오른손을 들고 손가락을 부채처럼 쫙 폈다. 나는 왼손을 들고 손가락을 부채처럼 쫙 폈다. 우리는 엄지손가락을 맞대며 손을 맞부딪쳤다. 우리가 이렇게 하는 이유는 가끔 아빠는 나를 안아 주고 싶어 하지만, 나는 안기는 걸 싫어하기 때문이다. 이건 아빠가 나를 사랑한다는 뜻이다.

이때 경찰이 복도 아래의 다른 방으로 따라오라고 우리에게 말했다. 방에는 탁자와 세 개의 의자가 있었다. 그는 우리에게 탁자 앞에 앉으라고 말하고 자신은 맞은편에 앉았다. 탁자 위에는 녹음기가 있었다. 그래서 나는 내가 심문당하는 것인지, 그리고 그 내용을 녹음할 것인지 물었다.

"그럴 필요가 있는지 모르겠구나."

그는 이렇게 대답했다.

그는 검사관이었다. 나는 확신한다. 그가 경찰복을 입고 있지 않았기 때문이다. 또한 그는 코털이 많았다. 그것은 마치 콧구멍에 아주 작은 생쥐 두 마리가 숨어 있는 것처럼 보였다. 이것은 은유가 아니라 직유다. 이는 진짜로 그의 콧구멍에 두 마리의 작은 생쥐가 숨어 있는 것처럼 보였음을 의미한다. 콧구멍에 두 마리의 작은 생쥐가 숨어 있는 남자의 얼굴을 생각해 보라. 그러면 당신은 조사관 경찰이 어떤 모습이었는지 알 수 있을 것이다. 그리고 직유는 거짓말이 아니다. 그것이 나쁜 직유가 아니라면 말이다.

"내가 아빠에게 상황을 말씀드렸더니, 네가 경찰을 때리려고 한 것이 아니라고 하시더구나."

나는 그의 말이 질문이 아니라서 아무 대답도 하지 않았다.

"그런데 너는 경찰을 때리려고 했니?"

그가 물었다.

"네."

그는 얼굴을 찌푸렸다.

"하지만 넌 경찰을 해칠 의도는 없었지?"

나는 생각을 해 본 다음 대답했다.

"그래요. 경찰을 때리려고 한 건 아니에요. 전 단지 제 몸을 만지지 못하게 하고 싶었어요."

"너도 알겠지만, 경찰을 때리는 건 나쁜 짓이야. 그렇지?"

"그래요."

내 대답에 그는 잠시 조용히 있다가 물었다.

"크리스토퍼, 네가 개를 죽였니?"

"저는 개를 죽이지 않았어요."

"경찰에게 거짓말하는 게 나쁜 일인 줄은 알지? 그리고 네가 그렇게 하면 문제가 아주 커진다는 것도 알겠지?"

"네."

"그럼, 너는 누가 개를 죽였는지 아니?"

"아뇨."

"진실을 말하고 있는 거니?"

"네, 저는 언제나 진실을 말해요."

나는 대답했다.

"좋다. 네게 '주의'를 주도록 하마."

"증명서 같은 종이를 가지고 다녀야 하는 건가요?"

"아니. '주의'란 우리가 네가 한 일을 기록해 두겠다는 의미란다. 네가 경찰을 때린 것이 사고일 뿐, 경찰을 해치려고 한 건 아니었다는 내용 말이다."

그는 대답했다.

"하지만 그건 사고가 아니었어요."

그러자 아빠가 말했다.

"크리스토퍼, 제발 가만히 있어."

경찰은 입을 다물더니 코로 크게 숨을 내쉬고는 말했다.

"만약 네가 문제를 또 일으키면 우리는 이 기록을 꺼내어 네가 '주의'를 받았다는 사실을 확인하게 되고, 그러면 우리는 문제를 더 심각하게 다루게 될 거야. 내가 하는 말 알아듣겠니?"

나는 이해한다고 말했다.

그러자 그는 우리에게 가도 좋다고 말했다. 그는 일어나서 문

을 열어 주었고, 우리는 복도로 걸어 나와 현관의 탁자 있는 곳
으로 가서 내 스위스제 군용 칼과 끈 한 묶음과 나무 퍼즐, 토비
의 먹이 세 알, 1파운드 47펜스, 클립, 현관 열쇠 등을 집었다.
모두 작은 비닐봉지에 들어 있었다. 우리는 바깥에 세워져 있는
아빠 차를 타고 집으로 돌아갔다.

37

　나는 거짓말을 하지 않는다. 엄마는 내가 착하기 때문이라고 말하곤 했다. 그러나 그것은 내가 착하기 때문이 아니라, 거짓말을 못하기 때문이다.

　엄마는 키가 작은 편이고, 늘 좋은 냄새가 났다. 엄마는 가끔 지퍼가 달린 분홍색 옷, 그러니까 안감 왼쪽에 베르그하우스라는 작은 라벨이 붙은 털가죽 옷을 입었다.

　일어나지 않은 일을 일어났다고 말하면, 그것이 거짓말이다. 그러나 특별한 시간에 특별한 장소에서 일어난 것은 오직 한 가지뿐이다. 그리고 그때 그 장소에서 일어나지 않았던 수많은 일들이 있다. 따라서 일어나지 않았던 일에 대해 생각한다면, 나는 일어나지 않았던 다른 모든 일들에 대한 생각도 해야 한다.

가령, 오늘 아침에 시리얼과 딸기 셰이크를 먹었다고 하자. 그런데 내가 시리얼과 홍차를 마셨다(그러나 나는 시리얼과 홍차를 먹지 않는다. 둘 다 갈색이기 때문이다)고 말한다면, 나는 코코 팝스와 레모네이드와 포리지와 닥터페퍼에 대해서도 생각해야 하고, 내가 이집트에서 아침을 먹지 않았다는 것, 방에는 코뿔소가 없다는 사실, 그리고 아빠는 수영복을 입고 있지 않았다는 생각까지도 해야 한다.

심지어 이렇게 쓰는 것조차도 나를 어지럽게 하고 두렵게 만든다. 마치 내가 아주 높다란 빌딩 꼭대기에 서 있고 내 밑으로 수천 개의 집들과 차들과 사람들이 있을 때처럼 느껴진다. 내 머릿속이 이런 온갖 일들로 가득 차면 나는 내가 똑바로 서 있는 것을 잊어버릴까 봐 두렵고, 레일에 매달려 있는 것 같아 떨어져 죽을까 봐 무섭다.

내가 순수소설을 좋아하지 않는 이유는 바로 이런 이유 때문이기도 하다. 왜냐하면 그것들은 일어나지 않았던 일들에 대한 거짓말들이고, 나를 어지럽고 두렵게 만들기 때문이다.

따라서 내가 여기서 쓴 모든 것은 사실이다.

41

집으로 오는 길에 올려다본 하늘에는 구름이 많았다. 그래서 나는 은하수를 볼 수 없었다.

나는 죄송하다고 말했다. 아빠가 경찰서에 와야 했던 것은 그리 좋은 일이 아니었기 때문이다.

아빠는 괜찮다고 말했다.

"저는 개를 죽이지 않았어요."

"알아."

그리고 아빠가 말을 이었다.

"크리스토퍼, 말썽거리에 말려들지 마. 알았지?"

"그게 말썽이 될지 몰랐어요. 저는 웰링턴이 좋아요. 그래서 인사하러 갔던 거예요. 하지만 누군가 개를 죽였다는 건 몰랐어요."

"남의 일에 코 박지 마라."

나는 아빠의 말을 듣고 잠시 생각하고 나서 이렇게 말했다.

"저는 누가 웰링턴을 죽였는지 알아낼 거예요."

"크리스토퍼, 너, 아빠가 하는 말을 듣기나 한 거니?"

"네, 아빠가 말씀하신 것 다 들었어요. 하지만 누군가 살해됐다면 누가 그랬는지 찾아내야 하잖아요. 그래서 그들이 처벌받도록 해야 하잖아요."

"죽은 건 개야. 단지 개라고."

아빠는 말했다.

"개도 중요하다고 생각해요."

나는 대답했다.

"내버려 둬."

"경찰이 과연 개를 죽인 사람을 찾아서 벌을 줄까요?"

그때 아빠가 주먹으로 운전대를 쾅 치는 바람에 차가 흔들리며 도로의 중앙선을 살짝 넘어갔다. 아빠는 소리를 질렀다.

"아빠가 분명히 말했지? 내버려 두라고!"

소리를 지르는 것으로 보아 아빠는 화가 난 것 같았다. 나는 아빠를 화나게 하고 싶지 않아서 집에 도착할 때까지 아무 말도 하지 않았다.

우리는 현관문을 열고 안으로 들어갔다. 나는 주방으로 가서 토비에게 줄 당근을 가지고 위층으로 올라갔다. 내 방문을 닫은 다음 토비를 우리에서 나오게 해서 당근을 주었다. 그리고 컴퓨터를 켜고 '지뢰 찾기' 게임을 했다. 나는 102초간 전문가 버전을 했는데, 99초 동안은 잘했지만, 3초 동안은 그렇지 못했다.

새벽 2시 7분, 나는 이를 닦고 잠자리에 들기 전에 오렌지 주스를 마시고 싶어졌다. 나는 계단을 내려가 주방으로 갔다. 아빠는 소파에 앉아 위스키를 마시며 텔레비전에서 스누커(흰 큐볼 하나로 21개의 공을 포켓에 떨어뜨리는 당구 : 역주)를 보고 있었다. 아빠의 눈에서는 눈물이 흐르고 있었다.

"아빠도 웰링턴 때문에 슬프세요?"

내가 묻자 아빠는 오랫동안 나를 쳐다보더니 코로 공기를 들이마셨다. 그러고는 말했다.

"그래, 크리스토퍼, 너는 그렇게 말할 수 있겠지. 너야 그렇게 말하는 게 당연하겠지."

나는 아빠를 혼자 내버려 두는 것이 좋겠다고 생각했다. 왜냐하면 나는 슬플 때 혼자 있고 싶기 때문이다. 그래서 나는 아무 말도 하지 않았다. 그냥 주방으로 가서 오렌지 주스를 만들어 위층 내 방으로 갔다.

43

엄마는 2년 전에 세상을 떠났다.

어느 날 학교에서 돌아와 보니 문을 열어 주는 사람이 아무도 없었다. 그래서 나는 주방 문 뒤에 있는 화분 아래에서 비밀 열쇠를 찾아 문을 열었다. 집에 들어간 나는 내가 만들던 '에어픽스 셔먼' 모형 탱크를 계속해서 만들었다.

한 시간 반이 지나서야 아빠가 퇴근해서 집에 왔다. 개인 사업을 하고 있는 아빠는 로드리라는 직원과 함께 난방 보수 및 보일러 수리를 한다. 아빠는 내 방문을 노크한 뒤 문을 열고는 엄마가 어디 있는지 물었다.

내가 엄마를 보지 못했다고 말하자, 아빠는 아래층으로 내려가 몇 군데 전화를 하기 시작했다. 아빠가 말하는 소리는 들리지 않았다.

그리고 다시 내 방으로 왔다. 아빠는 잠시 나가야만 하는데 시간이 얼마나 걸릴지는 모르겠다며 일이 있으면 휴대폰으로 전화하라고 말했다.

아빠는 2시간 반쯤 있다가 돌아왔다. 아빠가 돌아왔을 때 나는 아래층에 있었다. 아빠는 주방에 앉아서 유리창을 통해 정원 아래에 있는 연못과 물결 모양의 철제 울타리와 저 멀리 노르망디식 성처럼 보이는 맨스테드 거리의 교회 탑 꼭대기를 멍하니 바라보고 있었다.

"네가 한동안 엄마를 보지 못하게 되어 걱정이구나."

아빠는 나를 쳐다보지도 않고 이렇게 말했다. 아빠는 줄곧 창 밖을 쳐다보고 있었다.

사람들은 대개 말하면서 상대방을 쳐다본다. 상대방이 무슨 생각을 하는지 알아내려는 것이다. 그러나 나는 사람들이 무슨 생각을 하는지 알 수 없다. 그것은 첩보 영화에서 한 면만 보여 주는 거울이 있는 방에 있는 것과 같다.

"왜요?"

내 물음에 아빠는 한참 만에 대답했다.

"엄마는 병원에 있어야 하거든."

"우리가 병원에 가면 안 돼요?"

내가 물었다. 나는 병원을 좋아했다. 나는 흰 유니폼과 기계가 좋다.

"안 돼."

아빠가 말했다.

"왜요?"

"엄마는 휴식이 필요해. 엄마는 혼자 있어야 해."

"정신병원에 계신가요?"

그러자 아빠가 말했다.

"아니, 보통 병원이야. 엄마에게 문제가 있어. ……심장에 병이 생겼거든."

"우리가 엄마에게 먹을 걸 갖다드려야 하잖아요."

내가 말했다.

나는 병원 음식이 썩 좋지 않다고 알고 있었다. 학교 친구인 데이비드는 병원에서 종아리 힘줄을 늘이는 수술을 한 적이 있다. 수술이 잘되어 그는 제대로 걸을 수 있게 되었다. 데이비드는 병원 음식을 싫어해서 엄마가 매일 음식을 가져다주었다고 말했다.

아빠는 다시 오래 뜸을 들이다가 말했다.

"네가 학교에 가 있을 때, 아빠가 엄마에게 음식을 갖다주마. 의사 선생님이 엄마에게 전해 주도록 할게. 됐지?"

"그렇지만 아빠는 요리를 못하잖아요?"

아빠는 손으로 얼굴을 감싸며 말했다.

"크리스토퍼, 아빠가 '마크 앤 스펜서'에서 음식을 사다 줄게. 엄마는 그 집 음식을 좋아해."

나는 엄마의 회복을 비는 카드를 만들겠다고 말했다. 그 카드는 병원에 있는 사람에게 필요한 것이기 때문이다.

아빠는 다음 날 그것을 가져가겠다고 말했다.

47

다음 날 아침 학교로 가는 버스 안에서, 나는 4대의 빨간 자동차가 줄지어 지나가는 것을 보았다. 이것은 '좋은 날'을 의미한다. 그래서 나는 웰링턴에 대해 슬퍼하지 않기로 했다.

한 번은 학교의 심리치료사인 지본스 선생님이 내게 물었다. 줄지어 가는 4대의 빨간 자동차가 왜 '좋은 날'을 뜻하고, 줄지어 가는 3대의 빨간 자동차는 왜 '아주 좋은 날'이 되며, 또 줄지어 가는 5대의 빨간 자동차는 왜 '특별히 좋은 날'이 되는지, 그리고 줄지어 가는 4대의 노란 자동차는 왜 '운이 없는 날'을 뜻하는지 물었다. 나는 이 불길한 날에는 누구에게든 말 한 마디하지 않고 앉아서 책만 읽으며 점심도 먹지 않는다. 그러면 위험이 없다. 지본스 선생님은 내가 매우 논리적인 아이인데, 그렇게 논리적이지 않은 생각을 하다니 의아하다고 말했다.

나는 질서 정연한 것을 좋아한다고 말했다. 그리고 질서 정연하기 위한 한 가지 방법은 논리적이어야 한다. 특히 숫자를 다루거나 논쟁을 벌이는 경우엔 더욱 그렇다. 하지만 일에 질서를 매기는 데는 논리적이지 않은 다른 방법도 있다. 내가 좋은 날과 운이 없는 날을 구분하는 것은 바로 이 두 번째 방법이다. 그래서 나는 그것은 아침에 일터로 가기 위해 집에서 나왔을 때 태양이 빛나는 것을 보면 기분이 좋아지고, 비가 오는 걸 보게 되면 우울해지는 것과 같다고 말했다. 다른 것은 오직 날씨뿐이다. 사람들이 사무실에서 일할 때 사실 날씨는 그들에게 좋은 날을 만들거나 또는 운이 없는 날을 만드는 데 아무런 영향도 끼치지 않는다.

아빠는 아침에 잠자리에서 일어나면 언제나 바지를 입고 나서 양말을 신는다. 그것은 논리적이지는 않지만 아빠는 늘 그렇게 해 왔다. 아빠는 그런 순서대로 옷 입기를 좋아하기 때문이다. 또 아빠는 위층에 올라갈 때 언제나 오른발로 시작해서 한 번에 두 계단씩 올라간다.

지본스 선생님은 내가 매우 영리한 아이라고 말했다.

나는 영리하지 않다고 말했다. 나는 단지 일들이 어떤 과정으로 진행되는지 관찰한 것뿐이지 영리한 것은 아니다. 그건 단지 관찰의 결과일 뿐이다. 영리하다는 것은 일들을 어떻게 처리하는지, 그리고 새로운 일을 위해 어떤 증거를 적용하는지 할 때 나타나는 것이다. 우주가 어떻게 팽창되는지 알아낸다거나, 또는 누가 살인을 저질렀는지 알아낸다거나 할 때 영리하다고 말할 수 있다. 또한 어떤 사람의 이름을 보고 나서 각 알파벳에 1에서 26까지의 값을 주고(a=1, b=2 등등) 머릿속으로 그 숫자를 더해서, 그 합계가 예수 그리스도(Jesus Crist; 151), 스쿠비 두(Scooby Doo; 113), 셜록 홈스(Sherlock Holmes; 163), 닥터 왓슨(Doctor Watson; 167)처럼 소수가 된다는 걸 발견한다면 이것 또한 영리하다는 증거다.

지본스 선생님은 내가 일들을 언제나 질서 있게 하면 안전하다고 느끼는지 물었고, 나는 그렇다고 대답했다.

그때 지본스 선생님은 내게 변화를 좋아하지 않느냐고 물었다. 그래서 나는 가령 우주비행사가 된다면, 그것은 내가 여자가 된다거나 죽는 것을 제외하고 상상할 수 있는 가장 큰 변화 중 하나이니까, 변화를 꺼리지 않겠다고 말했다.

지본스 선생님이 내게 우주비행사가 되고 싶냐고 묻기에 나는 그렇다고 대답했다. 그러자 선생님은 우주비행사가 되는 건 아주 어려운 일이라고 했다. 나도 안다고 대답했다. 우주비행사가 되려면 공군에서 장교가 되어야 하고, 많은 명령을 수행해야 하고, 다른 사람을 죽일 준비가 되어 있어야 한다. 나는 그 명령에 복종할 수 없다. 더구나 공군비행사가 될 만큼 시력이 좋지도 않다. 그러나 나는 일어나지 않는 일이라도 바랄 수는 있다고 말했다.

학교 친구 프랜시스의 형인 테리는 내가 커서 슈퍼마켓의 카트를 모아 두는 일을 하거나 동물 보호구역에서 당나귀 똥을 치우는 일을 하게 될 거라고 말했다. 수조 파운드나 되는 비싼 로켓을 바보에게 조종하도록 내버려 두지 않는다는 것이다. 내가 이 말을 아빠에게 했을 때, 아빠는 내가 더 똑똑하니까 테리가 질투가 나서 그렇게 말한 것이라고 했다. 생각해 보면 한심한 일이다. 우리는 서로 경쟁을 하고 있는 게 아니니까. 그러나 테리는 어리석다. '그렇게 그것은 증명되었다.' 는 라틴어 경구처럼 테리가 어리석다는 사실도 증명될 것이다.

나는 바보가 아니다. 즉 프랜시스처럼 아둔하지 않다는 말이다. 비록 내가 우주비행사가 되지 못할지라도, 나는 대학에 가서 수학이나 물리학, 아니면 물리학과 수학을 복수 전공할 것이다. 왜냐하면 나는 수학과 물리학을 좋아하는 데다 아주 잘하기 때문이다. 그러나 테리는 대학에 가지 못할 것이다. 아빠는 테리가 결국은 감옥에서 생을 마칠 것이라고 했다.

테리의 팔에는 하트 모양에 칼이 통과하는 문신이 있다.

이야기가 다른 데로 흘러갔다. 이제 다시 '좋은 날'에 대해 이야기하기로 하자.

그날이 '좋은 날'이었기 때문에 나는 누가 웰링턴을 죽였는지 찾아보려고 결심했다. '좋은 날'은 계획을 세우거나 전략을 짜기에 적당한 날이다.

내가 이 점을 시오반 선생님께 말했을 때, 선생님은 "오늘은 줄거리를 쓰는 날이니까, 웰링턴을 발견한 것과 경찰서에 간 것에 대하여 써 보자."라고 말했다.

그때가 바로 내가 이 책을 쓰기 시작했을 때였다.

시오반 선생님은 내가 쓴 글의 맞춤법과 문법을 봐 주고 주석을 다는 것을 도와주겠다고 했다.

53

엄마는 2주 후에 죽었다.

나는 엄마를 보러 병원에 가 본 적이 없었다. 하지만 아빠는 '마크 앤 스펜서'에서 많은 음식을 사다 날랐다. 아빠는 엄마가 좋아했으며, 병도 조금씩 낫는 것 같다고 말했다. 엄마는 내게 사랑을 듬뿍 전했으며, 침대 옆 탁자에 내가 보낸 카드를 놓아 두었다고 했다. 아빠는 엄마가 무척 좋아했다고 했다.

나는 카드 앞면에 아래처럼 자동차들을 그렸다.

나는 이 카드를 미술 담당인 피터스 선생님과 함께 라이노타이프 인쇄법을 응용해 만들었다. 내가 라이노타이프 조각에 그림을 그리면, 피터스 선생님이 스탠리 칼로 그림을 둥글게 자른다. 그런 다음 라이노 위에 잉크를 묻혀 종이 위에 찍으면 된다.

이렇게 해서 같은 모양의 차들이 여러 대 나타나는 것이다. 나는 차를 한 대만 그린 뒤 종이 위에 아홉 번 찍었다. 피터스 선생님의 아이디어였는데 나는 이것이 참 좋았다. 그리고 나는 차를 전부 빨간색으로 칠했다. 엄마에게 '아주 아주 좋은 날'을 만들어 주고 싶었기 때문이다.

아빠가 말했다. 엄마는 심장 발작으로 세상을 떠났고, 그것은 전혀 예상하지 못했던 일이었다고. 나는 놀라서 이렇게 물었다.

"어떤 종류의 심장 발작인데요?"

엄마는 아직 38세이고, 심장 발작은 보통 나이가 더 많은 사람들에게 일어나는 일이다. 게다가 엄마는 매우 활동적이었고, 자전거를 타고 다녔고, 건강에 좋고 섬유소가 많은 음식과 닭고

기처럼 포화지방이 적은 육류와 채소를 먹었다.

아빠는 엄마의 심장 발작이 어떤 종류인지 모르겠다며 지금은 그런 것에 대해 물을 때가 아니라고 했다. 나는 그것이 아마도 동맥류(혈관 속이 부풀어 약해진 부분 : 역주)인 것 같다고 말했다.

심장 발작은 심장의 어떤 근육에 피가 순환되지 않을 때 일어난다. 심장 발작에는 크게 두 가지 종류가 있다. 하나는 색전증이다. 이것은 심장의 근육으로 피를 순환시키는 혈관 중 하나를 핏덩어리가 막을 때 일어나는데 이것은 아스피린이나 생선을 먹어 예방할 수 있다. 에스키모인이 이런 심장 발작으로 죽지 않는 이유가 생선을 많이 먹기 때문이다. 생선이 피가 응고되는 것을 막아 주긴 하지만 심한 상처를 입으면 출혈 과다로 죽을 수도 있다.

또한 동맥류가 생겨 약해진 혈관이 파열되면 피가 심장 근육에 이르지 못해 심장 발작이 일어난다. 피가 새기 때문에 심장 근육까지 이르지 못하는 것이다. 동맥류가 있는 사람은 혈관에 약한 충격만 있어도 심장 발작을 일으킨다. 우리 동네 72번지에 살았던 하디스티 부인은 목 혈관에 약한 동맥류가 있었는데, 주차장에서 후진하면서 차를 주차시키기 위해 고개를 돌리다가 죽었다.

반면에 병원에 있을 때처럼 오랫동안 누워 있으면, 피는 훨씬 더 쉽게 덩어리져서 색전증이 일어날 수 있다.

"크리스토퍼, 미안하구나. 정말 미안해."

그러나 그건 아빠의 잘못이 아니었다.

그때 시어즈 부인이 왔고, 우리를 위해 저녁 식사를 차려 주었다. 샌들을 신은 시어즈 부인은 청바지와 티셔츠를 입고 있었다. 티셔츠에는 WINDSURF와 CORFU라고 박혀 있고, 윈드서핑하는 그림이 있었다.

"기운 내요, 에드. 시간이 지나면 우리 둘 다 나아질 거예요."

시어즈 부인은 소파에 앉아 있는 아빠 옆에 서서 아빠의 머리를 안고서 말했다. 그러고는 우리에게 토마토 소스로 양념한 스파게티를 만들어 주었다.

저녁 식사를 마친 뒤 시어즈 부인은 나와 함께 스크래블 게임을 했다. 내가 247대 134로 이겼다.

59

    아빠는 내게 다른 사람의 일에 상관하지 말라고 했지만, 나는 누가 웰링턴을 죽였는지 알아보기로 결심했다. 나는 언제나 남이 말한 대로 하지는 않는다. 왜냐하면 사람들이 남들에게 무엇을 하라고 말할 때, 그것은 대개 혼란을 줄 뿐 뜻을 제대로 전하지 못할 때가 많기 때문이다.

    가령 사람들은 종종 "조용히 해."라고 말한다. 그러나 얼마 동안 조용히 해야 하는지는 말하지 않는다. '잔디에 들어가지 마시오.' 라고 쓰인 팻말을 보자. 그러나 그것은 '그 팻말 주변에 있는 잔디에 들어가지 마시오.' 라는 것인지 '그 공원에 있는 모든 잔디에 들어가지 마시오.' 라는 것인지 알 수 없을 때가 많다. 왜냐하면 밟고 지나도 되는 잔디도 많으니까.

또 사람들은 늘 규칙을 깨뜨린다. 예를 들어 아빠는 시속 30마일로 달려야 하는 곳에서 항상 그 이상으로 달린다. 게다가 음주 운전을 하는가 하면 가끔은 안전띠를 매지 않는다. 성서는 '살인하지 마라'고 말한다. 그러나 십자군 전쟁과 두 번의 세계 전쟁과 걸프전이 있었고, 이런 전쟁에서 사람들을 죽인 기독교 인들이 많이 있다.

아빠가 "남의 일에 코박지 마라." 하고 말했을 때, 그 의미가 정확히 무엇인지 나는 잘 모르겠다. 아빠가 말하는 '남의 일'이 정확히 무엇을 의미하는 걸까? 나는 학교에서, 가게에서, 그리고 버스에서 다른 사람과 많은 일을 하고 있다. 더구나 아빠의 직업은 다른 사람의 집에 들어가서 보일러와 난방 설비를 설치하는 일이다. 그렇다면 이런 모든 일들은 '남의 일'이 아니란 말인가.

시오반 선생님은 분별력이 있다. 시오반 선생님은 내게 어떤 일을 하지 말라고 말할 때, 내가 하면 안 되는 것을 정확하게 말한다. 나는 그 점이 좋다.

예를 들어 시오반 선생님은 다음과 같이 말한 적이 있다.

"크리스토퍼, 너는 절대로 사라를 쿡쿡 찌르거나 때리지 마라. 사라가 너를 먼저 때리더라도 마찬가지야. 사라가 다시 너를 때리면 사라에게서 멀리 떨어져 서서 1부터 50까지 세도록 해. 그리고 내게 와서 그 아이가 한 일을 말해. 아니면 다른 선생님에게라도 그 아이가 한 일을 말해라."

혹은 이렇게 말한 적도 있었다.

"만약 네가 그네를 타고 싶은데 이미 아이들이 그네에 있다면, 너는 그들을 결코 밀어내서는 안 돼. 네가 타도 되는지 아이들에게 물어봐야 하고, 아이들이 다 탈 때까지 기다려야만 해."

그러나 사람들은 나에게는 하지 말라고 말하면서 자신들은 그 말대로 하지 않는다. 그래서 나는 해야 할 것과 하지 말아야 할 것을 스스로 결정하기로 했다.

그날 밤 나는 시어즈 부인의 집에 가서 문을 두드리고 부인이 나오길 기다렸다.

시어즈 부인이 문을 열었을 때, 부인은 찻잔을 들고 양가죽 슬리퍼를 신고 있었다. 텔레비전에서 퀴즈 프로그램이 나오고 있었고, 어떤 사람이 "베네수엘라의 수도는 어디입니까? 1) 마라카스, 2) 카라카스, 3) 보고타, 4) 조지타운……" 하고 말하는 것이 들리는 것으로 보아 부인은 퀴즈 프로그램을 보고 있었나 보다. 그 답이 카라카스라는 걸 나는 알고 있다.

시어즈 부인은 말했다.

"크리스토퍼, 내가 지금 너를 만나야 할지 정말 모르겠구나."

"저는 웰링턴을 죽이지 않았어요."

그러자 부인은 말했다.

"그럼 왜 여기 왔니?"

"제가 웰링턴을 죽이지 않았다고 말하고 싶었어요. 그리고 누가 개를 죽였는지 알아내고 싶어요."

시어즈 부인이 피우던 담뱃재가 거실 카펫 위로 조금 떨어졌지만, 그것은 재일 뿐이어서 카펫을 태우지는 않았다.

"누가 웰링턴을 죽였을까요?"

시어즈 부인은 내 말에 대답하지 않았다. 그러고는 그저 이렇게 말했다.

"잘 가라, 크리스토퍼."

그리고 문을 닫았다.

그때 나는 탐정 작업을 하기로 결심했다.

나는 시어즈 부인이 나를 보고 있다는 것과 내가 떠나기를 기다리고 있다는 걸 알았다. 부인이 불투명한 현관 유리문 맞은편 거실에 서 있는 것이 보였기 때문이다. 그래서 나는 통로로 내려가 정원 밖으로 나갔다. 그리고 뒤돌아서서 부인이 더 이상 거실에 서 있지 않은 것을 보았다. 아무도 나를 쳐다보는 사람이 없는 것을 확인한 뒤, 담을 넘어 마당으로 내려가 정원 뒤로 가서, 시어즈 부인이 정원 도구를 보관하고 있는 창고로 갔다.

창고는 맹꽁이자물쇠로 잠겨 있어서 안으로 들어갈 수가 없었다. 그래서 나는 창문 근처를 걸었다. 창문 안을 들여다보다가 운이 좋게도 웰링턴을 찔렀던 것 같은 쇠스랑을 볼 수 있었다. 그것은 창가 의자 옆에 기대어 있었고, 피가 지워져 있어 깨끗했다. 나는 또 다른 기구들도 볼 수 있었다. 너무 높아서 손이 닿지 않는 나뭇가지를 자르는 데 사용하는 손잡이가 긴 가위와 삽과 갈퀴가 있었다. 그것들은 모두 쇠스랑과 똑같은 초록색 플라스틱 손잡이가 있었다. 이는 쇠스랑이 시어즈 부인의 것이라는 뜻이다. 이런 물건들을 보면, 주의를 딴 데로 돌릴 수 있다. 즉 그것은 잘못된 결론을 내리도록 단서들을 제공하고 있었다. 단서처럼 보이지만 전혀 단서가 되지 못하는 것이다. 나는 시어즈 부인이 직접 웰링턴을 죽인 것이 아닌가 하는 생각을 했다. 그러나 시어즈 부인이 웰링턴을 죽였다면 왜 집에서 나오면서 "도대체 어떤 나쁜 놈이 내 개를 그 지경으로 만든 거야?"라고 소리를 질렀을까?

아마도 시어즈 부인이 죽인 것은 아닐 것이다. 그러나 누가 죽였든 시어즈 부인의 쇠스랑으로 죽인 것은 확실하다. 그리고 창고는 잠겨 있다. 이는 누군가가 시어즈 부인의 창고 열쇠를 가지고 있거나, 그때 부인이 창고를 잠그지 않았거나, 부인이 쇠스랑을 정원 주변에 놓아 두었다는 말이 된다.

나는 무언가 소리를 들었다. 돌아보니 시어즈 부인이 잔디밭에 서서 나를 쳐다보고 있었다.

"쇠스랑이 창고에 있는지 보러 왔어요."

내 말에 부인은 이렇게 말했다.

"지금 당장 가지 않으면, 다시 경찰을 부르겠다."

그래서 나는 집으로 갔다.

집에 도착했을 때, 나는 아빠에게 인사하고 위층으로 올라가 내 애완용 쥐 토비를 돌보았다. 뿌듯했다. 마치 내가 탐정이 된 듯한 기분이 들었고 여러 사실들을 발견했기 때문이다.

61

엄마가 죽었을 때 포브스 선생님은 엄마가 하늘나라에 간 거라고 말했다. 포브스 선생님은 나이가 많고, 하늘나라를 믿었다. 그리고 그 선생님은 보통 바지보다 훨씬 더 편하다면서 육상선수들이 입는 방한용 바지를 입고 있었다. 포브스 선생님의 한쪽 다리가 약간 짧은 것은 오토바이 사고 때문이라고 했다.

그러나 엄마는 하늘나라에 가지 않았다. 왜냐하면 하늘나라는 존재하지 않으니까.

피터스 선생님의 남편은 성공회의 피터스 신부님이다. 피터스 신부님은 가끔 학교에 와서 우리와 대화를 했는데, 내가 하늘나라가 어디에 있느냐고 물었을 때 신부님은 이렇게 말했다.

"하늘나라는 우리 우주에는 존재하지 않아. 그곳은 완전히 다른 종류의 장소란다."

피터스 신부님은 생각에 잠겨 있을 때면, 가끔 혀로 재미있게 똑딱거리는 소리를 냈다. 그리고 담배를 피우는 사람이라서 보통 숨쉴 때에도 담배 냄새가 났는데, 나는 그것이 싫었다.

나는 우주 밖에는 아무것도 없고, 또 다른 장소는 존재하지 않는다고 말했다. 만약 블랙홀을 통과해서 지나간다면 가능하겠지만. 그러나 블랙홀은 특이하게도 다른 쪽을 발견할 수 없다. 블랙홀의 중력은 너무 커서 빛과 같은 전자기 파동조차 뚫고 지나갈 수 없다. 전자기 파동은 아주 먼 곳에 있는 것에 대해서도 정보를 줄 수 있지만 블랙홀은 해당이 안 된다. 그리고 만약 하늘나라가 블랙홀의 반대편에 있다고 해도, 죽은 사람들이 그곳에 도착하려면 로켓에 불을 붙여 우주로 날아가야만 가능하다. 그러므로 하늘나라는 존재하지 않거나 사람들이 아직 발견하지 못했다.

나는 사람들이 천국을 믿는 이유가 죽음이라는 개념을 받아들이지 않기 때문이고, 생명을 연장하고 싶기 때문이며, 다른 사람이 자기가 살던 집에 이사 와서 자기 물건들을 버리는 것을 좋아하지 않기 때문이라고 생각한다.

피터스 신부님은 말했다.

"내가 하늘나라가 우주 밖에 있다고 말한 건, 내가 말하는 방

식일 뿐이야. 나는 그들이 하느님과 함께 있다는 의미로 말한
거란다."

"그럼 하느님은 어디에 계신데요?"

내가 물었을 때 피터스 신부님은 이렇게 대답했다.

"그 문제에 대해서는 다음 날 시간이 있을 때 다시 이야기하
자."

사람이 죽었을 때 실제로 일어나는 일은 뇌가 움직이지 않고
몸이 썩기 시작하는 것이다. 마치 우리가 죽은 토끼를 정원 모
퉁이의 땅에 묻을 때와 똑같은 현상이 일어나는 것이다. 그것의
분자는 다른 분자로 더 잘게 쪼개지고, 땅속에 들어가 벌레들에
게 먹히고, 식물의 자양분이 된다. 그리고 우리가 10년 후에 그
자리를 파 보면, 거기에는 뼈밖에 남아 있지 않으며, 1000년 후
에는 그 뼈조차 없어지게 된다. 그러나 그것이 꽃과 사과나무와
산사나무 숲의 일부분이 된다면, 그것 또한 아주 훌륭한 일이
아닌가.

하지만 사람이 죽으면 대개 관 속에 들어가는데, 이것은 그들
이 관의 나무가 썩기 전에는 아주 오래도록 땅과 섞이지 않는다
는 의미다.

그런데 우리는 엄마를 화장했다. 즉 엄마를 관 속에 넣어 태
우고, 재와 연기로 만들어 버린 것이다. 나는 엄마가 재가 되기

까지 무슨 일이 일어났는지 모르고, 거기에 대해 물어볼 수도 없었다. 엄마 장례식에 가지 못했기 때문이다. 그러나 연기는 굴뚝에서 나와 대기로 퍼졌을 것이다. 나는 이따금 하늘을 올려다보며 생각한다. 하늘에 엄마의 분자들이 떠다니고, 아프리카의 구름 위로, 혹은 남극지방, 혹은 브라질의 우림에 비가 되어 내려올 수도 있고, 어딘가에 눈이 되어 떨어질 수도 있다고.

67

　다음 날은 토요일이었다. 아빠가 나를 뱃놀이하는 곳이나 놀
이공원에 데리고 가지 않아서 나는 할 일이 거의 없었다. 영국
과 루마니아의 축구시합이 있었기 때문에 우리는 당연히 소풍
을 갈 수 없었다. 아빠가 텔레비전으로 중계되는 그 시합을 보
고 싶어 했기 때문이다. 그래서 나는 혼자 탐정 놀이를 하기로
결심했다.

　나는 우리 동네에 살고 있는 사람들을 방문해서, 혹시 웰링턴
을 죽이는 사람을 보았는지, 아니면 목요일 저녁 동네에 이상한
일이 일어난 것을 보았는지 물어보기로 결심했다.

　낯선 사람에게 말을 거는 일은 평소라면 있을 수 없는 일이
다. 나는 낯선 사람과 말하는 것을 좋아하지 않는다. 여기서 말

하는 낯선 사람이란 학교에서 가르쳐 준 것처럼 뭔가를 준다거나 차를 태워 준다고 데려가서 겁탈하는 식의 '위험한 낯선 사람' 이 아니다. 나는 그런 일은 걱정하지 않는다. 만약 이상한 사람이 나를 건드리면 나는 그를 때려눕히거나 큰 충격을 줄 수 있다. 예를 들어 사라가 내 머리카락을 잡아당겼을 때 나는 사라에게 주먹을 날렸다. 그 바람에 사라는 의식을 잃고 뇌진탕을 일으켜 병원 응급실로 실려 갔지만 말이다. 나는 주머니에 언제나 스위스제 군용 칼을 넣고 다니는데, 그 칼에는 사람의 손가락도 자를 수 있는 톱날이 달려 있다.

　나는 낯선 사람을 좋아하지 않는다. 전에 만난 적 없는 사람을 좋아하지 않아서다. 그들을 이해하기는 힘들다. 낯선 사람들과 있으면, 마치 엄마가 살아 있던 어느 해 휴가철에 프랑스로 캠핑을 갔을 때 느꼈던 것과 같은 기분이 든다. 나는 그것이 싫다. 가게에 가거나 레스토랑 또는 해변에 갔을 때, 어떤 사람이 아무리 놀라운 일을 말해도 그 뜻을 이해할 수 없다면 기분 좋을 리가 없다.

　나는 잘 모르는 사람에게 익숙해지는 데 오랜 시간이 걸린다. 예를 들어 학교에 새로운 선생님들이 오면 나는 몇 주가 지나도록 말을 걸지 않는다. 나는 그분들이 편안하다고 여겨질 때까지 쳐다보기만 한다. 편안하다고 생각되면, 비로소 나는 그들에게

다가가 애완동물을 키우는지, 어떤 색을 좋아하는지, 아폴로 우주선에 대해 아는지 물어본다. 그들에게 집의 구조를 그려 보라고 하고, 어떤 차를 운전하는지 물어본 뒤에야 그들이 어떤 사람인지 알게 된다. 그 후에는 같은 교실에 있어도 거리낄 것이 없고, 그들만 줄곧 쳐다보고 있지 않아도 된다.

길에서 다른 사람과 말하려면 용감해야 한다. 그러나 탐정 노릇을 하겠다고 마음먹은 이상, 용감해져야만 하고, 다른 선택의 여지는 없다.

우선 나는 내가 사는 랜돌프 거리의 지도를 그려 보았다.

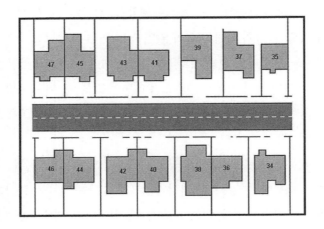

나는 주머니에 스위스제 군용 칼이 들어 있는지 확인하고, 밖으로 나가 시어즈 부인의 집 맞은편에 있는 40번지의 현관문을 두드렸다. 그 집은 시어즈 부인의 집에 어떤 일이 일어났을 경우, 바라보기에 좋은 위치에 있기 때문이다. 40번지에 사는 사람은 톰슨 씨다.

톰슨 씨가 현관에 나왔다. 그는 다음과 같이 쓰인 티셔츠를 입고 있었다.

맥주

너의 힘을 빌려

사람들은 사랑을 한다

2000년 동안

톰슨 씨는 말했다.

"무슨 일이니?"

"누가 웰링턴을 죽였는지 아세요?"

나는 그의 얼굴을 보지 않았다. 나는 사람들의 얼굴을 쳐다보는 것을 좋아하지 않는다. 특히 낯선 사람일 경우 더더욱 그렇다. 톰슨 씨는 잠시 동안 아무 말도 하지 않았다.

그가 물었다.

"너는 누구니?"

"저는 36번지에 사는 크리스토퍼 부운이고, 아저씨가 누구신지 알아요. 톰슨 씨 맞죠?"

"나는 톰슨의 형이야."

"누가 웰링턴을 죽였는지 아세요?"

"웰링턴 그놈은 또 누구냐?"

"시어즈 부인의 개인데요. 시어즈 부인은 41번지에 살아요."

"누군가 그 부인의 개를 죽인 모양이구나."

"삼지창으로요."

"맙소사."

"정원용 쇠스랑이었어요."

혹시 그가 식사 때 쓰는 포크인 줄 알까 봐 덧붙인 것이다. 나는 다시 물었다.

"누가 웰링턴을 죽였는지 아세요?"

그는 말했다.

"그 피비린내 나는 사건에 대해선 내가 아는 바가 없구나."

"목요일 저녁에 혹시 의심스러운 일 보셨어요?"

"얘야, 계속 이렇게 물어보고 다닐 생각이니?"

그래서 나는 말했다.

"네, 누가 웰링턴을 죽였는지 찾아내고 싶거든요. 그리고 저는 그것에 대한 책을 쓰고 있어요."

"나는 목요일에 콜체스터에 있었다. 너는 질문할 사람을 잘못 골랐어."

"고맙습니다."

나는 이렇게 대답하고는 그 집에서 걸어 나왔다.

42번지 집에는 아무도 없었다.

나는 44번지에 사는 사람을 본 적이 있다. 그러나 그들의 이름은 모른다. 그들은 흑인이고, 아저씨와 아줌마, 남자 아이와 여자 아이가 산다. 아줌마가 나왔다. 그 아줌마는 부츠를 신고 있었는데 군인들이 신는 부츠처럼 보였다. 팔에는 은팔찌를 5개나 하고 있어서 땡그랑땡그랑 울렸다. 아줌마는 말했다.

"크리스토퍼구나, 그렇지?"

나는 그렇다고 말했다. 그리고 누가 웰링턴을 죽였는지 아느냐고 물었다. 아줌마는 웰링턴이 누구인지 알고 있었고, 그래서 설명하지 않아도 되었다. 그 아줌마도 그 개가 죽었다는 사실을 알고 있었다.

나는 목요일 저녁에 의심스러운 일이나 단서가 될 만한 일을 보지 못했는지 물었다.

"어떤 일을 말하는 거니?"

"낯선 사람이라든가 아니면 사람들이 싸우는 소리를 듣지 못하셨나요?"

그러나 그녀는 전혀 보지 못했다고 말했다.

그래서 나는 질문의 방향을 바꿔 보기로 했다. 나는 그 아줌
마에게 시어즈 부인을 슬프게 만들고 싶어 하는 사람이 있는지
물었다.

그 아줌마는 말했다.

"그 점에 대해서는 아빠한테 묻는 것이 좋을 것 같구나."

아줌마의 대답에 나는 아빠에게 물어볼 수 없다고 설명했다.
탐정 노릇을 하고 다니는 건 비밀인데, 그것은 아빠가 다른 사
람의 일에 끼어들지 말라고 했기 때문이라고 말이다.

"그래, 크리스토퍼, 아빠 말씀이 백번 옳은 것 같구나."

"그러니까 아줌마는 단서가 될 만한 것은 전혀 모르시죠?"

그녀는 "몰라." 하고 대답하더니 이렇게 말했다.

"애야, 조심하렴."

나는 조심하고 있다고 말했다. 그러고는 내 질문에 대답해 줘
서 고맙다고 말하고, 시어즈 부인의 옆집인 43번지로 갔다.

43번지에 사는 사람은 와이즈 씨와 휠체어 생활을 하는 와이
즈 씨의 어머니였다. 와이즈 씨는 어머니를 가게에 모시고 다니
며, 함께 드라이브를 하기도 한다.

와이즈 씨가 나왔다. 그의 몸에서는 오래된 과자와 상한 팝콘

냄새가 났다. 오랫동안 씻지 않으면 이런 냄새가 난다. 학교 친구인 제이슨도 집이 가난해서 이런 냄새가 난다.

나는 와이즈 씨에게 목요일 밤에 누가 웰링턴을 죽였는지 아느냐고 물었다.

"제기랄, 요즘 경찰은 나이가 점점 어려지는 모양이지?"

그렇게 말하면서 그는 웃었다. 나는 나를 보며 웃는 사람을 좋아하지 않는다. 그래서 발길을 돌려 다른 집으로 갔다.

나는 우리 옆집인 38번지 문은 두드리지 않았다. 왜냐하면 그 집 사람들은 마약을 하기 때문이다. 아빠는 그들과 말하지 말라고 했다. 그들은 밤에도 음악을 크게 연주했다. 가끔 길에서 그 사람들을 마주치면 나는 겁이 났다.

그때 나는 시어즈 부인의 또 다른 옆집인 39번지에 사는 할머니를 보았다. 그 할머니는 정원 앞에서 전기톱으로 울타리를 손질하고 있었다. 그 할머니의 이름은 알렉산더 부인이다. 그 할머니도 개를 키우고 있었다. 그것은 닥스훈트 종이었다. 개를 좋아하는 것으로 보아 좋은 사람인 것 같았다. 그러나 개는 마당에 나와 있지 않았다. 집 안에 있는 모양이었다.

알렉산더 부인은 청바지에 운동화 차림이었다. 보통 노인들은 그런 옷을 입지 않는다. 청바지에는 진흙이 묻어 있었다. 운동화는 '뉴 밸런스' 운동화였고, 운동화 끈은 빨간색이었다.

나는 알렉산더 부인에게 다가가 물었다.

"웰링턴이 죽은 것에 대해서 아시는 게 있으세요?"

그러자 알렉산더 부인은 전기톱을 끄고 말했다.

"다시 한 번 말해 주겠니? 나는 귀가 좀 어둡단다."

그래서 나는 다시 물었다.

"웰링턴이 죽은 일에 대해 아시는 게 있으세요?"

"어제 그 얘기를 들었지. 끔찍한 일이야. 끔찍해!"

"누가 죽였는지 아세요?"

알렉산더 부인은 말했다.

"아니, 난 모른단다."

"누군가는 알고 있을 거예요. 웰링턴을 죽인 사람은 자기가 웰링턴을 죽였다는 사실을 알고 있을 테니까요. 미친 사람이 아니라면, 그리고 자기가 한 일을 모르지 않는다면 말예요. 혹은 기억상실증에 걸린 게 아니라면 말예요."

"그래, 네 말이 맞는 것 같구나."

"질문에 대답해 주셔서 감사합니다."

"너는 크리스토퍼지, 그렇지?"

"네, 저는 36번지에 살아요."

"우리가 전에는 이야기를 나눠 본 적이 없었던 것 같구나, 그렇지?"

"없었어요. 저는 낯선 사람과 말하는 것을 좋아하지 않거든요. 그렇지만 지금은 탐정 작업을 하는 중이라서……."

"나는 너를 매일 본단다. 학교 가는 모습을."

나는 알렉산더 부인의 이 말에 대답하지 않았다.

그러자 부인은 다시 말했다.

"너를 만나 인사를 하니 반갑구나."

나는 이 말에도 대꾸하지 않았다. 왜냐하면 알렉산더 부인은 사람들이 만났을 때 하는 것처럼 잡담을 하고 있기 때문이었다. 질문과 답 사이에 상관 관계가 없는 그런 잡담 말이다.

"네가 그저 탐정 작업을 하는 중이라도 만나니 좋구나."

"감사합니다."

내가 이렇게 대답하고 막 돌아서서 가려고 하는데 부인은 이렇게 말했다.

"내게도 네 또래의 손자가 있단다."

그래서 나도 잡담하듯이 말했다.

"제 나이는 15년 3개월하고도 4일이에요."

"그래, 대충 네 나이와 같아."

그리고 우리는 더 이상 말하지 않았다. 그때 부인이 말했다.

"너는 강아지를 안 키우지?"

"안 키워요."

"강아지를 좋아하는 것 같은데."

"저는 쥐를 키워요."

"쥐?"

"이름은 토비예요."

"그렇구나."

"사람들은 보통 쥐를 좋아하지 않아요. 쥐가 페스트 같은 전염병을 옮긴다고 생각하거든요. 그런데 쥐들이 하수구에 살거나, 다른 질병이 있었던 나라에서 모르고 배로 쥐를 싣고 왔을 때만 그렇지요. 쥐들이 얼마나 깨끗한데요. 토비는 언제나 스스로 털을 다듬어요. 그리고 산책할 때 데리고 나오지 않기만 하면 돼요. 저는 토비를 제 방에서 맘대로 돌아다니게 놔 둬요. 운동을 해야 하니까요. 가끔 토비는 제 어깨에 앉거나 제 재킷 속이 굴이라도 되는 것처럼 그 안에 숨기도 해요. 하지만 쥐는 실제로 굴 속에서 살지는 않아요."

"들어와서 간식 먹고 가지 않을래?"

그래서 나는 말했다.

"저는 남의 집에 들어가지 않아요."

"그래? 그럼 내가 여기로 가져올까? 너 레몬 주스 좋아하니?"

"저는 오렌지 주스만 좋아해요."

"다행히 그것도 있단다. 바텐베르그도 줄까?"

"모르겠는데요. 저는 그게 뭔지 모르거든요."

"그건 케이크 같은 거란다. 중간에 분홍색과 노란색 사각형이 4개 있고, 가장자리에는 마지팬(아몬드와 설탕, 달걀을 이겨 만든 과자 : 역주) 아이스크림이 둥글게 감싸고 있는 것이란다."

"사각형이 십자형으로 있고, 같은 크기로 나누어져, 색색으로 되어 있는 거라면 길쭉한 케이크겠네요?"

"그래. 네가 정확하게 설명한 것 같구나."

"저는 분홍색 네모를 먹고 싶어요. 노란색 네모 부분은 안 돼요. 저는 노란색을 좋아하지 않거든요. 그리고 마지팬이 어떤 과자인지 몰라서, 그것이 좋을지 어떨지 모르겠어요."

"마지팬이 노란색이어서 안 되겠구나. 대신 다른 비스킷을 가져오마. 비스킷은 좋아하니?"

"네, 비스킷 종류는 좋아해요."

"그럼 비스킷 좀 골라 오마."

부인은 돌아서서 집 안으로 들어갔다. 움직임이 매우 느렸다. 노인이니까 당연하다. 그런데 6분이 더 지나도록 집 안에서 무엇을 하는지 알 수가 없어 나는 초조해지기 시작했다. 나는 부인이 진짜로 오렌지 주스와 바텐베르그 케이크를 가져오겠다고 말한 것인지 알 수 없었다. 혹시 경찰에 전화를 걸고 있을지도 몰랐다. 나는 이미 '주의'를 받았기 때문에 더 심각한 문제가 생길지도 모른다는 생각이 들어서 그 자리를 뜨기로 했다.

길을 건너고 있을 때 나는 웰링턴을 죽인 사람에 대한 영감이 떠올랐다. 나는 내 머릿속에서 다음과 같은 추리를 해 보았다.

1. 당신이라면 왜 개를 죽였을까?
   a) 개를 싫어하기 때문에.
   b) 당신이 미쳤기 때문에.
   c) 시어즈 부인을 열 받게 하고 싶었기 때문에.
2. 웰링턴을 싫어하는 사람이 누구인지 모르겠다. 그래서 나는
   a) 그는 아마도 낯선 사람일 수도 있다고 생각했다.
3. 나는 미친 사람도 알지 못한다. 그래서 나는 b) 그도 아마 낯선 사람일 것이라는 생각이 들었다.
4. 대부분 살인 사건에서 살인자는 희생자를 잘 아는 사람일 경우가 많다. 당신은 크리스마스 날 가족에게 살해될 수도 있다. 이것은 사실이다. 그러므로 웰링턴은 잘 아는 사람이 죽였을 것이다.
5. 만약 그가 c) 시어즈 부인을 좋아하지 않으면서, 웰링턴을 아주 잘 알았던 사람이라면 시어즈 씨가 있다.

결국 시어즈 씨가 '첫 번째 용의자'인 셈이다.

시어즈 씨는 시어즈 부인과 결혼한 뒤로 2년 전까지 함께 살았다. 그러다가 시어즈 씨는 떠나서 다시 돌아오지 않았다. 그래서 시어즈 부인은 엄마가 죽은 후, 우리 집에 와서 자주 요리를 해 주었다. 시어즈 부인은 더 이상 남편을 위해 요리할 필요도, 아내로서 집에 있어야 할 이유도 없었기 때문이었다. 게다가 아빠는 시어즈 부인에게도 친구가 필요하고, 또 혼자 있는 걸 원하지 않는다고 말했다.

가끔 시어즈 부인은 밤늦도록 우리 집에 머물렀는데 나는 그것이 좋았다. 시어즈 부인은 우리 집 물건들을 정돈해 주었기 때문이다. 부인은 주방 선반 위에 병들과 접시, 통조림들을 키 순서대로 정리했고, 칼과 포크들과 숟가락들을 서랍 속 정확한 자리에 놓아 주었다. 그러나 부인은 담배를 피웠고, 이해할 수 없는 이야기들을 했다. 예를 들어 "잠이나 한 판 자야지."라든가 "뻔뻔스런 원숭이들이 나간 거죠." 또는 "침대라도 한 번 들썩여 줘요." 등등. 부인이 이런 말들을 할 때, 나는 그게 무슨 뜻인지 몰라서 싫었다.

아무도 왜 시어즈 씨가 부인을 떠났는지 말해 주지 않아서 나는 그 이유를 모른다. 결혼을 했다면 그것은 함께 살고 싶고, 아기를 낳고 싶기 때문이다. 더구나 교회에서 결혼했다면, 당신은 죽음이 갈라놓을 때까지 함께 살겠다고 약속해야 한다. 그리고 함께 살고 싶지 않다면 이혼을 해야 한다. 왜냐하면 당신은 다른 사람과 성관계를 가져야 하기 때문이고, 계속 싸우고, 서로를 미워하면서 더 이상 같은 집에서 살고 싶지도 않고, 아기를 갖고 싶지도 않기 때문이다. 시어즈 씨는 더 이상 부인과 같은 집에서 살고 싶지 않았고, 그녀를 미워해서 돌아오지 않았다. 그녀를 슬프게 하기 위해 시어즈 씨가 개를 죽인 것이 아닐까?

나는 시어즈 씨에 대해 더 많은 걸 알아보기로 결심했다.

기

우리 학교 아이들은 모두 바보 같다. 그렇게 말할 생각은 없지만 그들이 어리석은 건 사실이다. 이 말은, 아이들이 공부하는 걸 힘들어하니까 특별한 도움이 필요하다는 뜻이다. 하지만 모든 사람이 공부하는 걸 힘들어하므로, 즉 프랑스어를 배우거나 상대성 이론을 이해하는 것은 모두에게 어려우므로, 이렇게 말하는 것도 어떤 의미에서는 어리석다. 아빠가 살찌지 않으려고 커피에 넣을 인공 감미료 정제 한 통을 가지고 다니는 것처럼, 시어즈 부인이 베이지색 보청기를 끼는 것처럼, 또 시오반 선생님이 눈이 팽글팽글 돌 정도로 두꺼운 안경을 쓰고 있는 것처럼, 사람들에게는 저마다 특별한 필요가 있기 마련이다. 그러나 사람들 모두에게 특별한 필요가 있다고 해서 그들을 번번이

'특별한 도움이 필요한 사람'이라고 부를 수는 없다.

하지만 시오반 선생님은 우리가 특별한 도움이 필요하다는 식으로 말해야 한다고 했다. 사람들이 학교 아이들처럼 바보, 쪼다, 멍청이 등으로 아이들을 부르는 것은 나쁜 말이기 때문이라는 것이다. 하지만 아이들이 가끔 방과 후 학교에서 나오면서 버스에서 내리는 우리를 보고 "특별한 도움이 필요한 사람! 특별한 도움이 필요한 사람!"이라고 놀린다면 그것 또한 우스꽝스러운 일이다. 아무튼 나는 다른 사람이 놀리는 말에 대해 개의치 않는다. 막대기나 돌이 날아온다면 내게는 스위스제 군용 칼이 있고, 그들이 나를 때려서 만약 내가 그들을 죽인다고 해도 그것은 정당방위이므로 나는 감옥에 가지 않을 것이기 때문이다.

내가 바보가 아니라는 것을 증명해 보겠다. 다음 달에 나는 A 레벨 수업을 들을 것이고, A학점을 받을 것이다. 전에는 아무도 A레벨 수업을 듣는 학생이 없었다. 교장 선생님은 처음에 내가 A레벨 수업을 받는 걸 원하지 않았다. 교장 선생님은 학교에는 우리가 A레벨 수업을 받을 수 있는 조건이 갖춰져 있지 않다고 했다. 그러나 아빠는 교장 선생님과 논쟁을 벌였고, 그야말로 십자가를 졌다. 교장 선생님은 학교에서는 나를 다른 아이와 다르게 대우하고 싶지 않다고 말했다. 모든 사람은 다르게 대우받고 싶어 하는데, 그렇게 하면 선례가 되기 때문이라는 것이었다. 내가 18살이 되면 언제고 A레벨 수업을 받을 수 있다는 말도 덧붙였다.

교장 선생님이 이렇게 말할 때, 나는 교장실에서 아빠와 앉아 있었다. 아빠는 이렇게 말했다.

"크리스토퍼는 이제껏 시시껄렁한 수업을 충분히 받았습니다. 그렇게 생각지 않으세요? 당신이 아이에게 이런 불공정한 처사를 내리지 않았어도 말예요. 제기랄! 얘는 정말로 잘 해낼 수 있다고요."

그러자 교장 선생님은 둘이서만 잠시 후에 이야기하자고 말했다. 그러나 아빠는 내 앞에서 말하기 곤란한 내용이냐고 물었고, 교장 선생님은 아니라고 대답했다. 그래서 아빠는 말했다.

"그럼 지금 말씀하세요."

그러자 교장 선생님은 내가 A레벨 수업을 받으려면 독립된 교실에서 나만 지도하는 선생님 한 분이 필요하다고 말했다. 그러자 아빠는 방과 후 그 수업을 받도록 50파운드를 지불하겠다면서, '안 된다'는 대답은 받아들이지 못하겠노라고 말했다. 그러자 교장 선생님은 생각해 보겠다고 했다. 그리고 한 주가 지난 후, 교장 선생님은 아빠에게 전화를 걸어서 말했다. 내가 A레벨 수업을 받을 수 있게 되었다고. 피터스 신부님이 감독 역할을 해 주신다고 말이다.

수학에서 A레벨 수업을 받고 나면, 나는 수학과 물리학에서 '고급 과정 A레벨' 수업을 받을 것이고, 그러면 대학에 갈 수 있다. 우리가 사는 스윈던은 작은 도시라서 대학이 없다. 그러니까 대학이 있는 다른 도시로 이사 가야 한다. 나는 혼자 살거나 다른 학생들과 한집에서 살고 싶지 않으니까. 이 문제는 아빠도 다른 도시로 이사 가고 싶어 하기 때문에 쉽게 타협이 되었다. 아빠는 가끔 이렇게 말한다.

"아들아, 우린 이 도시를 벗어날 거야."

그리고 이렇게도 말한다.

"스윈던은 지긋지긋한 곳이야."

내가 수학이나 물리학 또는 수학과 물리학 모두에서 학위를 받으면, 나는 직업을 가지고 많은 돈을 벌 수 있게 된다. 그러면 나는 시중들고, 요리하고, 옷을 세탁하는 사람에게 월급을 줄 수 있다. 아니면 나는 결혼을 할 수도 있고, 그러면 아내는 나의 시중을 들어 줄 수 있다. 나는 동료가 생길 테고, 혼자 있지 않아도 된다.

13

나는 엄마 아빠가 이혼한 것이 아닌가 하는 생각을 종종 한다. 엄마 아빠는 자주 싸웠고, 이따금 서로를 미워했다. 어쩌면 나 같은 행동 장애가 있는 아이를 돌보아야 하는 스트레스 때문이기도 했을 것이다. 내게는 많은 행동 장애가 있었지만 지금은 많이 줄었다. 이제는 나이가 좀 들었고, 스스로 결정을 할 수 있으며, 외출한다거나 길모퉁이 가게에서 물건을 사는 일 등도 혼자 할 수 있다.

나의 행동 장애는 다음과 같은 것들이다.

A. 오랫동안 사람들에게 말하지 않는다(나는 어떤 사람과 5주간이나 말하지 않은 적이 있다).

B. 오랫동안 먹거나 마시지 않을 때가 있다(내가 여섯 살 때, 엄마
   는 나에게 계량컵으로 딸기 주스를 마시게 하곤 했다. 그리고 우리
   는 1/4 리터를 내가 얼마나 빨리 마시는지 시합을 하기도 했다).

C. 누가 만지는 것을 싫어한다.

D. 화가 나거나 혼란스러울 때, 소리를 지른다.

E. 다른 사람과 좁은 공간에 있는 것을 좋아하지 않는다.

F. 화가 나거나 혼란스러울 때, 물건들을 부순다.

G. 끙끙거린다.

H. 노란색이나 갈색 물건들을 좋아하지 않을 뿐더러 만지는 것
   도 싫어한다.

I. 어떤 사람이 내 칫솔을 만지면 사용하지 않는다.

J. 다른 종류의 음식끼리 서로 닿으면 그 음식들을 먹지 않는다.

K. 사람들이 내게 화가 나 있다는 걸 알아차리지 못한다.

L. 웃지 않는다.

M. 다른 사람들이 무례하다고 생각하는 것을 말한다(사람들은
   언제나 진실을 이야기해야 한다고 말한다. 하지만 노인들에게 나이
   가 많다고 말하거나, 어떤 사람에게 야릇한 냄새가 난다거나 방귀
   를 뀌었느냐고 묻는 일은 삼가야 한다고 말한다. 게다가 소름끼치
   도록 싫지 않다면 "나는 당신을 좋아하지 않아요."라고 말해서는
   안 된다고 한다).

N. 어리석은 짓을 한다(어리석은 짓이란 땅콩버터를 주방 식탁 위에 쏟아 놓고 칼로 버터를 평평하게 만들어서, 식탁 모서리까지 퍼지게 만드는 일 같은 짓이다. 또는 내 신발이나 호일 또는 설탕 같은 것을 가스레인지 위에 놓고 태워서 무슨 일이 일어나는지 알아보는 짓 같은 것이다).

O. 다른 사람을 때린다.

P. 프랑스를 싫어한다.

Q. 엄마 차를 운전한다(나는 엄마가 버스로 시내에 갔을 때, 딱 한 번 그렇게 했다. 그리고 나는 전에는 차를 운전하지 않았다. 그때는 내가 8살 5개월이었을 때라서 벽에다 차를 박았다. 이제는 엄마가 죽었기 때문에 엄마 차는 더 이상 존재하지 않는다).

R. 가구를 옮기는 것을 너무 너무 싫어한다(주방에 식탁과 의자들을 옮기는 것은 괜찮다. 왜냐하면 그건 다른 문제이기 때문이다. 그러나 누군가가 거실이나 식당에 소파와 의자들을 옮기면 그것은 나를 혼란스럽고 아프게 느끼도록 만든다. 엄마는 전기 청소기로 청소할 때 이렇게 했는데, 그럴 때 나는 모든 가구를 어디에 놓을지 특별한 도표를 그렸다. 치수를 재서 모든 것을 본래의 자리에 다시 놓으면 훨씬 더 기분이 좋아진다. 그러나 엄마가 죽고 나서 아빠는 청소를 하지 않았고, 그래서 한동안 괜찮았다. 한 번은 시어즈 부인이 청소를 했는데, 나는 신음 소리를 냈고, 그러자 시어즈 부인은 아빠에

게 소리를 지르더니 다시는 하지 않았다).

가끔 이런 일들 때문에 엄마 아빠는 정말로 화가 많이 났고, 그러면 내게 소리를 지르거나 아니면 서로에게 소리를 질렀다. 아빠가 때때로 말했다.

"크리스토퍼, 만약 네가 계속 그렇게 행동하면, 맹세하건대 아빠는 너를 떠나 새 삶을 살아야 할 것 같구나."

엄마는 이렇게 말하곤 했다.

"세상에, 크리스토퍼, 너를 집에 그냥 놔 두어야 할지 진지하게 고려해 봐야겠구나."

또는

"너 때문에 난 아마 제명에 못 살 거야."

79

내가 집에 도착했을 때, 아빠는 식탁에 앉아 내 저녁을 준비하고 있었다. 아빠는 벌목하는 사람이 입는 셔츠를 입고 있었다. 구운 콩과 브로콜리와 햄 두 조각이 서로 붙어 있지 않고 접시에 담겨 있었다. 아빠가 물었다.

"어디 갔다 왔니?"

"밖에 나갔다 왔어요."

이것은 하얀 거짓말이다. 하얀 거짓말이란 완전한 거짓말은 아니라는 뜻이다. 사실을 말하긴 했지만, 사실 모두를 말한 것은 아니니까. 당신이 하는 말 대부분은 하얀 거짓말이다. 예를 들어 어떤 사람이 "오늘 무엇을 할 거니?"라고 물었을 때, 당신은 "나는 피터스 선생님과 그림을 그릴 거예요."라고 말한다. 그러나 당신은 "나는 점심을 가져가고, 화장실에 가구요. 그리고 방과 후 집에 와서 토비와 놀고 싶어요. 그리고 저녁을 먹고 컴퓨터를 한 다음 잘 거예요."라고 모두를 말하지 않는다. 내가 하얀 거짓말을 하는 이유는 아빠가 탐정 노릇을 하는 것을 좋아하지 않는다는 걸 알기 때문이다.

"시어즈 부인에게서 전화가 왔더구나."

나는 구운 콩과 브로콜리, 두 조각의 햄을 먹기 시작했다.

"빌어먹을! 너는 왜 그 집 정원을 쑤시고 다녔니?"

"누가 웰링턴을 죽였는지 찾고 싶어서 탐정 노릇을 한 거예요."

"크리스토퍼, 내가 여러 번 이야기했지?"

구운 콩과 브로콜리, 햄이 식었다. 그러나 상관없다. 평소에도 나는 언제나 천천히 음식을 먹어서 음식이 늘 식은 상태였으니까.

"남의 일에 코 박지 말라고 말했지?"

하지만 나는 말했다.

"저는 어쩌면 시어즈 씨가 웰링턴을 죽인 게 아닌가 생각해요."

아빠는 아무 말도 하지 않았다. 나는 말을 계속했다.

"시어즈 씨가 첫 번째 용의자예요. 누군가가 시어즈 부인을 슬프게 하려고 웰링턴을 죽인 것 같거든요. 그리고 살인은 언제나 잘 아는 사람이 저지르거든요……."

그때 아빠가 주먹으로 식탁을 내리쳤다. 접시와 칼과 포크가 솟아올랐고, 햄은 옆으로 튀어서 브로콜리에 부딪혔다. 그래서 나는 햄과 브로콜리를 더 이상 먹을 수 없었다.

아빠는 소리를 질렀다.

"그 이름, 앞으로는 내 집에서 절대로 말하지 마."

"왜요?"

"그놈은 악마야."

"그 말은 그 아저씨가 웰링턴을 죽였다는 뜻인가요?"

아빠는 손으로 머리를 감싸며 말했다.

"미치겠군."

나는 아빠가 나에게 화가 났다는 걸 알고 이렇게 말했다.

"아빠가 다른 사람 일에 상관하지 말라고 하셨던 것 알아요. 하지만 시어즈 부인은 우리 친구잖아요."

아빠가 말했다.

"좋아, 시어즈 부인은 더 이상 친구가 아니다."

"왜요?"

"크리스토퍼, 그만 됐다. 마지막으로 말해 두겠는데, 아빤 다시는 똑같은 말 하고 싶지 않아. 내가 말할 때, 똑바로 나를 쳐다

봐. 너는 시어즈 부인에게 누가 그 망할 놈의 개를 죽였는지 물어보지 마. 너는 또 그 누구에게도 누가 그 망할 놈의 개를 죽였는지 물어보러 다니지 마라. 남의 집 정원에 함부로 들어가지도 말고. 그 우스꽝스러운 망할 놈의 개 탐정 놀이는 이제 그만둬."

나는 아무 말도 하지 않았다.

"크리스토퍼, 약속해라. 그리고 내가 너와 약속할 때, 그게 뭘 의미하는지 알지?"

나는 약속이 무엇을 의미하는지 알고 있다. 앞으로는 절대로 그러지 않겠다고 말하는 것이고, 그런 다음에는 결코 그렇게 해서는 안 된다. 약속을 어기면 거짓말을 하는 것이니까.

"알아요."

"그 일을 그만두겠다고 약속해라. 우스꽝스러운 게임은 이제 당장 그만두겠다고. 알겠니?"

나는 대답했다.

"약속해요."

83

나는 아주 멋진 우주비행사가 되고 싶다는 생각을 한다.

멋진 우주비행사가 되려면 일단 똑똑해야 하는데, 물론 나는 똑똑하다. 기계 작동법도 알고 있어야 하는데, 나는 기계들의 작동 원리를 잘 이해하고 있다. 우주비행사는 작은 우주선 안에 혼자 있으면서, 지구 표면에서 수천 마일 떨어져 있어야 하는데, 돌연히 공포를 느끼거나, 밀실 공포증에 걸리거나, 향수병에 걸리거나, 정신이상이 되어서는 안 된다. 나는 정말로 좁은 공간들을 좋아한다. 그래서 나는 오랫동안 아무도 없이 혼자서 작은 공간에 있을 때도 있다. 가끔 혼자 있고 싶을 때면 나는 욕실에 있는, 공기가 통하는 벽장에 들어간다. 그리고 보일러 옆으로 미끄러져 들어가 문을 닫고 앉아 여러 시간 동안 생각에 잠긴다. 그러면 마음이 아주 편안해진다.

그래서 나는 혼자 힘으로 우주비행사가 되거나, 혹은 아무도 들어올 수 없는 우주선에서 나만의 영역을 가지게 될 것이다.

그리고 우주선에는 노란색이나 갈색의 물건이 없어야 한다. 그러면 더 바랄 게 없다.

나는 비행 작전을 지시하는 관제 센터와 교신해야 할 것이다. 그러나 우리는 라디오 링크와 TV 모니터를 통해서 교신할 수 있다. 교신 상대는 낯선 사람이고 진짜 사람이지만, 모니터를 통하면 마치 컴퓨터 게임을 하는 것 같다.

게다가 나는 향수병에 걸리지 않는다. 내가 좋아하는 온갖 것들로 둘러싸여 있기 때문이다. 즉 기계들과 컴퓨터들이 있고 바깥에는 우주가 펼쳐져 있다. 우주선의 작은 창으로 밖을 내다볼 수 있고, 수천 마일이 넘도록 내 가까이에는 아무도 없다는 것을 확인할 수 있다. 여름 밤 잔디밭에 누워 얼굴을 손으로 감싸고 하늘을 올려다보면, 울타리와 굴뚝, 물 내려가는 통 따위는 보이지도 않고, 내가 마치 우주에 있는 것 같은 착각이 든다.

보이는 것은 모두 별뿐이다. 별들은 인체의 구성 요소인 분자들이 수억 년 전에 만들어 놓은 장소들이다. 가령 빈혈에 도움이 되는 철분은 모두 별 안에서 만들어진 것이다.

그리고 내가 토비를 우주에 데려갈 수 있다면, 그것이 허락

된다면(왜냐하면 실험을 위해 우주에 동물을 데려가기도 하니까) 더욱 좋겠다. 만약 좋은 실험을 생각해 본다면, 쥐를 다치게 하지 않는 실험을 하면 되고, 그렇게 되면 나는 토비를 데려갈 수 있겠다.

그러나 그것이 허락되지 않아도 나는 갈 것이다. 꿈은 이루어질 테니까.

89

 다음 날 학교에서 나는 시오반 선생님에게 아빠가 더 이상 탐
정노릇을 하지 말라고 하셨다는 이야기를 했다. 그건 책을 더
이상 쓸 수 없다는 뜻이다. 나는 지금까지 써 왔던 페이지들, 그
러니까 우주의 그림과 거리의 지도와 소수로 매긴 장들을 보여
주었다.

 그러자 시오반 선생님은 아무 문제가 없다고 말했다. 선생님
은 지금 그대로도 책이 썩 좋다고 했다. 비록 짧지만 아주 잘 썼
고 자부심을 가질 만하다고 말이다. 그리고 콘래드가 쓴 『암흑
의 핵심』처럼 짧아도 아주 좋은 책이 있다고 했다.

 그러나 나는 내 책이 적절한 끝맺음을 하지 않아서 좋은 책은
아니라고 말했다. 아직까지 누가 웰링턴을 죽였는지 밝혀 내지

못했고, 그래서 범인이 잡히지 않고 있으니까 말이다.

그러자 시오반 선생님이 말했다. 그것이 인생이고, 살해 사건이 모두 해결되는 것은 아니며, 모든 범인이 다 잡히는 것도 아니라고 말했다. 살인마 잭처럼.

나는 '살해범이 아직 잡히지 않고 있' 는 것이 마음에 들지 않는다고 말했다. 웰링턴을 죽인 사람이 가까운 어딘가에 살고 있다거나, 내가 밤에 산책 다니다가 만날 수도 있다는 생각을 하고 싶지 않다고 말이다. 하지만 가능한 일이다. 살인 사건은 언제나 희생자를 잘 아는 사람에 의해 행해지기 때문이다.

나는 또 이렇게 말했다.

"아빠가 저한테 다시는 시어즈 씨의 이름을 집에서 말하지 말라면서 그 아저씨가 악당이라고 하셨어요. 아마도 시어즈 씨가 웰링턴을 죽인 사람이라는 뜻인 것 같아요."

시오반 선생님이 말했다.

"아마도 아빠는 시어즈 씨를 좋아하시지 않는 것 같구나."

"왜요?"

"모르지. 크리스토퍼. 나는 몰라. 난 시어즈 씨에 대해 전혀 모르니까."

"시어즈 씨는 시어즈 부인과 결혼을 했지만, 부인을 떠났어요. 이혼하면 그런 것처럼요. 하지만 저는 시어즈 부부가 진짜로 이혼했는지는 모르겠어요."

그러자 시오반 선생님이 말했다.

"그래, 시어즈 부인은 너희 가족의 친구야. 그렇지? 너와 네 아빠의 친구잖아. 그래서 아빠가 시어즈 씨를 좋아하시지 않는 것 같구나. 시어즈 씨가 시어즈 부인을 떠났으니까. 친구에게 몹쓸 일을 한 거니까."

"하지만 아빠는 시어즈 부인이 이제는 우리의 친구가 아니라고 하셨어요."

"크리스토퍼, 미안하다. 나는 모든 질문에 대답해 줄 수 있을 줄 알았어. 그런데 지금은 전혀 모르겠구나."

그때 수업이 끝났다는 것을 알리는 종이 울렸다.

다음 날 나는 4대의 노란색 자동차가 일렬로 도로 위를 지나는 것을 보았다. 그것은 '운이 없는 날'을 예고하는 것이어서, 나는 점심 때 아무것도 먹지 않았고, 하루 종일 교실 구석에 앉아서, A레벨의 수학책을 보았다.

그리고 그다음 날도 나는 학교 오는 길에 3대의 노란색 자동차가 일렬로 가는 것을 보았는데, 이것 역시 '운이 없는 날'을 예고한다. 그래서 아무와도 말하지 않고, 오후 내내 도서관 구석에 앉아 두 벽이 만나는 모서리에 머리를 대고 끙끙거렸다. 그렇게 하고 있으면 편안하고 안전하다는 느낌이 든다.

3일째 되는 날, 나는 학교에 가는 버스 안에서 계속 눈을 감고 있었다. 연이어 이틀 동안 '운이 없는 날'을 보냈기 때문이다.

97

그러나 5일 후 나는 5대의 빨간색 차가 일렬로 지나가는 것을 보았다. 그건 '특별히 좋은 날'이어서 무언가 특별히 좋은 일이 일어날 것 같았기 때문에, 나는 책 쓰는 일을 포기할 수가 없었다. 학교에서 특별한 일이 전혀 일어나지 않았으므로, 나는 방과 후에 분명 특별한 일이 일어나리라고 생각했다. 그래서 집에 갔을 때 나는 용돈으로 음료수와 밀키바를 사러 거리 모퉁이의 가게로 갔다.

음료수와 밀키바를 사고 나서 몸을 돌렸을 때, 나는 가게 안에서 39번지에 사는 할머니 알렉산더 부인을 만났다. 그날은 청바지를 입고 있지 않았다. 보통 할머니처럼 홈드레스를 입고 있었다. 옷에는 음식 냄새가 배어 있었다.

알렉산더 부인은 말했다.

"지난번에 무슨 일이 있었니?"

"언제요?"

"내가 다시 나왔을 때, 너는 가고 없더구나. 나 혼자 비스킷을 다 먹었지."

"그냥 갔어요."

"내가 비스킷을 가지러 갔었는데도?"

"할머니가 경찰에 전화 거실지도 모른다는 생각을 했거든요."

"도대체 내가 왜 그런 짓을 하겠니?"

"제가 다른 사람 일에 끼어들고 있었으니까요. 아빠가 누가 웰링턴을 죽였는지 조사하고 다니지 말라고 하셨어요. 그리고 경찰이 제게 '주의'를 주었고요, 그래서 만약 제가 다시 문제를 일으키면, 그 '주의' 때문에 저한테 안 좋은 일이 일어날지도 모르거든요."

그때 카운터 뒤에 서 있던 인도 여자가 알렉산더 부인에게 말했다.

"뭘 드릴까요?"

그러자 알렉산더 부인은 우유 1파인트(570밀리리터)와 자파 케이크 한 덩어리를 달라고 했고, 나는 가게를 나왔다.

가게 밖으로 나왔을 때, 나는 알렉산더 부인의 닥스훈트가 보도 위에 앉아 있는 것을 보았다. 그 개는 스코틀랜드식 체크 무늬 코트를 입고 있었다. 알렉산더 부인은 개 줄을 문 옆의 하수관에 매어 놓았다. 나는 개를 좋아한다. 그래서 나는 몸을 숙여, 그 개에게 "안녕."이라고 말했고, 개는 내 손을 핥았다. 깔깔한 혀는 젖어 있었다. 개는 내 바지 냄새가 좋은지 킁킁거리기 시작했다.

그때 알렉산더 부인이 나왔다.

"개 이름이 아이보르란다."

나는 아무 말도 하지 않았다.

"너는 수줍어하는 편이구나. 크리스토퍼."

"할머니와 말해도 된다고 허락받지 못했어요."

알렉산더 부인이 말했다.

"걱정 마라. 나는 경찰에게 말하지 않아. 그리고 아빠에게도 말하지 않으마. 이야기를 조금했다고 해서 나쁠 건 없거든. 이야기를 나누는 건 그저 정답고 좋잖아. 그렇지?"

"저는 이야기를 나눌 수 없어요."

"너는 컴퓨터 좋아하니?"

"네, 저는 컴퓨터 좋아해요. 제 방에 컴퓨터가 있어요."

"알고 있단다. 가끔 길을 가다가 네가 컴퓨터 앞에 앉아 있는

106

걸 보곤 하지."

알렉산더 부인은 이렇게 말하며 하수관에서 아이보르의 끈을
풀었다.

나는 더 이상 말하지 않았다. 문제에 말려들고 싶지 않아서였
다.

그때 나는 오늘이 특별히 좋은 날이라는 생각이 떠올랐다. 특
별한 일이 아직 일어나지 않았으니까 알렉산더 부인과 이야기
를 나누면 특별한 일이 일어날 수도 있겠다는 생각이 들었다.
또한 부인에게 묻지 않고도, 그러니까 아빠와의 약속을 깨지 않
고도, 알렉산더 부인이 웰링턴이나 시어즈 부인에 대해서 무언
가 말해 줄지도 모른다는 생각이 들었다.

그래서 나는 말했다.

"저는 수학을 좋아하고, 토비 돌보는 것도 좋아해요. 그리고
우주 바깥을 보는 것도 좋아하고, 혼자 있는 것도 좋아해요."

"너는 수학을 잘하겠구나. 그렇지?"

"네, 그래요. 다음 달에 저는 A레벨 수학을 공부할 거예요. 한
학년 월반하는 거지요."

"정말이니? 수학이 A레벨이란 말이야?"

"네. 저는 거짓말하지 않아요."

"사과하마. 네가 거짓말했다는 뜻은 아니었어. 나는 단지 내

107

가 똑바로 들었는지 확인한 거야. 가끔 귀가 잘 안 들리거든."

내가 말했다.

"기억나요. 전에 말씀하셨죠. 저는 우리 학교에서 A레벨 수업을 받는 첫 학생이에요. 왜냐하면 특별한 학교거든요."

"그래. 장하구나. 네가 A학점을 받기 바란다."

"네."

"너에 대해서 내가 또 하나 아는 건, 네가 좋아하는 색은 노란색이 아니라는 것이지."

"맞아요. 그리고 갈색도 좋아하지 않아요. 제가 좋아하는 색은 빨간색과 금속색이에요."

그때 아이보르가 똥을 쌌다. 알렉산더 부인은 작은 비닐봉지를 꺼내 봉지에 손을 넣어서 그것을 집었다. 그런 다음 비닐봉지를 뒤집어 위를 묶었다. 그래서 똥은 밀봉되었고, 부인은 손으로 똥을 만지지 않아도 되었다.

그때 나는 깨달은 게 있었다. 즉 아빠가 단지 내게 5가지에 관해서만 금지했다는 사실 말이다.

1. 우리 집에서 시어즈 씨의 이름을 말하지 말 것.
2. 시어즈 부인에게 누가 그 망할 놈의 개를 죽였는지 물어보지 말 것.

3. 그 누구에게도 누가 그 망할 놈의 개를 죽였는지 물어보러 다니지 말 것.

4. 남의 정원에 함부로 들어가지 말 것.

5. 우스꽝스러운 망할 놈의 개 탐정 놀이는 그만둘 것.

시어즈 부인에 대해 묻는 것은 이 5가지에 들어 있지 않았다. 그리고 만약 당신이 탐정이라면 당신은 당연히 위험을 감수해야만 한다. 게다가 오늘은 '특별히 좋은 날'이고, 그것은 위험을 감수해도 좋은 날이라는 의미가 아닐까? 그래서 나는 말했다.

"시어즈 씨를 아시죠?"

이것은 잡담 같은 것일 뿐이다.

"제대로 알지는 못하지. 이 말은 내가 그에게 '안녕하세요.'라고 인사하고 길에서 이야기나 조금 나누는 정도라는 뜻이야. 그에 대해 많이 알지는 못해. 나는 그가 은행에서 일했다고 알고 있단다. 시내의 내셔널 웨스트민스터 은행이야."

알렉산더 부인이 말했다.

"아빠는 시어즈 씨가 악당이라고 하셨어요. 아빠가 왜 그렇게 말씀하셨을까요? 시어즈 씨가 나쁜 사람인가요?"

알렉산더 부인이 말했다.

"크리스토퍼, 왜 나에게 시어즈 씨에 대해서 묻니?"

나는 아무 대답도 하지 못했다. 왜냐하면 웰링턴이 죽은 사건에 대해서 말할 수 없기 때문이었다. 사실은 그 때문에 시어즈 씨에 대해 묻고 있는 것인데.

그때 부인이 말했다.

"웰링턴에 대해서 알고 싶은 거니?"

그래서 나는 고개를 끄덕였다. 그것은 탐정 활동을 하는 것으로 여겨지지 않았기 때문이다.

알렉산더 부인은 아무 말도 하지 않았다. 부인은 공원 문 옆에 있는, 작은 빨간색 쓰레기통으로 걸어갔다. 그리고 그 안에 아이보르의 똥을 넣었다. 빨간색 통 안은 갈색으로 칠해져 있었는데, 그건 나를 기분 나쁘게 만들기 때문에 쳐다보지 않았다. 그때 부인이 나를 향해 뒤로 돌았다.

알렉산더 부인은 크게 숨을 들이마시며 말했다.

"크리스토퍼, 말해 주지 않는 게 차라리 나을지도 모르겠구나."

"왜요?"

"왜냐하면."

부인은 가던 길을 멈추었다. 다른 말을 하기로 결심한 것 같았다.

"왜냐하면, 아무래도 너의 아빠 말씀이 옳은 것 같고, 너는 그런 질문을 하고 다니면 안 되니까."

"왜요?"

"왜냐하면 분명히 아빠가 화를 내실 테니까."

"왜 아빠가 화를 내시는데요?"

그러자 부인은 이번에도 숨을 크게 들이마시더니 말했다.

"왜냐하면…… 그러니까 너도 알잖니. 너의 아빠가 시어즈 씨를 좋아하시지 않으니까."

그때 내가 물었다.

"시어즈 씨가 엄마를 죽였어요?"

"엄마를 죽였냐고?"

"네. 시어즈 씨가 엄마를 죽였어요?"

"아니, 아니지. 물론 그가 네 엄마를 죽인 건 아니지."

"하지만 시어즈 씨가 엄마에게 스트레스를 줘서, 엄마가 심장 발작으로 돌아가신 것 아닌가요?"

"크리스토퍼, 솔직히 나는 네가 무슨 말을 하는지 모르겠구나."

"시어즈 씨가 엄마를 아프게 해서 엄마가 병원에 가시게 된 거냐고요."

"엄마가 병원에 가셨었니?"

"네. 처음엔 그리 심각하진 않았어요. 하지만 병원에 있을 때,

심장 발작을 일으키셨어요."

"맙소사! 그랬구나."

"그래서 엄마가 돌아가셨어요."

"오! 세상에. 크리스토퍼, 정말, 정말 미안하구나. 나는 전혀 몰랐어."

내가 부인에게 물었다.

"그런데 조금 전에 왜 '너도 알잖니. 너의 아빠가 시어즈 씨를 좋아하시지 않으니까.' 라고 하셨어요?"

알렉산더 부인은 손을 입에 갖다 대며 말했다.

"오, 이런, 이런, 이런."

그러나 내 질문에는 대답하지 않았다.

그래서 나는 같은 질문을 다시 했다. 살인 사건을 다룬 미스터리 소설을 보면, 사람들은 그들이 비밀을 갖고 있거나, 누군가를 곤경에 빠뜨리지 않으려 할 때 대답을 하지 않기 때문이다. 즉 질문에 대한 답을 하다 보면 그것이 대단히 중요한 단서가 되기 때문이다. 이 때문에 탐정은 그 사람을 압박하면서 질문하는 것이다.

알렉산더 부인은 아직도 대답하지 않고 있었다. 대신에 부인은 내게 이렇게 물었다.

"그러니까 너는 모르고 있는 거니?"

"제가 무얼 모른다는 거죠?"

"크리스토퍼, 잘 들어. 이건 네게 하지 말아야 하는 말인지도 모르겠다만, ……같이 공원으로 좀 걸어가련? 여기는 그런 말을 하기에 적당하지 않은 것 같아."

나는 신경이 날카로워졌다. 나는 알렉산더 부인을 잘 모른다. 그녀가 할머니라는 것과 개를 좋아한다는 것 정도는 알고 있다. 그러나 그녀는 낯선 사람이다. 게다가 나는 결코 혼자서는 공원에 가지 않는다. 위험하기 때문이다. 사람들은 공원 모퉁이에 있는 공중화장실 뒤에서 마약을 투여한다. 나는 집에 가서 내 방에 들어가 토비에게 먹을 것을 주고 수학 문제를 풀고 싶었다.

하지만 한편으로는 흥미롭기도 했다. 부인이 내게 비밀을 말해 줄지도 모른다는 생각이 들어서였다. 그리고 그 비밀이란 웰링턴의 죽음에 관한 것일지도 모른다. 아니면 시어즈 씨에 대한 것일지도. 알렉산더 부인의 이야기를 통해 나는 시어즈 씨에 대한 증거를 더 얻게 될지도 모르고, 아니면 내 탐정 작업의 용의자 명단에서 그를 빼게 될지도 모른다.

아무튼 오늘은 특별히 좋은 날이 아닌가. 나는 조금 무섭기도 했지만 알렉산더 부인과 공원을 산책하기로 결심했다.

우리가 공원에 이르렀을 때 부인은 걸음을 멈추고 말했다.

"이제 네게 말해 주마. 그런데 내가 이런 말을 했다고 아빠에게 전하지 않겠다고 약속해 주렴."

"왜요?"

"내가 말했다는 걸 알리고 싶지 않거든. 그런데 내가 설명해 주지 않으면, 너는 내가 무슨 말을 하려고 했는지 계속 궁금해할 테고, 그러면 넌 아빠에게 물을지도 모르지. 나는 그걸 원치 않는단다. 네 아빠를 화나게 만들고 싶지 않거든. 너는 내가 이 말을 했다는 걸 아무에게도 말하지 않겠다고 먼저 약속해야 해."

부인이 대답했다.

"왜요?"

"크리스토퍼, 제발. 나를 믿으렴."

나는 약속한다고 말했다. 알렉산더 부인이 누가 웰링턴을 죽였는지, 혹은 시어즈 씨가 정말로 엄마를 죽였는지 말할 것 같았기 때문이다. 그러면 나는 경찰에 가서 그것을 말할 수 있다. 왜냐하면 누군가가 범죄를 저질렀는데 그것을 알고 있다면, 약속을 깨는 것은 허용될 수 있다.

부인이 말했다.

"네 엄마가 돌아가시기 전에, 시어즈 씨와 엄마는 아주 좋은 친구였단다."

"저도 알고 있어요."

"아니야. 크리스토퍼. 네가 아는 사실을 말하는 것이 아니란다. 내 말의 의미는 그들이 아주 가까운 사이였다는 거야. 아주, 아주 가까운 사이."

나는 이 말에 대해 잠시 생각해 보고 말했다.

"그건 성관계를 가졌다는 뜻인가요?"

"그렇단다. 크리스토퍼. 바로 그 말이란다."

부인은 30초간 아무 말도 하지 않았다.

잠시 후 부인이 말했다.

"미안하구나. 크리스토퍼. 네 마음을 상하게 하는 말을 하고 싶지는 않았는데. 하지만 설명해 주고 싶었단다. 내가 왜 그렇게 말했는지. 알잖니. 나는 네가 알고 있다고 생각했거든. 네 아빠가 시어즈 씨를 악당이라고 생각하시는 이유를 말이다. 그건 또한 네 아빠가 시어즈 씨에 대해 사람들에게 말하고 다니지 말라고 하신 이유겠지. 나쁜 기억을 떠올리고 싶지 않으실 테니까."

내가 말했다.

"그것 때문에 시어즈 씨가 시어즈 부인을 떠난 건가요? 시어즈 부인과 결혼하고도 다른 사람과 성관계를 갖고 싶어서 떠난 건가요?"

"그래. 그럴 거야. 미안하구나, 크리스토퍼. 정말."

115

"전 이제 가야겠어요."

"괜찮니, 크리스토퍼?"

"할머니가 낯선 분이라서 함께 있는 것이 무서워요."

"나는 낯선 사람이 아니야. 나는 친구야."

부인이 말했다.

"지금 집에 가야겠어요."

"이 사실에 대해 더 이야기하고 싶으면, 아무 때나 원할 때 나를 만나러 와도 좋단다. 특별히 너만 우리 집 문을 노크할 수 있게 해 주마."

"알았어요."

"크리스토퍼?"

"네?"

"아빠에게는 말하지 마라. 그럴 거지?"

"안 해요. 약속했으니까요."

"집에 가거라. 그리고 내가 말한 것 기억해. 아무 때라도 괜찮아."

나는 집으로 왔다.

101

　지본스 선생님은, 내가 수학을 좋아하는 것은 수학이 안전하기 때문이라고 말했다. 내가 수학을 좋아하는 이유는 수학이 문제를 해결하는 것이고, 그 문제들은 어렵고 흥미롭기 때문이며, 또한 끝에는 언제나 정답이 있기 때문이라는 거였다. 하지만 인생은 수학과는 다르다고 말했다. 인생의 끝에는 정확한 답이 있는 게 아니기 때문이라는 것이다. 나는 선생님이 전하려는 의미를 안다.

　하지만 지본스 선생님이 그렇게 말한 것은 숫자를 이해하지 못하기 때문이다.

　여기에 '몬티 홀 문제' 라 부르는 재미있는 이야기를 소개하겠다. 내가 생각하는 것을 잘 나타내기 때문에 그 내용을 이 책에 포함시켰다.

미국의 〈퍼레이드〉라는 잡지에 '마릴린에게 물어보세요' 라는 칼럼이 있었다. 이 칼럼은 석학 마릴린이 쓰는 것으로, 마릴린은 세계에서 IQ가 가장 높은 사람으로 기네스북에 올라 있다. 그녀는 이 칼럼에서 독자들이 보낸 수학 문제들에 대해 답해 준다. 1990년 9월, 메릴랜드의 컬럼비아에서 크레이그 휘테이커가 다음과 같은 질문을 보냈다(그러나 여기에 그것을 직접적으로 인용하지는 않았다. 나는 그것을 이해하기 쉽게 풀어 썼다).

텔레비전으로 게임 쇼를 시청하고 있다. 게임 쇼에서 문제를 맞히면 상으로 자동차를 받는다. 사회자가 3개의 문을 보여 주며 말한다. 한 개의 문 뒤에 자동차가 있고, 다른 2개의 문 뒤에는 염소가 있다고 말이다. 그는 당신에게 문을 선택하라고 말한다. 당신은 문을 선택한다. 그러나 문은 열리지 않는다. 그때 게임 쇼의 사회자가 당신이 선택하지 않은 문을 한 개 열어 염소가 있음을 보여 준다(왜냐하면 그는 문 뒤에 무엇이 있는지 미리 알고 있기 때문이다). 그때 그는 말한다. 문을 열어 당신이 자동차를 선택했는지 아니면 염소를 선택했는지 보기 전에, 당신의 선택을 바꿀 수 있는 마지막 기회가 주어진다고 말이다. 그러고는 당신에게 묻는다. 당신이 마음을 바꾸어, 대신 열리지 않은 다른 문을 선택하고 싶은지 묻는 것이다. 당신이라면 어떻게 하겠는가?

　석학 마릴린은 말한다. 당신은 언제나 마음을 바꾸어 마지막 문을 선택해야 한다고. 왜냐하면 기회는 3번 가운데 2번이고, 그 문 뒤에는 자동차가 있을 것이니까.

　그러나 만약 당신이 직관적으로 기회가 50 : 50이라고 생각한다면, 당신은 자동차가 둘 중 하나의 문 뒤에 있기 때문에 기회가 같다고 생각할 수 있다.

　많은 사람들은 석학 마릴린이 틀렸다고 잡지에 써 보냈다. 그녀가 자신의 말이 왜 옳은지 주의 깊게 설명을 했음에도 불구하고 사람들은 틀렸다고 주장했다.

　그 문제에 대해 편지를 보낸 사람들의 92%가 그녀가 틀렸다고 말했는데, 이들 중 많은 사람들이 수학자들과 과학자들이었다. 그들이 말한 내용을 살펴보자.

　나는 일반 사람들이 수학적인 기술이 부족하다는 것이 큰 염려가 됩니다. 당신의 실수를 인정하십시오.

　　　　　　　　　　　　　－철학박사 로버트, 조지 매슨 대학

　이 나라에는 수학적인 문맹자들이 충분히 많이 있습니다, 세계에서 가장 IQ가 높은 당신이 이 숫자를 더 늘릴 필요가 없습니다. 부끄러운 줄 아십시오!

                                -철학박사 스카트 스미스, 플로리다 대학

최소한 3명의 수학자가 정정했을 텐데도 아직 당신의 잘못을 알지 못하고 있다니, 경악을 금치 못하겠군요.

                                -켄트 포드, 디킨슨 주립대학

나는 당신이 고등학교와 대학교 학생들에게서 많은 편지들을 받았으리라 확신합니다. 아마도 당신은 미래의 칼럼을 위해 몇몇 주소들은 잘 간직해야 할 것입니다.

                            -철학박사 W. 로버츠 스미스, 조지아 주립대학

당신은 분명히 틀렸어요. ……얼마나 많은 성난 수학자들이 당신의 마음을 변화시키려 하는지 아십니까?

                            -철학박사 E. 레이 보보, 조지타운 대학

모든 철학박사들이 틀렸다면, 이 나라는 아주 심각한 곤경에 빠질 것입니다.

                            -철학박사 에베레트 하만, 미국 군대 연구소

그러나 마릴린 석학은 옳았다. 그리고 여기에 당신에게 증명할 수 있는 두 가지 방법이 있다.

우선 당신은 다음과 같은 수학공식으로 정답을 알 수 있다.

문을 x, y, z라 명명하자.

자동차가 x문 뒤에 있을 경우 Cx라 하자고 약속한다. Cy, Cz 등으로 표시된다.

사회자가 x문을 열었을 경우에는 Hx라 하자. Hy, Hz 등으로 표시된다.

당신이 x문을 열었을 경우에, 당신이 선택을 바꾸어 자동차를 탈 수 있는 확률은 다음 공식에 의해 알 수 있다.

$$P(Hz \wedge Cy) + P(Hy \wedge Cz)$$
$$= P(Cy).P(Hz \mid Cy) + P(Cz).P(Hy \mid Cz)$$
$$= (^1/_3.1) + (^1/_3.1) = ^2/_3$$

당신이 해 볼 수 있는 두 번째 방법은, 다음과 같이 일어날 수 있는 결과를 모두 그림으로 만들어 보는 것이다.

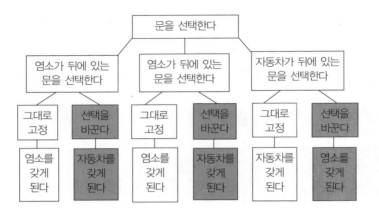

이렇게 당신이 선택을 바꾸어 본다면, 3번 중 2번은 자동차를 탈 가능성이 있다. 그리고 만약 당신이 처음 한 선택을 고집한 다면, 자동차를 탈 가능성은 단지 3번 중 1번이다.

이것은 직관이 가끔은 잘못될 수 있음을 보여 준다. 직관은 사람들이 살아가면서 어떤 일을 결정할 때 사용된다. 한편 논리는 옳은 답을 끄집어낼 수 있게 도와준다.

이를 통해 지본스 선생님이 옳지 않았음을 알게 되고, 또한 숫자들은 때때로 매우 복잡하며, 언제나 간단하게 답이 나오는 것만은 아니라는 사실도 알게 된다. 그리고 바로 그 점 때문에 나는 '몬티 홀 문제'를 좋아한다.

103

집에 들어가자 아빠의 조수 로드리 아저씨가 와 있었다. 아저씨는 아빠가 보일러를 설치하고 수리하는 일을 돕고 있다. 아저씨는 이따금 저녁 때 우리 집에 들러서, 아빠와 맥주를 마시며 텔레비전을 보고 이야기를 나누다 간다.

로드리 아저씨가 입고 있는 흰색 작업복 바지에는 온통 더러운 자국들이 얼룩져 있었고, 왼손 가운뎃손가락에는 금반지를 끼고 있었다. 그리고 뭔지 알 수 없는 냄새, 아빠가 일을 마치고 돌아올 때 나는 냄새를 풍기고 있었다.

나는 선반 위에 있는 나만의 특별한 음식 상자에서 밀키바와 음료수를 꺼냈다. 이것은 내 것이라서 아빠도 손대지 않는다.

그때 아빠가 말했다.

"얘, 어디 갔다 왔니?"

"가게에 음료수와 밀키바를 사러 갔었어요."

"너무 오래 걸렸구나."

"가게 밖에서 알렉산더 부인의 개에게 말을 걸었어요. 녀석을 쓰다듬자 그 개가 내 바지를 킁킁거렸어요."

이것은 또 다른 하얀 거짓말이다. 그때 로드리 아저씨가 말했다.

"세상에, 너는 3단계구나."

3단계가 무슨 말인지 나는 알아듣지 못했다.

"그래, 잘 지내니, 얘야."

"아주 좋아요. 고마워요."

이 말은 그런 질문에 으레 하는 대답이다.

"251곱하기 864는?"

그의 말에 나는 잠시 생각하고 말했다.

"216,864예요."

이것은 정말 쉬운 셈이었다. 우선 864×1000을 먼저 하면 864,000이다. 이것을 4로 나누면 216,000이고, 이것은 250×864다. 여기에 251×864를 하기 위해 864를 한 번 더하면 된다. 그 결과 답은 216,864다.

"답이 맞나요?"

"내가 그걸 어떻게 알겠냐."

로드리 아저씨는 이렇게 대답하며 웃었다. 하지만 나는 로드리 아저씨가 나를 보고 웃는 것이 싫다. 로드리 아저씨는 나를 보며 자주 웃는다. 아빠는 그것이 친근하다는 표시라고 했다.

그때 아빠가 말했다.

"오븐에 내가 '고비 알루 색(감자와 콜리플라워로 만든 카레 요리 : 역주)'을 넣어 놓았다. 괜찮지?"

이것은 내가 좋아하는 인도 요리로 아주 맛있다. 그러나 그 요리는 노란색이어서 나는 먹기 전에 그것을 빨간색 식용 색소로 덮는다. 내 특별한 음식 상자에 작은 색소병이 있다.

"좋아요."

내가 말했다.

"그런데 공원 관리인이 그것들을 이었나요?"

로드리 아저씨의 이 말은 아빠에게 하는 말이었고, 내게 하는 말은 아니었다. 아빠가 대답했다.

"그래, 그 회로판이 마치 망할 놈의 방주에서 나온 것 같았잖아."

로드리 아저씨가 말했다.

"그들에게 말할 거예요?"

"뭐 때문에 그러겠어? 그들은 그를 법정에 세울 생각이 전혀 없는 것 같던데. 그렇지 않아?"

"나중에 문제가 되지 않을까요?"

아빠가 말했다.

"잠자는 개는 그냥 두는 게 최상이야. 나는 그렇게 생각해."

나는 정원으로 나갔다. 시오반 선생님은 책을 쓸 때, 사물을 잘 묘사해서 책 내용에 포함시켜야 한다고 했다. 나는 사진을 찍어 책에 끼워 넣으면 된다고 말했다. 그러나 시오반 선생님은 책의 내용은 단어들을 사용하여 잘 묘사해야만 하고, 그래야 사람들이 그것들을 읽고서 머릿속에 그림을 그릴 수 있다고 했다.

그리고 시오반 선생님은 재미있거나 색다른 것들을 묘사하는 것이 최상이라고 말했다.

시오반 선생님은 또한 사람들에 대해 자세한 내용을 한두 개 언급하면서 사람들을 묘사해야 읽는 사람이 머릿속에서 그들에 관한 그림을 그릴 수 있다고 말해 주었다. 내가 지본스 선생님의 신발에 작은 구멍들이 나 있다고 한 것이나, 경찰의 콧구멍에 두 마리의 생쥐가 있는 것 같다거나, 로드리 아저씨가 뭔지 알 수 없는 냄새를 풍긴다고 쓴 이유가 바로 거기에 있다.

그래서 나는 이번에는 정원을 묘사하려고 한다. 그러나 정원은 재미있거나 색다르지 않다. 그저 정원에 불과하다. 잔디가 있고, 창고가 있고, 빨랫줄이 있다. 그러나 하늘은 재미있고 색다르다. 하늘 전체가 파랗거나 회색이거나 구름으로만 뒤덮여 있다면, 당신의 머리 위로 수백 마일 뻗쳐 있는 것처럼 보이지 않는다면, 하늘은 보기에도 따분할 것이고, 누군가 큰 지붕 위에 하늘을 그려 놓은 것처럼 보일 것이다. 그러나 각기 다른 높이의, 각기 다른 모양의 구름들이 겹겹이 있어서 하늘을 얼마나 거대하게 보이게 하는지 모른다.

하늘의 가장 먼 부분에는 작고 하얀 구름들이 물고기 비늘 모양으로, 또는 규칙적인 모래 언덕들 모양으로 흩어져 있다.

조금 가까운 서쪽 부분에는 밝은 오렌지색의 커다란 구름이 있다. 지금은 저녁 무렵이고 해가 지는 중이기 때문에 그렇다.

땅에 가장 가까운 하늘에는 비구름인 회색 큰 구름이 있다. 그것은 끝이 뾰족하고 다음 그림같이 생겼다.

한동안 하늘을 쳐다보고 있으면, 구름이 아주 천천히 움직이는 걸 볼 수 있다. 그것은 '사구(데이빗 린치 감독의 영화 제목 : 역주)'나 '블레이크 세븐(70년대 말에 제작된 TV 시리즈 : 역주)' 또는 '미지와의 조우(스티븐 스필버그 감독의 영화 제목 : 역주)'에 나온 수백 킬로미터 길이의 외계 우주선같이 보였다. 구름이 견고한 재료가 아닌 수증기가 농축된 작은 물방울로 만들어져 있다는 점을 제외하면 말이다.

어쩌면 구름 같은 그런 외계 우주선이 있을 수도 있다.

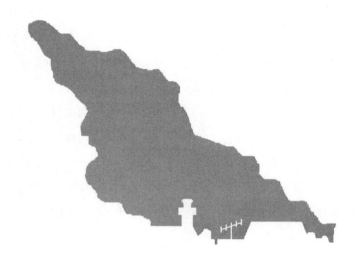

사람들은 외계 우주선이 견고하고, 금속으로 만들어져 있고, 우주선 전체가 빛으로 감싸여 있고, 천천히 하늘로 움직인다고 생각한다. 그것은 우리가 우주선을 만든다면, 만들 수 있는 한 아주 커다란 우주선을 만들고 싶어 하기 때문이다. 그러나 외계 인들은, 만약 그들이 존재한다면, 아마도 우리와 아주 다를 것 이다. 그들은 큰 민달팽이 같거나, 아니면 그림자처럼 평평할지 도 모른다. 아니면 그들은 행성들보다 더 클지도 모른다. 혹은 육체를 가지고 있지 않을지도 모른다. 그들은 컴퓨터처럼 정보로만 존재하는지도 모른다. 그리고 그들의 우주선은 구름처럼 보일 수도 있고, 먼지나 나뭇잎처럼 연속되지 않는 물체로 만들어져 있을지도 모른다.

이때 정원에서 무슨 소리가 들렸다. 그리고 새가 노래하는 소리도 들리고, 해변가의 파도 소리처럼 자동차 소리도 들리고, 어느 곳에선가 음악을 연주하는 소리도 들리고, 아이들이 고함치는 소리도 들렸다. 이러한 소음 속에서 내가 주의 깊게 귀를 기울이고 가만히 서 있으면, 내 귓속에서 웅웅거리는 작은 소리가 들리고, 공기가 내 코를 드나드는 소리를 들을 수 있다.

나는 정원에 있는 공기 냄새가 어떤지 알기 위해 공기를 들이마셨다. 그러나 아무 냄새도 맡을 수 없었다. 아무 냄새도 나지 않았기 때문이다. 나는 그것도 재미있었다.

나는 안으로 들어가 토비에게 먹이를 주었다.

107

내가 가장 좋아하는 책은 『배스커빌의 사냥개』다.

이 책에서 셜록 홈스와 왓슨 박사는 디본의 이슬람교도 출신 의사 제임스 모티머의 방문을 받는다. 제임스 모티머의 친구인 찰스 배스커빌 경은 심장 발작으로 죽었고, 제임스 모티머는 자신도 죽게 되는 것은 아닌지 두렵다는 생각을 한다. 제임스 모티머 또한 배스커빌 가문의 저주가 담긴 옛날 두루마리를 갖고 있기 때문이다.

이 두루마리에는 찰스 배스커빌 경의 조상인 휴고 배스커빌 경에 대해 적혀 있다. 그 조상은 거칠고, 불경스럽고, 신을 인정하지 않는 사람이었다. 그는 시종의 딸을 겁탈하려고 했고, 그 여자는 도망쳤다. 그는 그녀를 잡으려 황무지를 건너가 쫓았다. 그리고 그의 친구들인 무모하고 악한 불량배들이 그를 따라갔다.

그들이 그를 찾았을 때, 그 시종의 딸은 극도의 피로감을 견디지 못해 죽어 있었다. 그때 그들은 사냥개처럼 생긴, 크고 검은 짐승을 보았다. 그것은 보통 사냥개보다 덩치가 훨씬 더 컸고, 살기 넘치는 눈으로 휴고 배스커빌 경의 목을 물어뜯고 있었다. 이것을 본 친구들 중 한 명은 그날 밤 공포에 떨다 죽었고, 나머지 두 명은 살아가면서 몰락했다.

제임스 모티머는 배스커빌의 사냥개가 찰스 경이 죽음에 이르도록 겁을 준 것이라 생각하고, 그의 아들이자 후계자인 헨리 배스커빌 경도 디본에 있는 큰 저택에 가면 위험에 빠질까 봐 걱정했다.

그래서 셜록 홈스는 왓슨 박사를 헨리 배스커빌 경과 제임스 모티머와 함께 디본에 보냈다. 왓슨 박사는 찰스 배스커빌 경을 죽인 살인범이 누구인지 탐색했다. 셜록 홈스는 런던에 있겠다고 말했지만, 혼자 디본 시를 은밀히 여행하면서 탐색 작업을 하였다.

셜록 홈스는 찰스 경이 스태플턴이라는 이웃 사람에게 살해되었다는 것을 알게 되었다. 그는 나비 수집가로 배스커빌 가문과 먼 친척 되는 사람이다. 가난한 스태플턴은 헨리 배스커빌

경을 죽여 그 큰 저택을 물려받으려고 음모를 꾸몄다.

그는 런던에서 커다란 개를 데려왔다. 그는 개의 몸에 인을 발라 어둠 속에서 빛나도록 만들어 찰스 배스커빌 경이 두려움에 사로잡혀 죽게 만들 셈이었다. 결국 셜록 홈스, 왓슨 박사, 스코틀랜드 출신의 형사 레스트레이드가 그를 잡았다. 셜록 홈스와 왓슨 박사는 개에게 총을 쏘아 그 개는 책 속에서 죽은 개 중 한 마리가 되었다. 그러나 이건 개의 잘못이 아니기 때문에 옳지 못하다. 그리고 스태플턴은 황무지의 한 지역인 그림펜 마이어로 도망갔다가 수렁에 빠져 죽는다.

이야기 가운데 내 마음에 들지 않는 부분이 있다. 하나는 고대의 두루마리다. 그것은 이해하기 힘든 옛날 말로 쓰여 있다.

이 이야기로부터 과거의 열매들을 무서워하지 말고, 오직 미래에 신중하게 행할 것을 배우라. 그토록 가혹하게 우리 가문을 고통스럽게 하는 탁하고 더러운 열정을 풀어내어 금지된 일을 다시는 행하지 말라.

그리고 가끔 아서 코난 도일(작가 이름)은 사람을 이렇게 묘사한다.

얼굴에는 미묘하게도 부정한 모습이 있었는데, 야비한 표정과 눈매에는 무정함이 서려 있었고, 얼굴의 완벽한 미를 허무는 야무지지 않은 입술을 갖고 있었다.

그런데 나는 무정함이 서려 있는 눈매가 어떤 건지 모르겠고, 얼굴에도 관심이 없다.

그러나 가끔 단어들의 뜻이 무엇인지 모를 때, 재미있기도 하다. 가령 고얄(깊은 샘 : 역주)이나 토스(언덕이나 험한 바위산 : 역주) 같은 것을 사전에서 찾아보고 무슨 뜻인지 알아내는 일은 재미있기 때문이다.

나는 『배스커빌의 사냥개』를 좋아한다. 탐정소설이라서 사건의 단서도 많고, 사람을 헷갈리게 하는 정보도 많다.

사건의 실마리가 되는 것들로는 아래와 같은 것이 있다.

1. 헨리 배스커빌 경이 런던의 호텔에 있을 때, 부츠를 잃어버린다—이는 블러드하운드(영국산 경찰견 : 역주)처럼, 누군가가 배스커빌의 사냥개에게 냄새를 맡도록 그 부츠를 주려고 했다는 걸 의미한다. 그래서 결국 그를 추적하게 만든다. 또한 이는 배스커빌의 사냥개가 초자연적인 존재가 아니라 실제 개라는 것을 의미한다.

2. 스태플턴은 그림펜 마이어를 통과해서 가는 길을 알고 있는 유일한 사람이다. 그래서 그는 왓슨 박사에게 안전을 위해 거기서 떠나라고 말한다―이는 그가 그림펜 마이어의 중심에 무언가를 숨기고 있으며, 누구도 발견하지 못하게 하고 싶어 한다는 뜻이다.

3. 스태플턴 부인은 왓슨 박사에게 런던으로 즉시 돌아가라고 말한다―이는 그녀가 왓슨 박사를 헨리 배스커빌 경으로 생각하며, 남편이 그를 죽이려 한다는 것을 알고 있다는 의미다.

또 다음과 같은 잘못된 정보로 헷갈리게 하는 내용들도 있다.

1. 셜록 홈스와 왓슨은 런던에 있을 때, 검은 턱수염을 가진 남자에게 미행당한다―이 내용에서, 우리는 그 남자가 배스커빌 저택의 관리인인 베리모어라고 오해하기 쉽다. 왜냐하면 그 사람만 검은 턱수염을 가지고 있기 때문이다. 그러나 사실 그 남자는 거짓 턱수염을 붙인 스태플턴이었다.

2. 노팅 힐의 살인자, 셀던―이 남자는 가까운 감옥에서 도망

쳐, 황무지에서 쫓기는 중이었다. 이는 그가 이 이야기에서 무슨 중요한 역할을 하는 것은 아닌가 하는 생각을 하게 한다. 그가 죄수이기 때문이다. 그러나 그는 이 이야기와 아무런 상관이 없다.

3. 바위산 위의 남자―왓슨 박사가 황무지에서 밤에 본, 그러나 누군지 알 수 없는 남자의 실루엣이 있다. 혹시 살인자의 모습이 아닌가 생각하게 하지만 그것은 디본에 비밀리에 온 셜록 홈스였다.

나는 셜록 홈스를 좋아하기 때문에 『배스커빌의 사냥개』도 좋아한다. 내가 탐정이 된다면 그와 같은 탐정이 되었을 것이다. 그는 매우 똑똑하고, 미스터리를 잘 해결하며, 다음과 같이 말한다.

아무나 그저 우연히 알아차리지는 못하겠지만, 세상에는 명확한 단서들이 널려 있다.

그러나 그는 그것들을 알아볼 줄 안다. 나도 그렇다. 또한 책에는 이렇게도 쓰여 있다.

셜록 홈스는 아주 놀라울 정도로, 의식적으로 자신의 마음을 분리하는 능력을 가지고 있다.

이 점도 나와 비슷하다. 내가 어떤 일에 완전히 몰두하면, 가령 수학 문제를 푼다거나 또는 아폴로 비행이나 큰 하얀 상어에 관한 책을 읽게 되면, 나는 어떤 것도 듣지 못한다. 아빠가 저녁 먹으라고 말해도 내 귀에는 아무 소리도 들리지 않는다. 그렇기 때문에 나는 체스 게임을 잘한다. 나는 마음을 자유롭게 분리하여 체스 판에만 집중할 수 있다. 그래서 상대방이 잠시 집중하는 걸 멈추고 코를 풀거나 창 밖을 응시하면, 그들은 실수를 하기 마련이고 나는 이기게 되는 것이다. 왓슨 박사는 셜록 홈스에 대해 이렇게 말한다.

……그의 마음은 분주하게 움직이며 이렇듯 어이없고 겉으로는 아무런 연관이 없어 보이는 에피소드들을 어떤 도식 속에 기막히게 짜맞춘다.

이 책을 쓰면서 내가 하려는 것도 바로 그런 것이다.
또한 셜록 홈스는 초자연적인 존재를 믿지 않는다. 신과 요정이야기, 지옥의 사냥개들과 저주 등 어리석은 것들을 믿지 않는다.

나는 셜록 홈스에 대한 두 가지 재미있는 사실들을 말하면서 이 장을 끝내려 한다.

1. 셜록 홈스의 원작에서, 홈스는 결코 사슴 사냥꾼 모자를 쓴 것으로 묘사된 적이 없다. 그는 다만 그림이나 만화 속에서 그렇게 그려진다. 사슴 사냥꾼 모자는 시드니 파겟이라는 사람이 만들어 낸 것이다. 그는 처음 책들에 삽화를 그린 사람이다.

2. 셜록 홈스의 원작에서, 홈스는 결코 이렇게 말하지 않는다.
"친애하는 왓슨, 그건 기본이야."
오직 영화와 텔레비전에서만 이렇게 말할 뿐이다.

109

그날 밤 나는 책을 조금 더 썼다. 다음 날 아침 나는 그것을 학교에 가지고 가서 시오반 선생님에게 맞춤법에 맞는지, 틀린 글자는 없는지 봐 달라고 했다.

시오반 선생님은 오전 휴식 시간 내내 책을 읽었다. 커피를 마시며, 운동장 구석에서 다른 선생님들과 앉아 있을 때도 읽었다. 오전 휴식 시간이 끝난 후, 시오반 선생님은 내 옆에 와 앉았다. 알렉산더 부인과의 대화를 조금 읽었다고 말하면서, 선생님은 이렇게 물었다.

"아빠에게 이것에 대해서 말씀드렸니?"

"아뇨."

"아빠에게 얘기할 거니?"

"아뇨."

"그래, 크리스토퍼, 그게 좋을 것 같구나. 그 사실을 알게 되어 마음이 슬펐니?"

"무엇을 알게 되어서요?"

"엄마와 시어즈 씨 사이의 관계를 알고 나서 속상했니?"

"아뇨."

"크리스토퍼, 정말이야?"

"저는 언제나 진실만을 말해요."

"나도 알아, 크리스토퍼. 그러나 가끔 우리는 여러 가지 일을 겪으면서 마음이 슬퍼질 때가 있고, 다른 사람에게 그것에 대해 말하고 싶지 않을 때가 있잖아. 우리는 비밀을 갖고 싶어 하니까. 그런데 가끔은 슬프면서도 정말로 슬프다는 걸 알지 못할 때도 있지. 그래서 우리는 슬프지 않다고 말하지. 그러나 사실은 마음이 슬프거든."

"전 슬프지 않아요."

"혹시 네가 슬픈 마음이 들면, 내게 와서 그것에 대해 말해 주면 좋겠구나. 선생님한테 말하고 나면 조금 덜 슬퍼질 거야. 그런데 만약 슬프다고 느껴지지 않으면, 너는 단지 나에게 그렇지 않다고 말하면 돼. 그래도 좋아. 이해할 수 있겠니?"

"이해했어요."

"좋아."

"하지만 저는 슬프지 않아요. 엄마는 돌아가셨으니까요. 그리고 시어즈 씨가 제 주변에 있는 것도 아니고요. 또 그게 지금 일어나고 있는 일도 아니잖아요. 존재하지도 않는 일에 대해 슬픈 감정을 갖는다는 건 어리석은 일 같아요."

시오반 선생님과 대화하고 나서 남은 오전 시간에 나는 수학 문제를 풀었다. 그리고 점심 때는 키시(베이컨의 일종 : 역주)를 먹지 않았다. 노란색이었기 때문이다. 그러나 당근과 콩, 토마토 케첩을 많이 먹었다. 그리고 검은 딸기와 사과 푸딩을 먹었지만, 푸딩 조각은 먹지 않았다. 역시 노란색이었기 때문이다. 나는 푸딩 조각을 버리기 위해 데이비스 부인에게 갔다. 부인이 내 접시에 있는 것을 건드리기 전에 버렸다. 왜냐하면 다른 종류의 음식이 접시에 놓인 음식과 닿으면 더 이상 먹고 싶지 않기 때문이다. 오후에 피터스 선생님과 미술 수업을 했고, 나는 외계인들에 관한 그림을 아래와 같이 그렸다.

113

내 기억은 영화와 같다. 내가 이 책에 써 내려간 대화처럼, 사람들이 무엇을 입고 있었는지, 그들에게서 무슨 냄새가 났는지 등에 대해 잘 기억한다. 내 기억력은 사운드 트랙처럼 냄새 트랙도 가지고 있기 때문이다.

그래서 사람들이 어떤 것을 기억하느냐고 물으면, 나는 VTR처럼 단순히 되감기나 빨리 감기, 또는 정지를 누르기만 하면 된다. 그러나 때로는 DVD 같을 때도 있다. 왜냐하면 오래전의 일을 기억해 내기 위해 모든 것을 처음부터 끝까지 되감을 필요는 없으니까. 그리고 버튼도 없다. 왜냐하면 그것은 내 머릿속에서 일어나는 일이기 때문이다.

만약 어떤 사람이 내게 "크리스토퍼, 내게 엄마에 대해 말해 줄래?"라고 말하면, 나는 많은 장면들을 되감기해, 그 장면들에서 엄마가 어땠는지 이야기할 수 있다.

예를 들어, 내가 9살 때, 그러니까 1992년 7월 4일을 되감기해 보면 이렇다. 그날은 토요일이었다. 콘웰에서 휴가를 보내고 있던 우리는 오후에 폴페로 해변에 갔다. 엄마는 면 반바지와 밝은 파란색 비키니를 입고, 콘슐리트라는 박하 향이 나는 담배를 피웠다. 엄마는 수영을 하지 않았다. 엄마는 빨간색과 보라색 줄무늬가 있는 타월 위에서 일광욕을 하고, 조젯 헤이어가 쓴 『가장무도회』라는 책을 읽었다. 엄마는 일광욕을 끝내고 수영하러 물속에 들어가며 말했다.

"와! 대단하구나. 차가워."

엄마는 나에게 들어오라고 했다. 그러나 나는 수영하는 것을 좋아하지 않는다. 나는 옷을 벗기 싫어한다. 그러자 엄마는 바지를 둘둘 걷어 올리고 물속에서 조금 걸어 보라고 했다. 그래서 그렇게 했다. 그러고는 물속에 가만히 서 있었다. 엄마가 말했다.

"저것 보렴, 근사하구나!"

엄마는 물로 달려가 물 아래로 사라졌다. 나는 상어가 엄마를 잡아먹었다는 생각이 들어 비명을 질렀다. 엄마는 물에서 나와 내가 서 있는 곳으로 오더니, 엄마의 오른손을 들고 손가락을 부채처럼 쫙 펴고 말했다.

"이리 와, 크리스토퍼, 내 손을 만져 보렴. 지금 와 봐. 소리 지르지 말고 엄마 손을 만져 봐. 내 말 들어, 크리스토퍼. 너는 할 수 있어."

잠시 후 나는 소리 지르는 것을 멈추고, 내 왼손을 들어 손가락을 부채처럼 펴고 엄마의 손가락과 마주 쳤다. 엄마는 말했다.

"좋아. 크리스토퍼, 잘했다. 콘웰에는 상어가 없단다."

그러자 나는 기분이 좋아졌다.

나는 4살 이전에 있었던 일 말고는 모두 기억할 수 있다. 4살 이전에는 사물들을 제대로 바라볼 수 없어서 제대로 녹화하지 못했다.

모르는 사람을 기억할 때, 나는 그들이 어떤 옷을 입고 있는지 관찰한다. 아니면 그들이 지팡이를 갖고 있는지, 재미있는 머리 모양인지, 안경 모양은 어떤지, 또는 움직일 때 특이하게 팔을 움직이는지를 본다. 그리고 그들을 다시 만났을 때, 내 기억 속에서 그들을 찾는다.

어떻게 행동해야 할지 모를 난처한 상황에서 대처 방법을 찾아야 할 때는, 다음과 같은 방법을 사용한다.

예를 들어, 만약 사람들이 "두고 보자, 이 악어야." 또는 "너는 그러다 끝장날걸."처럼 이치에 맞지 않은 말을 하면, 나는 검색 작업을 해서 내가 전에 그런 말을 들은 적이 있는지 찾아본다.

어떤 사람이 학교 복도에 누워 있다면, 나는 기억 속에서 검색 작업을 해서, 간질병 발작을 하는 어떤 사람의 그림을 찾아내고, 그 그림과 지금 내 앞에서 일어나는 일과 비교하고, 그가 단지 누워서 게임을 하는 것인지 아니면 잠자고 있는 것인지 또는 정말로 간질병 발작을 일으키고 있는 것인지를 판단할 수 있다. 만약 간질병 발작을 일으키는 것이라면, 나는 가구 따위를 방해가 되지 않게 움직여 놓아 그들의 머리가 쾅 하고 부딪히는 것을 막는다. 그러고는 점퍼를 벗어 그들 머리 아래에 놓고 선생님을 찾으러 간다.

다른 사람들도 머릿속에 그림을 갖고 있을 것이다. 그러나 그들은 나와 다르다. 내 머릿속의 그림은 모두 실제로 일어났던 일들이다. 그러나 다른 사람들은 실제로 일어나지 않은 일들도 머릿속에 그림으로 갖고 있다.

예를 들어, 때때로 엄마는 이렇게 말하곤 했다.

"만약 엄마가 네 아빠와 결혼하지 않았으면, 나는 프랑스 남부의 작은 농가에서 장이라는 사람과 살고 있을 거야. 그리고…… 그래! 아마 그는 재주꾼일 거야. 알잖니. 사람을 위해서 그림을 그리고, 장식해 주고, 정원을 가꾸어 주고, 울타리를 만들어 주는 사람 말이야. 그리고 베란다에는 무화과나무를 키우고, 정원 밑에는 해바라기 밭을 만들고, 멀리 산에는 작은 마을이 있고, 저녁에는 밖에 앉아 레드 와인을 마시고 골루와즈 담배를 피우며 해가 지는 걸 보는 거지."

시오반 선생님은 언젠가 말했다. 기분이 우울하거나 슬플 때, 선생님은 눈을 감고 케이프 코드에 사는 친구 엘리와 함께 집에 있는 장면을 상상한다고. 그리고 그들이 프로방스 마을에서 배로 여행을 하다가 만으로 들어가 고래를 보는 장면을 상상할 때면 마음이 편안해지고 행복해진다고 말이다.

그리고 엄마처럼 누군가가 죽고 없는데도, 사람들은 때때로 이렇게 말한다.

"만약 엄마가 여기에 있다면 무슨 말을 하고 싶니?"

엄마가 죽고 없는데, 죽은 사람에게 말할 수 없는데, 죽은 사람이 생각할 수 있는 것도 아닌데, 이렇게 물어보는 것은 어리석다.

할머니도 머릿속에 그림을 갖고 있다. 그러나 할머니의 그림은 뒤섞여 있다. 마치 누군가가 필름을 뒤섞어 놓은 것처럼. 그래서 할머니는 일이 일어난 순서대로 말할 수 없다. 할머니는 죽은 사람이 아직도 살아 있다고 생각하고, 어떤 일이 진짜 삶에서 일어난 이야기인지 텔레비전에서 나온 이야기인지 분간하지 못한다.

127

학교를 마치고 집에 왔을 때 아빠는 아직 퇴근하지 않았다.
나는 현관문을 열고 집 안으로 들어가 코트를 벗었다. 그러고는
주방으로 가서 식탁에 내 물건들을 놓았다. 그 물건들 가운데는
내가 쓰고 있던 책도 있었다. 시오반 선생님에게 보여 주기 위
해 학교에 가져갔던 것이다. 나는 나무딸기로 셰이크를 만들어
전자레인지에 데웠다. 그리고 거실로 그것을 가지고 가서는,
'푸른 별 지구' 비디오 시리즈 중에서 대양의 가장 깊은 곳에서
사는 생명체에 관한 비디오를 보았다.

그 비디오는 유황 분화구 주변에 사는 바다 생명체들에 관한
것이다. 그것은 수중 분화구로서, 이곳의 가스들이 지구 표면에
서 물로 배출된다. 과학자들은 그곳에 어떤 살아 있는 유기체가

있으리라고는 전혀 예측하지 못했다. 그곳은 너무 뜨겁고, 자극적인 냄새가 나기 때문이다. 그러나 그곳에는 완전한 생태계가 있다.

나는 이 비디오가 좋다. 과학이 언제나 새로운 것을 발견할 수 있다는 것을 보여 주기 때문이다. 또한 당연한 일로 생각되던 모든 사실들이 완전히 틀린 것일 수 있다는 점도 밝혀 준다. 나는 에베레스트 산의 정상보다 더 험한 장소에서, 혹은 해수면에서 겨우 몇 마일 떨어진 장소에서 그것을 필름에 담았다는 사실이 마음에 든다. 그리고 그것은 지구 표면 위에서 가장 조용하고, 가장 어둡고, 가장 비밀스러운 장소 중 하나다. 나는 수압 때문에 안쪽으로 파열되는 것을 막기 위해 유리창 두께가 30센티미터 되는 둥근 모양의 금속 잠수함에 내가 들어가 있다고 상상하는 걸 좋아한다. 그리고 나는 그 안에 있는 유일한 사람이며, 그것은 모선에 전혀 연결되지 않았다는 상상을 한다. 그래서 그것만의 힘으로 작동하는데, 나는 모터들을 조종해서 해저에서 어디든 원하는 곳으로 움직여 갈 수 있지만 결코 발견되지는 않는다.

아빠는 저녁 5시 48분에 집에 왔다. 현관문으로 들어오는 소리를 들었다. 아빠가 거실로 들어왔다. 아빠는 초록빛이 감도는 라임색과 하늘색 체크 무늬 셔츠를 입고 있었다. 신발 한쪽에는 이중 매듭이 있었고, 다른 쪽은 매듭이 없었다. 아빠는 퓨젤의 분말 우유에 대한 낡은 광고판을 들고 있었다. 그 광고판은 금속으로 만들어져 있었고, 파랗고 하얀 에나멜 칠이 되어 있었으며 녹슨 자국들이 총구멍처럼 퍼져 있었다. 그러나 왜 아빠가 그것을 가져왔는지는 설명해 주지 않았다.

"안녕, 동지!"

이건 가끔 아빠가 하는 농담이다.

"아빠, 안녕."

나는 계속 비디오를 보았고, 아빠는 주방으로 갔다.

나는 식탁에 내 책을 꺼내 놓았다는 것을 잊고 있었다. 왜냐하면 '푸른 별 지구' 비디오가 너무 재미있었기 때문이었다. 이것은 '당신의 눈길이 소홀해질 때'라는 부제가 붙은 것으로, 당신이 탐정이라도 결코 알아내지 못하는 내용이다.

아빠가 거실에 나왔을 때는 5시 54분이었다.

"이게 뭐냐?"

아빠는 아주 조용히 말했다. 나는 아빠가 소리 지르지 않았기 때문에 화가 났다는 것을 알아채지 못했다.

아빠는 오른손에 책을 들고 있었다.

"제가 쓰는 책인데요."

"이게 사실이니? 너, 알렉산더 부인과 이야기했니?"

아빠는 이것도 아주 조용히 말했다. 그래서 나는 아직도 아빠가 화났다는 것을 알아채지 못했다.

"네."

"이런 제기랄, 크리스토퍼. 너는 왜 그렇게 바보 같니?"

시오반 선생님이 말한 것이 바로 이런 수사의문문이었다. 그것은 끝에 의문 부호가 붙지만 몰라서 묻는 것이 아니다. 그것을 묻는 사람은 이미 답을 알고 있다. 수사의문문에 대답하는 것은 어렵다.

그때 아빠는 말했다.

"이런, 빌어먹을. 크리스토퍼, 내가 말했지?"

이번에는 훨씬 더 큰 소리였다.

"우리 집에서 시어즈 씨의 이름을 말하지 말 것. 시어즈 부인에게 누가 그 망할 놈의 개를 죽였는지 물어보지 말 것. 그 누구에게도 누가 그 망할 놈의 개를 죽였는지 물어보지 말 것. 남의 정원에 함부로 들어가지 말 것. 우스꽝스러운 망할 놈의 개 탐정 놀이를 그만둘 것. 저는 이것들 가운데 어떤 것도 어기지 않았어요. 저는 단지 알렉산더 부인에게 시어즈 씨에 대해 물었을 뿐이에요. 왜냐하면……."

그러나 아빠는 내 말을 끊었다.

"그따위 허튼 소리 하지 마. 이 꼬마 악마 같은 놈아. 넌 네가 허튼 짓을 하고 있다는 걸 알고 있어. 알아 둬. 아빠가 이미 책을 읽었다."

그렇게 말하면서 아빠는 책을 높이 들고 흔들었다.

"크리스토퍼, 또 다른 말이 필요하니?"

나는 이것도 수사의문문일지 모른다는 생각을 했다. 그러나 확실히 모르겠다. 나는 무섭고 혼란스러워져서 무슨 말을 해야 할지 알 수 없었다.

아빠가 다시 물었다.

"크리스토퍼, 내가 무슨 말을 할 것 같으냐?"

"모르겠어요."

"생각해 봐. 너는 지독히도 기억 잘하는 놈이잖아."

그러나 나는 생각할 수 없었다.

"다른 사람의 일에 너의 그 허튼 코를 박지 말라고 했지. 그런데 너는 뭘 한 거지? 너는 다른 사람 일에 코를 들이밀며 다녔어. 너는 과거를 샅샅이 파헤쳐서는 동네에서 마주치는 어중이떠중이들에게 떠벌린 거야. 크리스토퍼, 내가 너를 어떻게 해야 할까? 너 같은 놈을 어떻게 해야 하느냐고?"

"저는 그저 알렉산더 부인과 얘기 좀 했을 뿐이에요. 저는 파헤치러 다니지 않았어요."

"크리스토퍼, 아빠를 위해서 딱 한 가지만 해 다오. 한 가지

150

만."

"저는 알렉산더 부인과 이야기를 나누고 싶지 않았어요. 알렉산더 부인이 먼저……."

아빠는 내 말을 끊고 내 팔을 정말로 아프게 움켜쥐었다.

아빠는 이전에 나를 이렇게 꽉 움켜잡은 적이 없었다. 엄마는 가끔 나를 때린 적이 있었다. 엄마는 다혈질이라 다른 사람보다 더 빨리 화를 내고 더 많이 소리 지르던 사람이었다. 그러나 아빠는 좀더 분별 있는 사람이어서 그렇게 빨리 화를 내지도 않았으며, 소리를 지른 적도 별로 많지 않았다. 그래서 나는 아빠가 나를 움켜잡았을 때 놀랐다.

나는 사람들이 나를 잡는 것을 좋아하지 않는다. 그리고 내가 놀라는 것도 좋아하지 않는다. 그래서 나는 아빠를 때렸다. 경찰이 내 팔을 잡아 나를 들어올렸을 때 경찰을 때린 것처럼 아빠를 때렸다. 그러나 아빠는 손을 놓지 않고 고함을 질렀다. 그래서 나는 다시 아빠를 때렸다. 그 다음은 내가 무엇을 했는지 기억이 나지 않는다.

나는 잠시 동안 정신을 잃었다. 나중에 시간을 계산해 보니 아주 짧은 시간이었다. 누군가가 내 스위치를 껐다가 다시 켠 듯했다. 다시 나의 스위치가 올라갔을 때, 나는 벽에 등을 기대고 카펫에 앉아 있었다. 내 오른손에는 피가 묻어 있었고, 머리

151

한쪽은 다친 상태였다. 아빠는 1미터 떨어져서 나를 내려다보며 서 있었다. 아빠는 아직도 오른손에 내 책을 들고 있었다. 그러나 그것은 반쯤 구겨져 있었고, 모서리는 엉망이 되어 있었다. 아빠의 목에는 할퀸 상처가 있었고, 아빠의 라임색과 하늘색 체크 무늬 셔츠의 소매는 찢어져 있었다. 아빠는 깊게 숨을 내쉬고 있었다.

1분쯤 지난 후, 아빠는 돌아서서 주방 쪽으로 걸어갔다. 아빠는 주방에 나 있는 뒷문을 열고 정원을 지나 밖으로 나갔다. 나는 아빠가 쓰레기통의 뚜껑을 열고 무언가를 버린 다음 다시 뚜껑을 제자리에 놓는 소리를 들었다. 다시 주방으로 돌아온 아빠는 손에 책을 가지고 있지 않았다. 아빠는 뒷문을 잠그고, 열쇠를 작은 중국산 주전자에 넣었다. 그 주전자는 뚱뚱한 수녀처럼 생겼다. 아빠는 주방 한가운데 서서 눈을 감았다.

아빠는 눈을 뜨고 말했다.

"지독히도 갈증이 나는군."

그리고 아빠는 맥주 한 캔을 들이켰다.

131

내가 노란색과 갈색을 싫어하는 이유를 말해 보겠다.

노란색

1. 커스터드

2. 바나나(게다가 바나나는 갈색이 될 수도 있다)

3. 두 줄의 황색선

4. 황열병(서부 아프리카와 열대 아메리카에서 발생하는 질병으로 고
   열, 급성 신염, 황달, 출혈을 가져온다. 황열병은 이집트 모기의 침
   에 의해 바이러스가 전염되어 생기는 병이다. 그리고 신염이란 신장
   의 염증을 말한다)

5. 노란색 꽃(나는 꽃가루 알레르기가 있기 때문이다. 꽃가루 알레르

기는 세 종류의 건초열―꽃가루 등으로 인한 알레르기성 질환―중의 하나로, 다른 두 종류에는 풀잎과 버섯류에 의한 질환이 있다. 이것은 나를 아프게 한다)

6. 스위트콘(이것은 풀이나 나뭇잎처럼, 소화가 안 되면 볼일 볼 때 그 모양 그대로 나온다. 그걸 보면 다시는 먹고 싶지 않다)

갈색

1. 오물

2. 고깃국물

3. 똥

4. 목재(사람들은 나무로 기계들과 기구들을 만들었다. 그러나 이제는 더 이상 나무를 사용하지 않는다. 왜냐하면 나무는 부서지고, 썩고, 가끔은 벌레 먹기 때문이다. 지금은 사람들이 기계와 기구들을 금속과 플라스틱으로 만들기 때문에 훨씬 더 현대적이고 재질이 좋다)

5. 멜리사 브라운(멜리사는 우리 학교에 다니는 여자 아이 이름으로, 애닐이나 모하메드라는 이름처럼 갈색이라는 뜻이 있는 것은 아니다. 그것은 단지 이름일 뿐이다. 그러나 멜리사는 내 큰 우주비행사 그림을 두 조각으로 찢어 놓았다. 피터스 선생님이 그것을 테이프로 붙여 주었지만 나는 그것을 던져 버렸다. 깨진 것처럼 보였기 때문이다)

포브스 선생님은 '노란색과 갈색을 싫어하는 것은 어리석은 일' 이라고 말했다. 그러나 시오반 선생님은 그런 식으로 말해서는 안 되며, 사람은 누구나 좋아하는 색이 있는 거라고 말했다. 시오반 선생님의 말이 옳다. 포브스 선생님 말도 조금 일리는 있다. 색에 대한 편견은 어리석어 보이기도 한다. 그러나 인생에서 사람들은 많은 결정들을 하게 되고, 만약 어떤 것도 결정을 하지 못하게 된다면 여러 일들 중에서 이것을 할까 저것을 할까 택하느라 시간을 소모하게 된다. 그래서 어떤 것을 왜 싫어하고, 또 어떤 것을 왜 좋아하는지 이유가 있는 것이 좋다. 이건 아빠가 베르니 여관에서 나와서 나를 레스토랑에 데려갔을 때, 어떤 메뉴를 고르느냐 하는 것과 동일한 것이다. 그러나 만약 아직 맛보지 않은 것이라서 어떤 것을 좋아하는지 알 수 없을 수도 있다. 그러면 좋아하는 음식을 고르고, 좋아하지 않는 음식은 고르지 않으면 된다. 아주 간단하다.

137

　다음 날 아빠는 때려서 미안하다고 사과하면서, 처음부터 그
럴 생각은 아니었다고 말했다. 아빠는 소독약으로 내 볼의 상처
를 닦아 주며 감염되지 않았다고 말하고는 상처에 고약을 붙여
더 이상 피가 나지 않도록 했다.

　그날은 마침 토요일이라서, 아빠는 사과하는 뜻에서 놀러 가
자고 말했다. 우리는 트위크로스 동물원에 가기로 했다. 아빠는
나를 위해 하얀 빵에 토마토와 상추, 햄, 딸기잼을 넣어 샌드위
치를 만들었다. 내가 잘 모르는 장소에서 사 먹는 것을 좋아하
지 않기 때문이었다. 동물원에 사람이 많지 않아서 좋을 것이라
고 아빠가 말했다. 비가 올 것이라고 기상청에서 예보했기 때문
에 사람이 많지 않을 것이고, 나 역시 그 점이 좋았다. 사람이 많

156

이 붐비면 좋지 않고, 게다가 나는 비 오는 걸 좋아한다. 그래서 나는 오렌지색 우비를 입었다.

우리는 자동차를 타고 트위크로스 동물원에 갔다. 나는 전에 한 번도 트위크로스 동물원에 가 본 적이 없어서 머릿속에 거기에 가는 길이 그려져 있지 않았다. 우리는 안내 센터에서 가이드북을 사서, 동물원 전체를 둘러보고 가장 마음에 드는 동물이 무엇인지 적었다.

다음과 같은 것들이다.

1. 랜디맨 : 이것은 붉은 얼굴을 한 스파이더 원숭이(아텔레스 파니스쿠스 파니스쿠스)의 이름이다. 이 원숭이는 가장 나이가 많은데 아직도 갇혀 있다. 랜디맨은 44살로, 아빠와 나이가 같다. 이 원숭이는 배에서 애완용으로 있었기 때문에, 해적선 이야기에 나오는 것처럼 배 둘레에 금속 띠를 두르고 있다.

2. 파타고니아 바다사자 : 이것은 기적과 별이라 불린다.

3. 말리쿠 : 이것은 오랑우탄이다. 나는 이것이 초록색 줄무늬 파자마가 우리 옆에 있는 파란 플라스틱 표지판에 걸쳐져서 자연스럽게 만들어진 해먹 위에 누워 있다는 점이 특히 마음에 들었다.

우리는 카페에 갔다. 아빠는 생선요리와 애플파이, 아이스크림, 홍차를 시켰고, 나는 샌드위치를 먹었다. 그리고 나는 동물원 가이드북을 읽었다.

"크리스토퍼, 아빠는 너를 무척 사랑한단다. 이 사실을 잊지마라. 아빠가 때로는 자제심을 잃어버릴 때가 있다는 걸 알아. 화가 났거든. 소리도 질렀지. 그러지 말았어야 했는데. 아빠는 네가 염려가 돼서 그런 거란다. 네가 곤란에 빠질까 봐 그런 거야. 아빠는 네가 상처 입게 되는 걸 원치 않거든. 무슨 말인지 이해하겠니?"

나는 이해가 되는지 안 되는지 알 수 없어서 이렇게 말했다.

"모르겠어요."

"크리스토퍼, 아빠가 너를 사랑하는 건 알겠니?"

나는 "네."라고 대답했다. 누군가를 사랑하는 것은, 어려움에 빠질 때 도와주고, 돌봐 주고, 진실을 말해 주는 것인데, 아빠는 내가 어려울 때, 그러니까 경찰서에 간다든가 하는 어려움에 있을 때 나를 도와주었고, 언제나 내게 진실을 말해 준다. 이는 아빠가 나를 사랑한다는 증거다. 그러자 아빠는 오른손을 높이 들고 손가락을 부채처럼 쫙 폈다. 나도 왼손을 아빠처럼 펴서 아빠의 손과 마주쳤다.

그러고 나서 나는 가방에서 종이 한 장을 꺼내 기억을 더듬어

동물원의 지도를 그려 보았다. 그 지도는 다음과 같다.

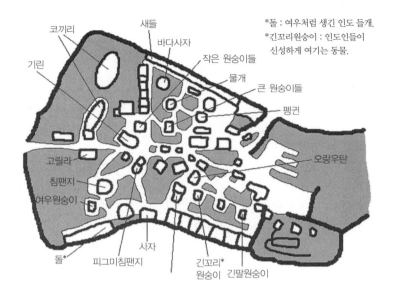

코끼리
새들
바다사자
작은 원숭이들
물개
큰 원숭이들
펭귄
기린
고릴라
침팬지
여우원숭이
오랑우탄
돌*
피그미침팬지
사자
긴꼬리*
원숭이
긴팔원숭이

*돌 : 여우처럼 생긴 인도 들개.
*긴꼬리원숭이 : 인도인들이
신성하게 여기는 동물.

그런 다음 우리는 기린을 보러 갔다. 그들의 똥 냄새는 학교
에 있는 게르빌루스 쥐 우리에서 나는 냄새와 같았다. 그들이
달릴 때, 그들의 다리는 너무 길어서 마치 슬로우 모션으로 달
리고 있는 것 같이 보인다.

길이 막히기 전에 집에 가자고 아빠가 말했다.

139

나는 셜록 홈스를 좋아한다. 그러나 셜록 홈스 시리즈의 작가인 아서 코난 도일은 좋아하지 않는다. 그가 셜록 홈스는 아니기 때문이며, 그가 초자연적인 것을 믿는 것도 싫다.

그는 나이 들어서 신 내린 사람들의 모임에 들어갔는데, 이는 그가 죽은 자들과 교류할 수 있다고 믿었다는 뜻이다. 그의 아들은 1차 세계 대전 때 인플루엔자로 죽었는데 그는 아들의 영혼과 말하고 싶어 했다.

1917년에 '코팅리 요정 사건'이라고 부르는 유명한 사건이 일어났다.

9살인 프랜시스 그리피스와 16살인 엘지 라이트라는 2명의 사촌이 "코팅리 벡 폭포 옆에서 요정들과 놀았고, 프랜시스 아빠의 사진기로 다음과 같은 요정 사진을 5장 찍었다."고 말했다.

그러나 그들은 진짜 요정이 아니었다. 종이 위에 그린 그림을 잘라서 핀으로 세운 것이었다. 왜냐하면 엘지는 진짜로 탁월한 화가였기 때문이다.

위조 사진의 전문가인 해럴드 스넬링은 다음과 같이 말했다.

이 춤추는 모습은 종이나 천으로 만든 것이 아니다. 또한 사진 배경 위에 그려진 것도 아니다—그런데 신기한 것은 이 모습들이 사진을 찍을 때 움직이고 있었다는 점이다.

그러나 그는 어리석었다. 종이는 사진을 찍을 때 움직일 수밖에 없다. 사진 노출은 아주 길었다. 사진을 보면 알겠지만, 사진 배경에 작은 폭포가 있는데, 그것은 흐릿하게 나와 있다.

그런데 아서 코난 도일은 이 사진에 대해 듣고, 〈스트랜드〉라는 잡지에 자신은 그것들을 진짜라고 믿는다고 기고했다. 그는 이번에도 어리석었다. 그 사진들을 자세히 보면 요정들이 낡은 책에 나오는 요정처럼 보이고, 더구나 날개를 달고, 드레스를 입고, 타이즈에다 구두를 신고 있어서, 마치 지구에 착륙한 외계인처럼 보이기 때문이다. '닥터 후'에 나온 달렉스, '스타워즈'의 죽음의 별에 나온 왕실의 돌격대원, 또는 외계인 만화에 나오는 작은 초록인종처럼 보인다.

1981년 조 쿠퍼라는 사람이 〈불가사의〉라는 잡지의 기사를 위해 엘지 라이트와 프랜시스 그리피스와 인터뷰를 했다. 그때 엘지 라이트는 5장의 사진 모두 조작된 것이라고 말했고, 프랜시스 그리피스는 4장은 조작된 것이지만 1장은 진짜라고 말했다. 그리고 그들은 아서 셰퍼슨이 쓴 『마리 공주의 선물』이라는 책을 보고 엘지가 요정을 그린 것이라고 말했다.

이 사건은 사람들에게는 때때로 어리석은 짓을 하고 싶어 할 때가 있고, 진실을 알고 싶어 하지 않을 때가 있음을 여실히 보여 준다.

또한 '오컴의 면도날(오컴은 영국의 스콜라 철학자 : 역주)'이라 불리는 이론이 진짜라는 것도 밝혀졌다. '오컴의 면도날'은 남자들이 수염을 깎을 때 쓰는 것이 아니라 일종의 법칙이다. 그것은 다음과 같은 뜻을 지니고 있다.

절대적으로 필요한 것보다 더 우선되는 가치는 없다.

그래서 살인 사건의 피해자는 언제나 잘 아는 사람에 의해 죽게 되고, 요정들은 종이로 만들어질 수밖에 없다. 그리고 죽은 사람과는 이야기할 수 없다.

149

  월요일에 학교에 갔을 때, 시오반 선생님이 얼굴 한쪽에 왜 멍이 들었는지 물었다. 아빠가 화가 나서 나를 움켜잡았기 때문에 내가 아빠를 때려서 싸움이 벌어졌다고 말했다. 시오반 선생님은 아빠가 나를 때렸는지 물었고, 나는 모르겠다고 대답했다. 너무 힘들어서 내 기억력이 혼란을 일으켰기 때문이다. 그러자 선생님은 아빠가 화가 났기 때문에 나를 때리지 않았겠느냐고 물었다. 그래서 나는 아빠가 나를 때린 것이 아니라, 나를 움켜 잡은 것이지만 아빠가 화가 많이 난 상태였다고 말했다. 시오반 선생님이 아빠가 나를 세게 잡았는지 물어서, 나는 그렇다고 대답했다. 그러자 시오반 선생님은 내가 집에 가는 것이 두려운지 물었고 나는 아니라고 말했다. 다시 시오반 선생님이 자신과 계속해서 이야기하고 싶은지 물어서 나는 아니라고 했다. 그러자 선생님은 "좋아."라고 말했고 우리는 더 이상 그 일에 대해 말하지 않았다. 화가 났을 때 그것이 팔이든 어깨든 간에 움켜잡기만 했다면 그건 괜찮다. 그러나 얼굴이나 머리카락을 움켜쥐는 것은 나쁘다. 때리는 것도 용납될 수 없다. 누군가와 싸움이 벌어져서 할 수 없이 때린 것이 아니라면 말이다.

학교 끝나고 집에 갔을 때 아빠는 아직도 돌아오지 않았다. 그래서 나는 주방으로 가서 뚱뚱한 수녀처럼 생긴 작은 중국 주전자에서 열쇠를 꺼냈다. 그리고는 뒷문을 열고 밖으로 가서, 쓰레기통을 열고 내 책을 찾으려 했다.

나는 책을 찾고 싶었다. 책을 쓰는 것이 좋았기 때문이다. 나는 할 일을 만들어 놓고 하는 것을 좋아하고, 특히 그것이 책을 쓰는 일처럼 어려운 프로젝트라면 더욱 좋았다. 더구나 나는 아직도 누가 웰링턴을 죽였는지 모르고, 내 책 안에는 아직 발견하지 못한 단서들이 있기 때문에 책 쓰는 일을 포기할 수는 없었다.

그러나 내 책은 쓰레기통 안에 없었다.

나는 쓰레기통 뚜껑을 덮고 정원으로 내려가, 아빠가 나무에 거름으로 주려고 잔디 깎은 것이나 사과 껍질 같은 것을 버리는 큰 상자 안을 보았다. 그러나 거기에도 없었다.

나는 아빠가 내 책을 차에 넣고 멀리 가서 커다란 쓰레기 소각장에 버린 것은 아닌가 걱정이 되었다. 그렇지 않았으면 좋겠다. 그렇게 되면 그것을 결코 볼 수 없을 테니까.

다른 가능성은 아빠가 내 책을 집 안 어딘가에 숨겨 놓은 것이다. 나는 집 안을 찾아보기로 결심했다. 단, 아빠가 주차하는 소리를 들을 수 있어야 한다. 그래야 아빠에게 걸리지 않고 뒤져볼 수 있다.

나는 먼저 주방 안부터 찾아보기 시작했다. 내 책의 부피는 대략 25cm × 35cm × 1cm다. 그래서 그것을 아주 좁은 장소에는 숨기지 못한다. 즉 아주 좁은 장소는 찾아볼 필요가 없다는 말이다. 나는 찬장 위를 보고, 서랍 뒤를 보고, 오븐 아래를 보고, 다용도실에 가서 매그리트 손전등과 작은 거울을 가지고 찬장 뒤의 어두운 공간도 들여다보았다. 거기는 쥐들이 정원에서 들어와 새끼를 낳는 곳이다.

그다음 다용도실 안을 뒤지고,

그다음 식당 안을 뒤지고,

그다음 거실 안을 뒤졌는데, 거기 소파 아래서 나는 에어픽스 매셔 슈미트 Bf 109 G-6 모델에서 빠진 바퀴를 찾았다.

그때 나는 현관을 들어서는 아빠의 소리를 들은 것 같아서, 벌떡 일어나다 티 테이블 모서리에 무릎을 쾅 하고 부딪혔다.

무척 아팠다. 그러나 그것은 마약 검색반 사람이 옆집 현관에 무언가를 떨어뜨리는 소리였다.

나는 위층으로 올라갔다. 내 방은 따로 뒤지지 않았다. 아빠는 내 방에 내 물건을 숨길 정도로 멍청하지 않기 때문이다. 진짜 살인 사건을 다룬 미스터리 소설에서처럼 이중으로 혼란을 주기 위해서가 아닌 다음에야 내 방에는 없을 것이다. 그래서 나는 우선 다른 곳을 다 찾아본 후, 내 방을 뒤지기로 했다.

나는 욕실을 뒤져 보았다. 이제 찾아볼 장소는 빨래가 마르도록 온수 파이프 주위에 만든 선반장뿐이었다. 그러나 거기에도 없었다.

남은 곳은 아빠의 침실밖에 없다. 나는 아빠의 방을 찾아봐야 할지 판단이 서지 않았다. 전에 한 번 아빠가 말한 적이 있다. 아빠 방은 절대로 어지르지 말라고. 그러나 내 물건을 가장 잘 숨길 수 있는 최적의 장소는 아빠의 방이었다.

그래서 나는 아빠의 방을 어지르지 않으면 된다고 스스로에게 말하면서, 아빠 방의 물건들을 만졌다가 다시 제자리에 놓았다. 아빠는 절대로 내가 한 것을 모를 테니 화도 내지 않을 것이다.

나는 침대 아래를 보기 시작했다. 거기에는 일곱 켤레의 신발들이 있었고, 머리카락이 잔뜩 엉겨 붙은 빗이 있었다. 그리고 구릿빛 파이프와 초콜릿 과자와 〈피에스타〉라는 포르노 잡지와

죽은 벌, 그리고 호머 심슨 형 넥타이와 나무 숟가락 등이 있었
지만 내 책은 없었다.

옷 넣는 서랍장 한 편에 있는 서랍들 안을 보았다. 그러나 거
기에는 아스피린과 손톱깎이와 건전지들, 그리고 이빨 사이에
낀 것을 제거하는 명주실, 솜뭉치, 휴지들뿐이었다. 그리고 여
분의 의치가 있었다. 아빠는 정원에 새집을 달고 사다리에서 내
려오다가 떨어지는 바람에 이가 부러져 의치를 했다. 그 의치를
잃어버릴 경우를 대비한 여분의 의치였지만 내 책은 없었다. 다
음에는 옷을 넣어 두는 벽장을 찾아보았다. 옷걸이에 많은 옷들
이 걸려 있었다. 또한 벽장 위에는 작은 선반이 있었는데, 침대
위에 올라서야 보이는 곳이다. 더러운 발자국을 남겨 아빠한테
내가 한 짓이 들키면 안 되기 때문에 나는 신발을 벗었다. 선반
위에는 포르노 잡지들과 망가진 샌드위치 토스터와 12개의 철
사 옷걸이와 엄마가 쓰던 낡은 헤어드라이어가 있었다.

벽장 아래에는 커다란 공구 상자가 있었는데, 드릴과 페인트
붓과 나사못들과 해머 등 DIY 연장들로 가득 차 있었다. 연장
상자는 투명한 회색 플라스틱으로 만들어져 있어서 나는 이런
것들을 상자를 열지 않고도 볼 수 있었다.

연장 상자 아래 또 다른 상자가 있어서, 나는 공구 상자를 들
어올렸다. 다른 상자는 오래된 판지 상자로 사람들이 셔츠를 사

서 거기에 담기 때문에 셔츠 상자라 부르는 것이다. 내가 그 셔츠 상자를 열었을 때, 그 안에 내 책이 있었다.

그때 나는 어쩔 줄을 몰랐다.

나는 기뻤다. 아빠가 내 책을 버리지 않은 것이 다행스러웠다. 그러나 만약 내가 책을 가져가면 아빠는 내가 아빠의 방을 뒤진 것을 알게 된다. 그러면 아빠는 매우 화가 날 것이고, 게다가 아빠의 방을 어지르지 않기로 약속한 걸 어긴 셈이 된다.

그때 나는 아빠가 트럭을 세우는 소리를 들었다. 나는 빨리 생각하고 지혜롭게 대처해야 했다. 그래서 일단 책을 있던 곳에 두기로 결심했다. 아빠는 그것이 셔츠 상자 안에 있다고 생각하는 이상 그것을 버리지 않을 것이고, 그러면 나는 다른 책에 그 내용을 몰래 옮길 수 있을 것이다. 또, 나중에 아빠의 마음이 바뀌면 그 책을 돌려 줄지도 모른다. 무엇보다도 나는 새 책에 그것을 옮길 수 있다. 만약 아빠가 돌려주지 않는다고 해도, 나는 내가 쓴 내용의 대부분을 기억하고 있고, 그것을 다 두 번째 책에 몰래 옮길 수 있다. 옮기지 못한 부분이 있다면 아빠가 나가고 없을 때 방에 들어가 정확히 기억하지 못한 부분을 살펴볼 수 있다.

아빠가 차 문을 닫는 소리를 들었다.

바로 그때, 나는 편지봉투들을 보았다.

그것들은 내게 온 편지였고, 셔츠 상자 안의 내 책 아래 다른 봉투들과 함께 있었다. 나는 그것을 집어 들었다. 그것은 뜯어 져 있지 않았고, 겉봉에는 이렇게 쓰여 있었다.

크리스토퍼 부운
36 랜돌프 가
스윈던
월트셔

거기에는 다른 봉투들도 여럿 있었는데, 모두 내게 온 것들이 었다. 이것은 흥미를 일으키면서도 혼란스러웠다.

그리고 크리스토퍼와 스윈던이라는 글씨체를 주의해서 보았 다. 다음과 같이 쓰여 있었다.

Christopher

Swinden

나는 i라는 철자 위에 점 대신에 작은 동그라미를 그리는 사람을 세 사람 알고 있다. 시오반 선생님과 한때 우리 학교에 근무했던 록슬리 선생님과 엄마의 글씨체가 그렇다.

　그때 아빠가 현관문을 여는 소리를 들었다. 그래서 나는 책 아래에서 봉투 한 장을 꺼내고, 셔츠 상자 뚜껑을 닫고, 그 위에 연장 상자를 놓고는 벽장문을 조심스럽게 닫았다.

　아빠가 나를 불렀다.

　"크리스토퍼!"

　나는 대답하지 않았다. 대답하면 내가 어디 있는지 들킬 테니까 그냥 가만히 서 있었다. 나는 문가에 있는 침대 주변을 서성였다. 봉투를 손에 들고서 소리를 내지 않고 조용히 있었다.

　아빠는 계단 아래 서 있었다. 나는 아빠가 나를 보았을지도 모른다는 생각이 들었다. 그러나 아빠는 아침에 온 우편물들을 대충 훑어보느라 얼굴을 아래로 향하고 있었다. 잠시 후 아빠는 주방으로 갔다. 나는 재빨리 아빠의 방문을 닫고 내 방으로 갔다.

　나는 봉투를 보고 싶었지만, 아빠를 화나게 하고 싶지 않아서 일단은 매트리스 아래에 숨겼다. 그리고 아래로 내려가 아빠에게 "다녀오셨어요."라고 인사했다.

　"그래, 오늘은 무슨 일이 있었니?"

　"오늘은 그레이 선생님과 생활 기술을 공부했어요. 돈을 바르게 사용하는 법과 공공운송 기관을 이용하는 법을 배웠어요. 그리고 점심은 토마토 수프와 사과 3개를 먹었고, 오후에는 수학 문제를 풀었어요. 그리고 피터슨 선생님과 공원에 산책을 가서 콜라주를 하려고 나뭇잎들을 주웠어요."

"잘했구나, 아주 잘했어. 오늘 저녁에는 뭘 먹고 싶니?"

나는 구운 콩과 브로콜리를 먹고 싶다고 말했다.

"곧 준비해 주마."

아빠가 저녁을 준비하는 동안 나는 소파에 앉아, 제임스 글릭이 쓴 『카오스』를 읽었다.

그리고 주방에 들어가 구운 콩과 브로콜리를 먹었다. 아빠는 소시지와 계란, 구운 빵을 차 한 잔과 함께 먹었다.

"네가 괜찮다면, 아빠는 거실에 선반을 만들어 놓을까 한단다. 그런데 좀 시끄러울지 모르겠구나. 그래서 말인데 네가 텔레비전을 보고 싶다면, TV를 위층으로 옮겨야겠지."

"저는 그냥 제 방에 있을게요."

"착하구나."

"저녁 잘 먹었습니다."

나는 아주 예의 바르게 말했다.

"얘야, 아무 일 없는 거지?"

나는 방으로 올라가 문을 닫고, 매트리스 아래에서 봉투를 꺼냈다. 나는 봉투를 전구 가까이 들어올려 그 안에 무엇이 있는지 비추어 보았다. 봉투는 아주 두꺼웠다. 나는 봉투를 열어도 될지 생각해 보았다. 왜냐하면 아빠 방에서 꺼내 온 것이니까. 그러나 편지를 받는 사람이 내 이름으로 되어 있으므로 열어도 괜찮다는 생각이 들었다.

봉투를 열었더니 안에는 편지가 있었다.

편지 내용은 다음과 같다.

451c 챕터 거리

윌스든

런던 NW2 5NG

0208 887 8907

사랑하는 크리스토퍼

미안하구나, 지난번 편지를 쓰고 나서 아주 오랫동안 엄마가 편지를 못 썼구나. 엄마가 아주 바빴거든. 엄마는 철강산업 공장에서 비서로 새로운 일을 하게 되었단다. 너도 좋아해 주리라 믿는다. 공장 안은 철을 만들고, 자르고, 필요한 모양으로 구부리는 거대한 기계로 가득 차 있단다. 이번 주에 우리는 버밍엄 쇼핑센터의 카페에 쓸 지붕을 만들고 있단다. 그것은 커다란 꽃 모양이야. 그 위로 천을 덮을

173

것인데, 그러면 거대한 텐트처럼 보일 거란다.

너도 주소를 보면 알겠지만 우리는 드디어 새로운 곳으로 이사했
단다. 하지만 옛날 집만큼 좋지는 않아. 윌스든이 썩 맘에 드는 곳은
아니지만, 로저는 여기서 출근하기가 더 편리하거든. 그리고 그가 집
을 샀으니까(그는 지금까지 빌리기만 했단다). 그래서 우리는 우리 가
구를 살 수 있고, 우리가 원하는 색으로 벽을 칠해도 된단다.

그러니까 오랫동안 네게 편지를 쓰지 못한 이유는, 짐을 모두 쌌다
가 다시 풀고, 새로운 직업에 적응하느라 힘들었기 때문이란다.

엄마는 지금 무척 피곤해서 잠을 자야 할 것 같구나. 이 편지는 내
일 아침에 우체통에 넣을게. 자, 이제 작별하자. 또 편지 쓸게.

너는 아직도 엄마에게 답장을 쓰지 않았어. 아마도 아직 내게 화가
나 있는 모양이구나. 미안해, 크리스토퍼. 그렇지만 엄마는 아직도
너를 사랑하고 있단다. 영원히 내게 화가 나 있지 않으면 좋겠구나.
내게 답장을 써 준다면 정말 기쁘겠다(꼭 새로운 주소로 보내라!).

엄마는 늘 너를 생각한단다.

많이 많이 사랑해!

엄마가

나는 매우 혼란스러웠다. 엄마는 강철로 물건을 만드는 회사

에서 비서로 일한 적이 없었다. 엄마는 시내의 커다란 정비공장에서 비서로 일했었다. 엄마는 런던에서 산 적이 없었다. 엄마는 언제나 우리와 함께 살았다. 그리고 엄마는 전에 내게 편지를 쓴 적이 없었다.

편지에는 날짜가 적혀 있지 않아 나는 엄마가 언제 편지를 썼는지 알 수 없었다. 그래서 나는 혹시 다른 사람이 엄마인 양 편지를 쓴 것은 아닌가 생각했다.

그때 나는 봉투의 앞면을 보았고, 소인이 찍힌 것을 보았다. 소인에는 날짜가 있었고, 선명하지는 않았지만 다음과 같이 써 있었다.

1997년 10월 16일로 소인이 찍혀 있었다. 이 날짜는 엄마가 죽은 지 18개월 후다.

그때 내 방문이 열리면서 아빠가 말했다.

"뭘 하고 있니?"

"편지를 읽고 있어요."

"구멍을 뚫었단다. 텔레비전에서 데이빗 어탠보로프의 자연 프로그램을 하던데, 관심이 있으면 보렴."

"좋아요."

아빠는 다시 아래층에 내려갔다.

나는 편지를 보고 나서 정말로 골똘히 생각했다. 그것은 미스터리였다. 어떻게 된 일인지 모르겠다. 아마도 편지는 잘못된 봉투에 들어 있었고, 그것은 엄마가 죽기 전에 쓴 것이 아닐까? 그러나 왜 엄마가 런던에서 편지를 썼을까? 엄마가 멀리 떠나 있었던 적은 겨우 일 주일 정도였다. 그때 엄마는 암에 걸린 사촌 루스를 만나러 갔다. 그러나 루스는 맨체스터에 살았는데.

그것은 엄마가 쓴 편지가 아닐지도 모른다는 생각이 들었다. 아마도 크리스토퍼라는 다른 사람에게 그 크리스토퍼의 엄마가 쓴 편지겠지.

나는 흥분되었다. 책을 쓸 때 해결해야 하는 미스터리가 한 가지밖에 없었는데 이제 두 개가 된 것이다.

그날 밤 더 이상 편지에 대해 생각하지 않기로 결심했다. 왜냐하면 충분한 정보가 없는 상태에서 계속 생각하면, 런던 경찰국의 아들네이 존스처럼 잘못된 결론에 이를 수 있기 때문이다. 어떤 일의 결론을 내리기 전에 가능한 단서들을 모두 수집하는 것이 중요하다. 미리 추론하는 것은 위험하다. 그렇게 하면 실수하기 쉽다.

나는 아빠가 외출할 때를 기다리기로 했다. 그때 아빠의 벽장에 가서 다른 편지들을 보고, 그것들이 어디에서 왔는지 어떤 내용인지 알아보면 될 것이다.

나는 편지를 접어서 매트리스 아래 숨겼다. 만약 아빠가 그것을 보면 곤란해질 테니까. 나는 아래층으로 내려가 텔레비전을 보았다.

151

많은 것들이 미스터리다. 그렇다고 답이 없는 것은 아니다. 과학자들이 아직 답을 발견하지 못했을 뿐이다.

어떤 사람은 죽은 사람의 영혼이 돌아온다는 것을 믿는다. 테리 삼촌은 노샘턴 지역의 쇼핑센터에 있는 신발 가게에서 귀신을 보았다고 말했다. 테리 삼촌이 지하실로 내려가고 있을 때 층계 끝에서 회색 옷을 입은 사람이 지나가는 것을 보았다는 것이다. 그러나 테리 삼촌이 층계 끝에 다다랐을 때, 지하실에는 아무도 없었을 뿐 아니라 거기에 다른 문도 없었다고 했다.

그가 층계를 올라와 카운터에 있는 여자에게 이 말을 하고 있을 때, 사람들은 그 귀신을 터크라고 부른다고 했다. 그는 수백 년 전에 그 자리에 있었던 수도원에 살았던 프랜시스컨 프리아라는 사람의 영혼이라는 것이다. 바로 그래서 그 쇼핑센터의 이름이 그레이프리아 쇼핑센터가 되었다고 했다. 그에 대해 익숙한 주변 사람들은 전혀 놀라지 않는다는 것이다.

과학자들이 빛을 전달하는 전기를 발견한 것처럼, 언젠가는 영혼이 무엇인지 설명할 수 있게 될 것이다. 아마도 그것은 사람들의 뇌와 관계된 것이거나, 아니면 지구의 자기장과 관계된 것이거나 전혀 새로운 힘과 관계된 것이 아닐까? 그러면 영혼은 더 이상 미스터리가 되지 않는다. 그것은 전기와 무지개, 그리고 손잡이 없는 프라이팬처럼 익숙한 것이 될 것이다.

그러나 미스터리는 때때로 미스터리가 아니다. 여기에 미스터리가 아닌 미스터리의 한 예가 있다.

우리 학교에는 연못이 있는데, 거기에는 개구리들이 서식한다. 우리는 동물들을 사랑하고 아끼는 마음으로 다루어야 한다고 배웠다. 하지만 동물들에게 못되게 굴고 벌레를 눌러 죽이거나 고양이에게 돌을 던지는 것을 재미있다고 생각하는 아이들이 있다.

어떤 해에는 연못에 개구리들이 많이 있었던 반면 어떤 해에는 거의 없었다. 연못에 개구리가 몇 마리나 있었는지 그래프로 그려 보면 다음 페이지와 같이 나타난다(이 그래프는 일종의 가설이다. 가설이라는 것은, 아래의 숫자가 진짜 숫자가 아니라 하나의 설명 방법일 뿐이라는 뜻이다).

그래프를 보면, 1987, 1988, 1989, 1997년에는 겨울이 무척 추웠거나, 아니면 왜가리가 와서 개구리들을 많이 잡아먹었을 수 있다(가끔 왜가리가 와서 개구리들을 잡아먹으려 한다. 연못 위에는 그것을 막기 위해 닭장처럼 철조망이 설치되어 있다).

그러나 추운 겨울 혹은 고양이나 왜가리와 아무런 상관이 없는 경우가 있다. 때때로 그것은 그저 수학적 수치일 뿐이다.

여기 동물들의 통계를 내기 위한 공식이 있다.

N new = λ(N old) (1 - N old)

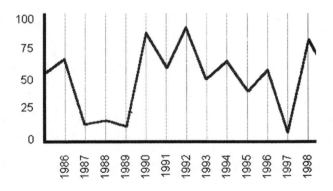

위의 공식에서, N은 인구 밀도를 나타낸다. N = 1일 경우 개구리 수는 가장 많다. N = 0일 경우 개구리는 전혀 없다. N new

는 그 해의 통계고, N old는 이전 해의 통계다. 그리고 λ는 불변수라 부른다.

λ이 1보다 작을 때, 밀도는 더욱더 작아져 점차 없어진다. 그리고 λ가 1과 3 사이일 때 밀도는 더욱더 커지며, 다음과 같이 안정된 곡선을 그린다(이 그래프도 역시 가설이다).

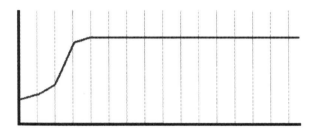

λ가 3과 3.57 사이이면, 밀도가 다음과 같은 사이클을 보인다.

그러나 λ가 3.57보다 더 커지면, 밀도가 첫 그래프처럼 무질서해진다.

이것은 로버트 메이와 조지 오스터와 짐 요크에 의해 발견되었다. 때때로 일들이 아주 복잡해서 그것들이 다음에 어떻게 될 것인지 예측하기란 불가능하다. 그러나 그것들은 실제로 아주 단순한 공식을 따르고 있다.

이것은 때때로 개구리나 벌레들 또는 사람들의 전체 통계이고, 경우에 따라 아무런 이유도 없이 죽을 수 있다는 뜻이다. 그건 단지 숫자들이 작용하는 방식이기 때문이다.

157

엿새째 되는 날에야 나는 아빠 방에 들어가 벽장의 셔츠 상자를 조사할 수 있었다.

첫째 날, 그러니까 수요일에 조셉 플레밍은 바지를 벗고 탈의실 바닥 여기저기에 똥을 싸 놓고는 그걸 먹으려고 했다. 하지만 데이비스 선생님이 그를 말렸다.

조셉은 안 먹는 게 없다. 언젠가는 화장실에 매달려 있는 파란색 소독약을 한 토막 떼어 먹은 적이 있다. 그리고 한번은 자기 엄마 지갑에서 50파운드짜리 지폐를 먹은 적도 있다. 그는 실, 고무 밴드, 화장지, 종이, 그림, 플라스틱 포크도 먹어치운다. 게다가 그는 턱을 쾅쾅 찧으며 쉴 새 없이 비명을 질러 댄다.

티론이 조셉의 똥에 말과 돼지가 있는 걸 보았다고 하기에 나는 티론이 날이 갈수록 바보가 되어 가고 있다고 말했다. 하지만 시오반 선생님은 티론이 바보가 아니라고 했다. 티론이 봤다는 것들은 원래는 도서관에 있던 작은 플라스틱 동물들인데 아이들의 이야기 수업에 쓰려고 갖다 둔 것이었다. 조셉은 바로 그것들을 먹어 치운 것이다.

나는 바닥에 있는 똥을 보고는 화장실까지 못 가겠다고 말했다. 애니슨 씨가 와서 닦아 내긴 했지만 생각만 해도 불쾌했다. 나는 바지에다가 실례를 해서 교장 선생님 방의 옷장에서 여벌 옷 중 한 벌을 꺼내 입어야 했다. 시오반 선생님은 내게 이틀간은 교사용 화장실을 써도 좋다고 말했다. 하지만 이틀뿐이었다. 그 후엔 다시 학생용 화장실을 이용해야 한다고 했다. 우리는 그렇게 타협했다.

이틀 사흘 나흘째 되는 날, 그러니까 목요일 금요일 토요일에는 별다른 일이 일어나지 않았다.

닷새째 되는 날, 즉 일요일에 폭우가 쏟아졌다. 나는 비가 심하게 오는 날을 좋아한다. 그런 날은 사방에서 하얀 소음이 들리는 것 같다. 그건 마치 공허하지 않은 정적과도 같다.

나는 이층으로 올라가 내 방에 앉아서 거리에 내리는 비를 바라보았다. 비가 하도 억수같이 내려서 하얀색 불꽃이 튀는 것 같았다(이건 은유가 아니라 직유다). 모두들 집 안에 있어서 거리에는 한 사람도 보이지 않았다. 그 광경을 보자 이 세상의 모든 물이 어떻게 연결되는지 생각하게 되었다. 이 빗물은 멕시코만이나 배핀만에 있는 바다 어딘가에서 증발해서 지금 집 앞에 내리고 있다. 그러고는 배수구로 스며들어 하수처리장으로 흘러가 깨끗해지고 나서 강을 거쳐 바다로 돌아갈 것이다.

그리고 월요일 저녁, 아빠는 어느 부인으로부터 자기네 지하 저장고가 물바다가 됐다는 전화를 받았다. 아빠는 서둘러 가서 그걸 고쳐야 했다.

비상사태가 그것뿐이었다면 로드리 아저씨가 그걸 고치러 갔을 것이다. 로드리 아저씨의 아내와 아이들은 서머싯으로 따로 나가 살고 있었기 때문에 저녁 시간에 그는 당구를 치고 술을 마시거나 텔레비전을 보는 것 말고는 달리 할 일이 없었다. 그리고 아내에게 양육비를 보내려면 로드리 아저씨는 연장근무를 해서 돈을 벌 필요가 있었다. 게다가 아빠는 나를 돌봐야 했다. 하지만 그날 저녁에는 비상사태가 두 건 발생했다. 그래서 아빠는 내게 얌전히 있으라고 당부했다. 그리고 무슨 일이 생기면 휴대폰으로 전화하라고 말하고는 트럭을 몰고 떠났다.

이때다 싶어 나는 아빠 방에 들어가 벽장을 열고 셔츠 상자 위에 있는 연장 상자를 들어낸 다음 셔츠 상자를 열었다.

나는 편지를 세어 보았다. 모두 43장이었다. 그 편지들은 전부 같은 필체였고 내 앞으로 온 것들이었다.

　내가 하나를 골라 겉봉을 뜯자 다음의 편지가 그 안에 있었다.

　5월 3일

451c 챕터 거리

런던 NW2 5NG

0208 887 8907

　사랑하는 크리스토퍼

　우리는 마침내 냉장고와 조리도구를 새로 장만했단다! 로저와 나는 주말에 쓰레기장으로 차를 몰고 가서 전에 쓰던 것들을 갖다 버렸어. 사람들이 온갖 걸 다 갖다 버리는 곳이지. 그곳엔 여러 가지 색깔의 병, 폐지, 엔진오일, 정원 쓰레기, 집안 쓰레기, 덩치가 큰 물건(우리가 버린 낡은 냉장고와 조리도구는 여기에 속하지) 등을 버리는 엄청나게 큰 저장고들이 있어. 우리는 중고가게에 가서 조리도구와 냉장고를 구입했단다. 이제야 집다운 집이 된 것 같구나.

　간밤에 나는 옛날 사진들을 죽 훑어보았단다. 마음이 서글퍼지더구나. 그러다가 몇 해 전 크리스마스 때 사 준 기차 세트를 가지고 노는 너의 사진을 찾아냈단다. 그걸 보고 있자니 흐뭇한 마음이 들었어. 그 순간은 우리가 함께 보냈던 정말 아름다운 시간들이었지.

네가 하루 종일 그걸로 어떤 놀이를 했는지, 그리고 계속 노느라고 잠자리로 가지 않겠다고 떼쓰던 일 기억나니? 그리고 우리가 일러 준 대로 네가 기차 시간표를 만들어 시간에 맞춰 기차들을 달리게 했던 일도 기억하니? 그리고 나무로 된 작은 역도 있었지. 우리는 기차를 타려는 사람들이 어떻게 역에 가서 기차표를 사고 기차에 오르는가를 네게 가르쳐 주었단다. 그러고는 지도를 꺼내 작은 선, 즉 모든 역들을 연결하는 기차노선을 보여 주었지. 넌 몇 주가 지나도록 싫증 내지도 않고 계속 그걸 가지고 놀더구나. 그래서 우리는 더 많은 기차들을 사 주었지. 너는 알아서 척척 그 기차들을 배치시키고 말이야. 나는 그때를 회상하는 걸 무척 좋아한단다.

이제 나가야 할 시간이야. 지금 오후 3시 반이거든. 넌 늘 지금 시간을 정확하게 알고 싶어 하잖니. 이제 소비조합에 가서 로저가 마시는 차에 곁들일 햄을 좀 사 가지고 와야겠다. 가는 길에 이 편지를 부치마.

사랑한다.

엄마가

나는 다음 봉투를 뜯었다. 이것이 안에 있던 편지이다.

사랑하는 크리스토퍼

자리가 잡히는 대로 엄마가 네 곁을 떠난 이유를 설명해 주겠다고
했지. 이제 여유가 생겼단다. 나는 지금 라디오를 켜 놓고 소파에 앉
아서 이 편지를 쓰고 있단다. 이제 그 이유를 설명해 줄게.

크리스토퍼, 난 썩 좋은 엄마는 아니었어. 만일 상황이 달랐다면,
네가 다른 아이였다면 어쩌면 더 좋은 엄마가 될 수도 있었겠지. 하
지만 일이 이렇게 되고 말았구나.

난 네 아빠와는 달라. 네 아빠는 아주 참을성이 많은 사람이지. 게
다가 원만한 사람이고. 화가 나는 일이 있어도 좀처럼 내색을 하지 않
지. 하지만 나는 그렇지 못해. 그리고 내 성격을 바꿀 수도 없지.

언젠가 우리가 함께 시내로 장을 보러 갔던 일 생각나니? 벤톨로
들어갔을 때 정말 사람들로 발 디딜 틈이 없었잖니. 우리는 할머니께
드릴 크리스마스 선물을 사야 했어. 너는 가게 안에 있는 사람들 때
문에 겁에 질려 있었지. 마침 크리스마스 대목이라서 사람들이 모두
시내에 몰려 있었던 거야. 나는 주방용품 코너에서 일하는 동창인 랜

드 씨와 얘기하고 있었지. 너는 바닥에 쪼그리고 앉더니 손으로 귀를 막고 사람들이 지나가지 못하게 했어. 나 역시 크리스마스에 장을 보는 건 질색이라 죽을 지경이었지. 나는 네게 얌전히 있으라고 말하면서 널 일으켜 세우려고 했지만 너는 소리를 지르며 선반에 있던 믹서들을 쳐서 떨어뜨렸어. 그건 요란한 소리를 내며 부서지고 말았지. 무슨 일인가 하고 모든 사람들이 돌아보았어. 랜드 씨는 정말 괜찮다고 했지만 바닥에는 부서진 상자와 그릇 조각들이 널려 있었고, 사람들은 너 나 할 것 없이 빤히 쳐다들 보고 있었어. 네가 바지에 실례를 한 게 보였지. 나는 죽을맛이어서 너를 데리고 가게를 나오고 싶었지만 너는 몸에 손을 대지 못하게 했어. 그러더니 드러누워 비명을 지르면서 손과 발을 바닥에다가 쾅쾅 굴러 댔지. 관리인이 와서 무슨 문제가 있느냐고 물었을 때 나는 두 손 두 발 다 들 지경이었단다. 나는 부서진 믹서 두 대 값을 물어 줘야 했어. 그리고 네가 비명을 멈출 때까지 우두커니 기다려야만 했지. 그러고는 너를 데리고 집까지 몇 시간을 걸었어. 네가 두 번 다시 버스에 타지 않을 거란 사실을 알고 있었으니까.

그리고 그날 밤 내가 울고 또 울었던 것이 기억나는구나. 네 아빠는 처음에는 아주 자상하게 나를 대해 주었지. 그리고 네게 저녁을 먹이고는 잠자리까지 챙겨 주었어. 아빠는 이미 지나간 일이라며 괜찮아질 거라고 하더구나. 하지만 나는 더 이상 참을 수가 없었지. 마

189

침내 아빠도 단단히 화가 나서는 내가 바보가 되어 가고 있다면서 정신 똑바로 차리라고 하더구나. 나는 아빠를 때렸어. 그건 잘못이었지만 너무나 화가 나 있었거든.

우리는 이런 말다툼을 자주 했단다. 나는 종종 더 이상은 못 참겠다는 생각을 하곤 했지. 네 아빠는 아주 참을성이 많았지만 나는 그렇지 못했어. 일부러 그러는 건 아니지만 화를 못 참는 성격이지. 결국 우린 점점 대화를 하지 않게 되었지. 왜냐하면 말을 시작하면 언제나 아무런 성과 없이 말다툼만 하다가 끝난다는 걸 알았기 때문이야. 그러다 보니 차차 로저와 함께 보내는 시간이 많아졌어. 정확히 말하자면 로저, 그리고 일레인과 함께 보내는 시간이었지. 하지만 나는 로저와 따로 만나기 시작했어. 그와는 대화가 가능했기 때문이야. 로저는 내가 마음을 털어놓을 수 있는 유일한 사람이었지. 그리고 그와 함께 있으면 더 이상 쓸쓸하지가 않았어.

네가 이걸 전혀 이해 못할 수도 있다는 건 알고 있어. 하지만 어떻게든 네가 알아듣도록 설명을 해 주고 싶었단다. 네가 지금은 이해하지 못한다 하더라도 이 편지를 간직해 두었다가 나중에 꺼내서 읽을 수도 있고, 그때는 이해하게 될지도 모르니까.

로저가 자기와 일레인은 오래전에 애정이 식어서 이제 더 이상 서로를 사랑하지 않는다고 말하더구나. 그 말은 그 역시 외롭다는 뜻이었지. 우리는 닮은 점이 많았어. 그러다가 우리는 서로 사랑하고 있다는 걸 깨닫게 되었지. 그는 네 아빠를 떠나서 둘이 함께 이사 가는 게 어떻겠느냐고 제의하더구나. 나는 너를 떠날 수는 없다고 말했어. 그는 그 말을 듣고 슬퍼했어. 그는 네가 내게는 너무나 소중하다는 걸 이해하지 못했지.

그때 너와 내가 말다툼을 했던 거야. 기억나니? 어느 날 저녁 식사 때였어. 내가 뭔가를 요리해 주었는데 네가 그걸 먹으려 하지 않았지. 너는 여러 날 동안 아무것도 먹지 않아서 바짝 여위어 있었단다. 게다가 너는 고함을 지르기 시작했지. 나는 화가 머리끝까지 나서 그 음식을 방에다 집어 던졌어. 그러지 말았어야 했다는 건 나도 알아. 그러자 너는 도마를 움켜쥐고는 그것을 던졌지. 그게 내 발에 맞아서 발가락이 부러졌어. 물론 우리는 병원에 가야 했지. 그리고 발에다가 깁스를 했지. 집으로 돌아오자 네 아빠와 나는 대판 싸웠어. 아빠는 내가 너에게 화를 냈다며 나를 탓했어. 그리고 상추 요리든 딸기 셰이크든 간에 네가 먹고 싶어 하는 걸 줘야 한다고 말했어.

나는 그저 몸에 좋은 음식을 먹이려고 했을 뿐이라고 말했어. 아빠는 네가 그걸 못 견뎌 할 거라고 말했지. 그러자 나도 더 이상은 못 참겠고 이제 지쳤다고 말했어. 아빠는 자기도 꾹 참고 있으니 제발 좀 성미를 죽이라고 말했어. 내내 이런 식이었지.

나는 한 달 동안 제대로 걷지 못했어. 기억나니? 그래서 네 아빠가 널 돌봐야 했지. 너희 두 사람이 함께 있는 걸 바라볼 때마다, 그 모습이 눈에 띌 때마다, 아빠와 있을 때는 어쩜 저렇게 다를 수 있을까라는 생각을 했지. 넌 훨씬 차분한 모습이었고, 그건 나를 슬프게 했어. 내가 너에게는 쓸모가 없는 사람처럼 느껴졌기 때문이야. 어찌 보면 그건 너와 내가 노상 싸울 때보다도 안 좋았어. 내가 허깨비 같다는 생각이 들었으니.

그때가 내가 그 집을 떠나는 게 너와 네 아빠에게 더 잘된 일일 거라는 사실을 깨달은 시점이야. 그러면 아빠가 보살펴야 할 사람이 두 명에서 한 명으로 줄어들 테니까.

그때 로저가 은행에다 전근을 갈 수 있는지 물어보았다고 하더구나. 무슨 뜻이냐 하면 그가 런던에서 직장을 다닐 수 있는지, 그리고 그곳을 떠날 수 있는지 물어보았다는 뜻이야. 그는 내가 자기와 같이 갈 마음이 있는지 물어보더구나. 나는 정말이지 오랫동안 그것에 대해 생각해 보았단다. 크리스토퍼, 정말로 그랬어. 가슴이 찢어지는 것 같았어. 하지만 결국엔 내가 떠나는 것이 우리 모두를 위해 좋을 거라고 마음먹게 되었지. 그래서 승낙했어.

나는 작별인사를 하고 싶었단다. 네가 학교에서 돌아올 때쯤 집에 돌아와 옷을 몇 벌 가지고 가려 했지. 그리고 그때 내가 하려는 일을 설명해 주고, 될 수 있으면 자주 돌아와서 너를 만나겠다는 말도 하고, 때가 되면 네가 런던으로 와서 우리와 함께 지낼 수 있다는 말을 하려고 했어. 하지만 네 아빠에게 전화를 하자 아빠는 돌아오지 말라고 하더구나. 아빠는 단단히 화가 나 있었지. 그리고 내게 너와 얘기도 해선 안 된다고 했어. 나는 어떻게 해야 할지 몰랐어. 아빠는 내가 나 자신밖에는 모른다고 하며 다시는 집 안에 한 발자국도 들여놓지 말라고 했지. 그래서 인사도 못 하고 말았어. 대신 이 편지를 보내게 되었구나.

네가 이해할 수 있을지. 이해하기가 쉽지 않으리란 건 알아. 하지만 조금이라도 이해해 주었으면 좋겠구나. 크리스토퍼, 네게 상처를 줄 생각은 없었어. 나는 다만 내가 하려는 일이 우리 모두에게 최선이라고 생각했던 거야. 네 잘못이 아니란 걸 알았으면 해.

나는 모든 일이 잘될 거라는 꿈을 꾸곤 한단다. 기억나니? 네가 우주비행사가 되고 싶다고 하던 것 말이야. 그래, 나는 네가 우주비행사가 되어서 텔레비전에 나오고, 나는 저 애가 내 아들이랍니다 하고 얘기하는 꿈을 꾸곤 한단다. 네가 지금도 그 꿈을 가지고 있는지 궁금하구나. 아니면 바뀌었니? 아직도 수학을 열심히 하니? 그러길 바란다.

크리스토퍼, 가끔은 엄마에게 답장을 써 줄 수 있겠니? 아니면 전화를 해 주든가. 번호는 편지 맨 위에 있단다.

사랑과 키스를 보내며
엄마가

193

나는 세 번째 봉투를 뜯었다. 다음이 그 안에 들어 있던 편지이다.

9월 18일

플랫 1

312 로잔 거리

런던 N8

0208 756 4321

그리운 크리스토퍼

엄마가 매주 편지를 쓰겠다고 했으니 약속은 지켜야겠지. 사실 이건 이번 주 들어 두 번째 쓰는 편지란다. 어때, 약속한 것보다 잘하고 있지?

드디어 직장을 구했어! 나는 캠든에 있는 퍼킨 앤 라시드라는 용역 조사기관에 다니게 되었단다. 그 회사는 많은 집들을 찾아다니며 집을 짓는 데 얼마의 비용이 들었는지, 그 집들에 필요한 시설이 무엇인지, 그리고 그 일을 하는 데 드는 비용은 얼마며, 집들과 사무실, 공장들을 새로 지으려면 얼마가 드는지 조사하는 일을 해.

괜찮은 회사란다. 나 말고 다른 한 명의 비서는 앤지인데 그녀의 책상은 온통 작은 곰 인형들과 모피로 만든 장난감들, 그리고 애들 사진으로 뒤덮여 있어(그래서 나도 네 사진을 액자에 끼워 책상에 올려놓았단다). 그녀는 아주 상냥해서 우리는 늘 함께 점심을 먹으러 다닌단다.

하지만 내가 얼마나 오래 이 회사를 다닐지는 모르겠다. 우리가 고객에게 청구서를 보내려면 덧셈을 많이 하게 돼. 나는 이런 일에 서투른데 말이야(너라면 나보다는 이 일을 훨씬 잘할 거야!).

회사의 경영자는 퍼킨 씨와 라시드 씨란다. 라시드 씨는 파키스탄 사람인데 아주 엄격하고 언제나 우리가 일을 빨리 하길 원하지. 그리고 퍼킨 씨는 별난 사람이야(앤지는 그를 변태 퍼킨이라고 부르지).

그가 사무실에 들어와 내 곁에 서서 질문을 할 때, 늘 손을 내 어깨에 올리고 몸을 숙여. 그 바람에 그의 얼굴이 거의 내 얼굴에 닿아서 치약 냄새까지 맡을 수 있을 지경이야. 몸서리가 쳐진다니까. 게다가 봉급도 적어. 기회가 닿으면 다른 곳을 찾아볼 생각이다.

요전 날 엄마는 알렉산드라 궁전에 갔어. 그곳은 우리 아파트 모퉁이를 돌기만 하면 나오는 큰 공원이야. 그리고 꼭대기에 국회 의사당이 있는 커다란 언덕이기도 해. 그곳에 가니 네 생각이 나더구나. 네가 여기 있다면 함께 거기 가서 연도 날리고 히스로 공항으로 비행기가 들어오는 것도 보았을 텐데. 네가 그러길 좋아한다는 걸 엄만 알지.

크리스토퍼, 이제 갈 시간이 됐구나. 엄만 점심 시간에 이 편지를 쓰고 있어(앤지는 독감 때문에 결근했단다. 그래서 함께 점심을 못하게 됐어). 가끔은 내게 편지를 보내서 네가 어떻게 지내는지, 그리고 학교생활은 어떤지 얘기해 주렴.

내가 보낸 크리스마스 선물은 잘 받아 보았겠지. 벌써 해답을 찾아 냈니? 로저와 나는 캠든 시장에 있는 가게에서 그 책을 발견했단다. 나는 네가 늘 퍼즐을 즐긴다는 걸 알고 있지. 우리가 그걸 포장하기 전에 로저가 풀어 보려고 했지만 성공하지는 못했어. 로저는 만일 네가 그걸 풀어낸다면 천재일 거라고 하던데.

사랑을 가득 실어 보내며
엄마가

그리고 이것이 네 번째 편지다.

8월 23일

플랫 1
312 로잔 거리
런던 N8

사랑하는 크리스토퍼

지난주에 편지를 보내지 못해서 미안하다. 치과에 가서 어금니 두 개를 빼야 했거든. 우리가 널 치과에 데리고 갔던 때가 기억날지 모르겠구나. 다른 사람이 네 입안에 손을 넣지 못하게 해서 우리는 너를 재워야 했어. 그제야 의사가 네 이를 하나 뽑을 수가 있었지. 그런데 내가 간 병원에서는 나를 잠들게 하지 않고 국소마취제라는 걸 주사하더구나. 그걸 맞으면 입안에서는 아무런 감각도 느끼지 못해. 이를 뽑으려면 아주 자세히 들여다보고 해야 하는데 그러기 위해서도 그게 필요했어. 그건 전혀 아프지 않았어. 사실 나는 웃고 있었어. 그 치과의사가 낑낑대며 잡아당겼다, 끌었다, 조였다 하는 모습이 내겐 정말 웃기더구나. 하지만 집에 오자 통증이 시작됐어. 나는 이틀간 소파에 드러누워 진통제를 수도 없이 먹어야 했단다⋯⋯.

나는 토할 것 같아서 편지 읽는 걸 멈췄다.

엄마는 심장마비에 걸린 것이 아니었다. 엄마는 죽지 않았다. 엄마는 살아 있었다. 아빠가 거짓말을 한 것이다.

나는 그것 말고 다른 설명이 가능한지 기를 쓰고 생각해 보았다. 하지만 한 가지도 생각나지 않았다. 아무것도 생각할 수 없었다. 내 머리가 제대로 돌아가지 않았다.

현기증이 났다. 마치 방이 좌우로 흔들리는 것 같았다. 아주 높은 빌딩 꼭대기에 서 있는데 강한 바람 때문에 빌딩이 앞뒤로 흔들리는 것 같았다(이것 역시 직유다). 하지만 방이 앞뒤로 흔들거릴 리는 없었다. 그건 내 머릿속에서 일어나고 있는 일이 분명했다.

나는 침대 위에서 데굴데굴 구르며 몸을 뒤틀었다.

배가 아팠다.

테이프의 일부가 지워진 것처럼 기억이 끊어졌기 때문에 그 다음에 무슨 일이 있었는지는 알 수 없다. 하지만 내가 눈을 떴을 때 창밖이 캄캄했던 걸로 보아 시간이 많이 지나 있었고, 침대며 내 손과 발과 얼굴에 잔뜩 토한 흔적이 있는 것으로 보아 구토를 했다는 걸 알 수 있었다.

하지만 그전에 아빠가 집 안으로 들어와 내 이름을 부르는 소리가 들렸다. 그것으로도 시간이 많이 지났다는 걸 짐작할 수 있었다.

이상하게도 아빠가 "크리스토퍼…… 크리스토퍼?"라고 부를 때마다 내 이름이 글자로 나타나는 게 보였다. 종종 나는 누군가의 말소리, 특히 다른 방에서 들려오는 말소리가 마치 컴퓨터 스크린 위에 나타나는 것처럼 선명하게 글자로 표시되는 걸 볼 수 있었다. 하지만 스크린 위가 아니라 버스 옆에 붙어 있는 대형 광고처럼 아주 큰 글씨로 나타났다. 그것은 엄마의 글씨였다.

Christopher Christopher

그때 아빠가 이층으로 올라와 방 안으로 들어오는 소리가 들렸다.

"크리스토퍼, 도대체 뭘 하고 있는 거냐?"

나는 아빠가 들어왔다는 걸 알았다. 하지만 아빠의 음성은 작았고, 멀리서 들려오는 것 같았다. 내가 으르렁거리면서 사람들이 가까이 오지 못하도록 할 때 사람들의 목소리가 그렇게 들리곤 한다.

"도대체 너 여기서……? 이런, 그건 내 벽장이란 말이야, 크리스토퍼. 그건…… 오, 이런 제기랄. 제기랄, 제기랄, 제기랄."

그리고 아빠는 잠시 말을 하지 않았다.

아빠는 내 어깨에 손을 올려 나를 돌려 세운 다음 말했다.

"오, 맙소사."

하지만 아빠가 내 몸을 만졌을 때 보통 때처럼 아프지 않았다. 나는 아빠의 손이 내 몸에 닿는 것을 볼 수 있었지만 마치 방에서 일어나는 일을 찍은 영화를 보는 것처럼 그 손의 감촉이 거의 느껴지지 않았다. 그것은 꼭 내게 불어오는 바람 같았다.

아빠는 잠시 침묵하다가 입을 열었다.

"미안하다. 크리스토퍼, 정말, 정말 미안하다."

그리고 그때 나는 내가 토했다는 걸 알아차렸다. 내 몸 여기 저기에 축축한 것이 묻어 있었다. 학교에서 어떤 애가 토했을 때와 같은 냄새가 났다.

"편지를 읽었구나."

아빠가 말했다. 어떤 사람이 감기에 걸려 코가 막힐 때처럼, 아빠의 숨소리가 거칠어지며 훌쩍였기 때문에 나는 아빠가 울고 있다는 걸 알았다.

이윽고 아빠가 말했다.

"너를 위해서 그랬던 거야, 크리스토퍼. 맹세할 수 있어. 절대로 거짓말하려고 작정했던 건 아니야. 나는 단지……, 난 단지 네가 모르는 편이 더 나을 거라고 생각했어. 그러니까…… 그러니까…… 속이려고 한 건 아니었어. 나는 네가 더 나이가 들면 그 편지들을 보여 주려고 했어."

아빠는 다시 입을 다물었다가 말을 이었다.

"우연히 그렇게 되고 만 거야."

그리고 조금 후에 아빠가 말했다.

"난 무슨 말을 해야 할지를 몰랐어. ……머릿속이 뒤죽박죽이었어. 네 엄마는 쪽지를 남겼고…… 나중에 전화를 해 왔지……. 나는 네게 엄마가 병원에 있다고 말하고 말았어. 왜냐하면, 왜냐하면 어떻게 설명해야 할지를 몰랐기 때문이었지. 그건 너무 복잡하고 너무 어려운 문제였어. 그래서 나는 엄마가 병원에 있다고 말해 버렸단다. 그 말이 거짓말이란 건 알아. 하지만 일단 그렇게 말하고 나니까 다시 번복할 수가 없었어. 알아듣겠니? 크리스토퍼? 크리스토퍼? 그건 나로서는 어쩔 수 없는 일이었어. 그리고 내가 바라는 건……."

그 뒤 정말 한참 동안 말이 없었다. 아빠가 내 어깨에 손을 올렸다.

"크리스토퍼, 몸을 씻어야겠다. 괜찮지?"

아빠가 약간 힘을 주어 내 어깨를 밀었지만 나는 꼼짝도 하지 않았다.

"크리스토퍼, 이제 욕실로 가서 따뜻한 물로 몸을 씻어 줄게. 그리고 나서 침대로 데려다 주마. 괜찮지? 그런 다음 이 담요를 세탁기에 집어넣어야겠구나."

아빠는 자리에서 일어나 욕실로 향했다. 수도꼭지가 돌아가는 소리가 들렸다. 나는 욕조에 물이 차는 소리에 귀를 기울였다. 아빠는 한참 동안 욕실에 있었다. 그러고는 다시 돌아와 내 어깨에 손을 올리고 말했다.

"자, 큰 소리를 내는 일이 없게 하자꾸나. 크리스토퍼. 우선 침대에 걸터앉고 옷을 벗은 다음 욕실로 가자. 알았지? 자, 나는

201

네 몸에 손을 댈 거야. 하지만 아무 일도 없을 거다."

그러고는 나를 번쩍 들어올려 침대모서리에 앉히고 점퍼와 셔츠를 벗겨 침대에 내려놓았다. 그런 다음 나를 일으켜 세우고 욕실까지 데리고 갔다. 나는 비명을 지르지 않았다. 나는 싸우지 않았다. 그리고 아빠를 때리지도 않았다.

163

내가 어려서 처음 학교에 갔을 때, 줄리라는 분이 담임 선생님이 되었다. 그때는 시오반 선생님이 교사가 되기 전이었다. 시오반 선생님은 내가 12살이 되어서야 비로소 교사 일을 시작했다.

어느 날 줄리 선생님은 내 옆의 책상에 앉아서 스마티 통을 책상 위에 올려놓고 말했다.

"크리스토퍼, 이 안에 뭐가 들어 있을까?"

"스마티요."

줄리 선생님은 스마티 통의 마개를 열고 그걸 거꾸로 뒤집었다. 그러자 빨간색 몽당연필 한 자루가 나왔다. 줄리 선생님은 웃었다. 내가 다시 말했다.

"스마티가 아니라 연필이에요."

줄리 선생님은 몽당연필을 스마티 통에 다시 넣은 다음 마개를 닫았다. 그러고는 말했다.

"네 엄마가 지금 들어오셨다 치자. 우리가 엄마에게 '이 스마티 통에 무엇이 들어 있을까요?' 하고 물어보면 뭐라고 대답하실까?"

"연필이요."

어렸을 때 나는 사람들이 저마다 다른 생각을 가지고 있다는 걸 이해하지 못했다. 그래서 그런 대답을 한 것이다. 줄리 선생님은 내가 이것을 깨닫는 것이 앞으로도 어려울 거라고 아빠와 엄마에게 말했다. 하지만 지금은 그걸 깨닫는 것이 그다지 힘들지 않다. 나는 그것이 일종의 퍼즐이라고 마음속으로 정해 놓았다. 퍼즐에는 언제나 해답을 찾는 길이 있게 마련이기 때문이다.

그것은 컴퓨터와 비슷하다. 사람들은 컴퓨터가 사람과는 다르다고 생각한다. 비록 튜링 테스트에서는 컴퓨터가 날씨와 와인, 그리고 이탈리아가 어떤 곳인지에 대해서 사람들과 대화도 하고 심지어 농담까지 하기도 하지만 컴퓨터에는 마음이 없다.

하지만 마음 역시 복잡한 기계에 지나지 않는다.

사물을 바라볼 때 우리는 그저 우리 눈으로 밖을 내다보고 있다고만 생각한다. 마치 작은 창을 통해 밖을 보고 있으며 우리 머릿속에 사람이 들어 있는 것처럼 말이다. 하지만 그렇지가 않다. 우리는 컴퓨터 스크린 같은, 머릿속에 있는 스크린을 보고 있는 것이다.

'마음은 어떻게 움직이는가'라는 TV 시리즈에서 보았던 한 실험 때문에 이런 말을 할 수 있는 것이다. 이 실험에서 당신은 머리를 집게로 고정시키고 나서 스크린에 나타나는 글을 보게 된다. 그건 평상시에 글을 읽는 것과 다를 바가 없으며 특별한 변화도 없다. 하지만 잠시 후 당신의 눈이 그 페이지를 따라 움직일 때 당신은 뭔가 아주 이상한 점이 있다는 걸 알아차리게 된다. 당신이 좀 전에 읽었던 글의 일부가 전과 달라진 것이다.

이것은 당신의 눈이 깜박이는 그 사이에 당신은 아무것도 볼 수 없는 장님이기 때문이다. 그러한 깜박임을 가리켜 단속적 운동이라고 한다. 만일 눈이 깜박이는 사이에도 모든 게 보인다면 당신은 현기증이 날 것이다. 그리고 그 실험에는 당신의 눈이 깜박이는 순간을 알려 주고, 그때 당신이 보지 못하는 장소로 그 글에 있는 단어들 약간을 옮겨 주는 센서가 사용된다.

하지만 당신은 단속적 운동을 하는 동안 당신이 볼 수 없다는 걸 알아차리지 못한다. 당신의 두뇌가, 당신이 머릿속의 두 개의 작은 창문을 통해 밖을 내다보고 있는 것처럼 느끼게끔 머릿속의 스크린으로 그 틈을 메워 버리기 때문이다. 당신은 단어들이 그 페이지의 다른 부분으로 옮겨졌다는 사실을 알아차리지 못한다. 당신의 마음이 당신이 순간적으로 보지 못하는 사물들을 마음속의 그림으로 보충하기 때문이다.

그리고 사람은 동물과는 달리, 자신이 보고 있지 않는 사물들을 머릿속의 스크린에 그릴 수도 있다. 사람은 다른 방에 있는 누군가를 그릴 수도 있고, 내일 일어날 일을 그릴 수도 있다. 아니면 아주 큰 숫자를 그릴 수도 있고, 어떤 문제를 풀려고 할 때는 연쇄적인 논리적 사고들을 그려낼 수도 있다.

동물 병원에서 대수술을 받고 금속 핀을 다리에 박아 놓은 개가 고양이를 보자마자 다리에 있는 금속 핀은 까맣게 잊어버리고 고양이 뒤를 쫓는 이유도 그때문이다. 하지만 사람이 수술을 받으면 머릿속에 한두 달은 계속해서 아플 거라는 그림이 그려진다. 그리고 다리에 남은 꿰맨 자국과 부러진 뼈, 핀들의 그림도 그려진다. 그래서 급히 타야 하는 버스가 보이더라도 달려가지 않는다. 사람은 머릿속에다가 뼈가 우두둑 부러지고 꿰맨 자리가 터져서 더 심한 고통을 느끼는 그림을 그리기 때문이다.

사람들이 컴퓨터에는 마음이 없다고 생각하는 것도, 그리고 자신의 뇌가 특별하기 때문에 컴퓨터와는 다르다고 여기는 것도 이 때문이다.

사람은 머릿속의 스크린을 볼 수 있기 때문에, '스타트랙: 넥

스트 제너레이션’ 편에 나오는 장 뤽 피카르 선장이 선장석에 앉아 커다란 스크린을 쳐다보듯이, 누군가가 머릿속에 가만히 앉아서 그 스크린을 보고 있다고 생각하게 된다. 그리고 사람들은 이 머릿속에 있는 사람이 호문쿨루스(16, 17세기의 의학이론에서 사람의 정자 속에 있다고 믿었던 극히 작은 인체를 가리키는 말. 괴테가 쓴 『파우스트』에도 등장한다 : 역주)라고 불리는 자신의 특별한 인간 의식이라고 생각한다. 그리고 그들은 컴퓨터에는 이러한 호문쿨루스가 없다고 생각하는 것이다.

하지만 이 호문쿨루스는 단지 머릿속의 스크린에 비치는 또 다른 그림에 불과하다. 그리고 호문쿨루스가 머릿속의 스크린에 나타날 때(사람들이 호문쿨루스에 대한 생각을 하고 있기 때문에) 뇌의 또 다른 작은 조각이 그 화면을 보고 있다. 그리고 그가 이 뇌의 일부(스크린 위의 호문쿨루스를 바라보고 있는 작은 부분)에 대해 생각하면 그들은 이 부분을 스크린 위에다 두게 되는 셈이고, 또 다른 부분이 그 스크린을 지켜보는 것이다.

하지만 뇌는 이런 일이 일어나는 것을 보지 못한다. 그건 눈이 순간적으로 깜박이는 것과 같은 것으로, 한 생각에서 다른 생각으로 옮겨 가는 그 순간에 자신의 머릿속을 보지 못하기 때문이다.

인간의 뇌가 컴퓨터와 다를 게 없는 이유가 바로 이것이다.

그것은 컴퓨터가 특별한 것이어서가 아니라, 그것들이 스크린이 바뀌는 그 찰나에 꺼지기를 반복하기 때문이다. 그리고 보이지 않는 무언가가 있기 때문에 사람들은 특별한 것이 틀림없다고 생각한다. 사람들은 항상 달의 관측되지 않는 표면, 블랙홀의 반대편, 혹은 한밤중에 깨어나 겁에 질려 바라보는 어둠 속의 공간처럼, 자신들의 눈으로 볼 수 없는 것에 대해서는 뭔가 특별한 게 있다고 여기기 때문이다.

또한 사람들은 자신은 감정이 있고 컴퓨터는 감정이 없기 때문에 사람은 컴퓨터와 다르다고 생각한다. 하지만 감정이란 단지 내일 아니면 내년에 일어날 일, 혹은 일어났던 일을 대신해서 일어날 수도 있었던 일이 머릿속의 스크린 위에 그려지는 것에 지나지 않는다. 그게 만약 행복한 그림이라면 사람들은 웃을 것이고, 슬픈 그림이라면 울 것이다.

167

아빠는 나를 욕조에 담그고 깨끗이 씻겨서 타월로 몸을 닦아 준 다음, 침실로 데려가 새 옷을 입혔다.

"저녁에 뭘 좀 먹었니?"

아빠가 물었지만 난 아무런 말도 하지 않았다.

"먹을 것 좀 갖다 줄까, 크리스토퍼?"

하지만 나는 여전히 입을 다물고 있었다.

"좋아. 자, 네 옷과 침대시트를 세탁기에 갖다 두고 와야겠다. 괜찮지?"

나는 침대에 걸터앉아 내 무릎께만 바라봤다.

아빠는 방 밖으로 나가 욕실바닥의 옷가지들을 계단에 놓아 두었다. 그러고는 침실로 가서 침대 시트를 벗겨내고는 계단에 있는 셔츠와 점퍼들과 한데 모아서 아래층으로 내려갔다. 잠시 후 세탁기가 돌아가는 소리가 들렸다. 그리고 보일러가 작동하면서 수도관의 물이 세탁기 안으로 쏟아지는 소리도 들렸다.

한참 동안 그 소리들만이 들렸다.

나는 마음을 진정시키기 위해서 머릿속으로 2의 제곱들을 계산하기 시작했다. 나는 2의 25제곱인 33,554,432까지 계산했다. 이것은 그다지 큰 숫자는 아니었다. 전에는 2의 45제곱까지 간 적도 있었기 때문이다. 하지만 지금은 머리가 그리 잘 돌아가지 않았다.

아빠가 방으로 다시 돌아왔다.

"좀 어떠니? 뭐 좀 갖다 줄까?"

난 아무 말도 하지 않고 계속해서 내 무릎만 보았다.

그러자 아빠는 말을 그치고 내 옆에 앉아 팔꿈치를 무릎에 대고 카펫을 내려다보았다. 아빠의 양발 사이로 작고 빨간 레고 조각이 떨어져 있었다.

토비가 잠에서 깨어나는 소리가 들렸다. 토비는 야행성 동물이다. 녀석이 우리 안에서 바스락거리는 소리가 들렸다.

아빠는 한참 동안 말이 없었다.

"이 말을 해서는 안 될지도 모르겠구나. 하지만…… 네가 아빠를 믿어 주었으면 한다. ……좋아, 내가 늘 진실만을 말했던 건 아닐 거야. 하느님만이 아시겠지. 하지만 노력은 했단다. 크리스토퍼, 하느님은 아실 거야. 하지만…… 산다는 건 쉽지 않은 일이지. 언제나 진실만을 말하며 살아가기란 정말이지 힘들어. 그게 불가능할 때도 있어. 아무튼 내가 노력하고 있다는 것만은 알아 줬으면 한다. 난 정말 노력하고 있어. 지금이 이 말을 꺼내기에 적합한 때인지는 모르겠구나. 더구나 네가 좋아할 만한 얘기도 아니고. 하지만 아빠가 지금부터 하는 말은 전부 다 틀림없는 사실이야. 지금 네게 진실을 알려 주지 않는다면 나중에…… 나중에 네가 더 상처를 받을 거야. 자, 그럼……."

아빠는 손으로 얼굴을 문지르고 손가락으로 턱을 당기더니 벽을 뚫어져라 바라보았다. 나는 시야 가장자리로 아빠를 볼 수 있었다.

마침내 아빠가 입을 열었다.

"내가 웰링턴을 죽였다. 크리스토퍼."

나는 그 말이 농담인지 아닌지 종잡을 수 없었다. 나는 농담을 이해하지 못한다. 즉 사람들이 농담할 때 속뜻이 따로 있다는 걸 이해하지 못하는 것이다.

"제발, 크리스토퍼. 내 설명을 좀 들어 보렴."

아빠는 다소 흥분한 상태에서 나를 달랬다.

"네 엄마가 떠났을 때, 일레인, 그러니까 시어즈 부인이……

211

우리에게 무척이나 잘해 주었어. 내게 무척이나 잘해 줬지. 그
녀는 내가 아주 힘든 시기를 헤쳐 나가도록 도와주었지. 그녀가
없었더라면 견디지 못했을 거야. 그녀가 매일같이 여기에 들렀
다는 건 너도 알 거야. 요리와 청소를 거들고, 우리가 잘 있는지,
뭐 필요한 건 없는지 보려고 불쑥 찾아오기도 했지. 내 생각
엔…… 그러니까…… 제길, 크리스토퍼, 나는 쉽게 말하려고 애
쓰고 있는 중이야. 그녀가 점점 내게 다가오고 있는 중일지도
모른다고 생각했지. 아마도 내가 갈수록 어리석어지고 있었나
봐. 나는 그녀가…… 결국에는…… 우리 집으로 이사 오고 싶어
한다고 생각하게 됐어. 아니면 우리가 그녀 집으로 이사를 가든
가. 우리는 정말, 정말 잘 지냈어. 나는 우리가 좋은 친구라고 생
각했지. 그 생각이 틀렸던 것 같아. ……결국, 일이 벌어지고 말
았지. ……빌어먹을. ……우리는 말다툼을 했어, 크리스토퍼.
……그리고 그녀는 무슨 말인가를 했지. 그건 좋은 소리가 아니
라서 네게 말하지는 않겠지만 나는 마음이 아팠지. 하지만……
그녀는 나나 우리보단 그 대단한 개를 더 아끼는 것 같았어. 지
금 와서 생각해 보면 그게 그렇게 어리석은 일은 아닐지도 몰
라. 어쩌면 우리가 무척이나 성가신 존재일지도 몰라. 어쩌면
멍청한 똥개를 돌보며 사는 편이 다른 진짜 인간들하고 살아가
는 것보다 편할지도 모르는 일이니까. 무슨 말이냐 하면, 빌어

먹을…… 아들아, 우리는 유지비가 싸게 먹히는 존재는 아니거든. 어쨌거나 우리는 이런 식으로 말다툼을 했어. 솔직히 말하자면 몇 번을 더 싸웠지. 하지만 결정적으로 그 상스러운 말을 내게 내뱉고는 나를 집 밖으로 쫓아냈어. 그 수술을 받고 나서 그 대단한 개가 어땠는지는 너도 알 거야. 완전히 미친 개였지. 기분이 좋다가도 갑자기 뒤집어져서는 데굴데굴 굴렀지. 그러고는 네 다리를 물기도 했지. 어쨌든 우리가 서로 목청을 높이고 있는 동안 정원에 있던 그놈은 줄을 끊고 맘대로 돌아다니고 있었어. 그래서 그녀가 문을 쾅 하고 닫아 버리자 그놈이 내 등 뒤에서 나를 기다리고 있었지. 그리고…… 나도 알아…… 아마 내가 그 녀석을 한방 걷어찼다면 그놈이 뒤로 물러섰을 거라는 걸. 하지만, 제길…… 크리스토퍼, 보이는 게 없을 정도로 화가 나면…… 그게 어떤 건지 너도 알 거야. 너와 나는 다르지 않으니까. 그 순간 생각할 수 있는 거라곤 그녀가 그 망할 놈의 개를 너나 나보다 더 아낀다는 사실뿐이었어. 내가 2년 동안이나 꾹꾹 눌러 왔던 모든 것들이 그때 폭발하고 말았어……."

아빠는 잠시 잠자코 있었다.

"미안하다, 크리스토퍼. 맹세하지만 결코 그 개를 죽일 생각은 없었어."

아빠가 그렇게 말했을 때에야 비로소 나는 그 이야기가 농담이 아니란 걸 알았다. 나는 정말 겁이 났다.

"우린 모두 실수를 하지. 크리스토퍼. 너, 나, 네 엄마, 그리고 누구든지. 그리고 어떨 때는 정말 큰 실수도 저지르지. 우리는 그저 인간일 뿐이니까."

그리고 아빠는 오른손을 들고 손가락을 부채 모양으로 벌렸다.

하지만 나는 비명을 지르며 아빠를 뒤로 밀쳐 냈고, 아빠는 침대에서 떨어졌다.

아빠는 일어나 앉아서 말했다.

"그래, 크리스토퍼. 미안하다. 오늘밤은 그만 하자꾸나. 좋아, 나는 아래층으로 내려갈 테니 눈 좀 붙여라. 아침에 다시 얘기하자. 잘될 거야. 진심이야. 나를 믿으렴."

그러고는 자리에서 일어나 한숨을 내쉰 후 방을 나갔다.

나는 침대에 앉아 한동안 바닥을 내려다보았다. 토비가 우리를 할퀴는 소리가 들렸다. 고개를 들어 보니 토비가 우리 안에서 나를 빤히 쳐다보고 있었다.

나는 집을 나가야만 했다. 아빠가 웰링턴을 죽인 것이다. 그 말은 아빠가 나까지 죽일 수 있다는 뜻이다. 아빠가 "나를 믿으렴." 하고 말했지만 나는 그럴 수가 없었다. 아빠는 사소하지 않은 일에 대해서도 거짓말을 했다.

하지만 지금 당장 집을 나갈 수는 없었다. 아빠 눈에 띌 것이기 때문이다. 그래서 나는 아빠가 잠들 때까지 기다리기로 했다.

지금 시간은 오후 11시 16분.

나는 다시 2의 제곱을 계산하기 시작했다. 하지만 2의 15제곱인 32,768 이상으로는 넘어가지 못했다. 그래서 나는 끙끙대며 시간이 빨리 지나가기만을 기다렸고, 더 이상 아무 생각도 하지 못했다.

오전 1시 20분. 하지만 아직까진 아빠가 2층 침실에 올라오는 기척이 없었다. 혹시 아래층에서 잠든 것은 아닐까. 아니면 나를 죽일 기회를 보며 기다리고 있는 것일까. 나는 나 자신을 지키기 위해 스위스제 군용 칼을 꺼내 톱날을 펼쳤다. 그러고는 가만히 침실 밖으로 나가 귀를 기울였다. 아무 소리도 들리지 않았다. 나는 살금살금 아래층으로 내려가기 시작했다. 아래층에 다다르자 거실 문틈으로 아빠의 발이 보였다. 나는 발이 움직이는지 확인하려고 4분을 기다렸다. 움직이지 않았다. 그래서 계속해서 복도를 걸어갔다. 그러고는 거실 문 쪽을 둘러보았다.

아빠는 소파에 누워 있었고, 눈은 감겨 있었다.

나는 한참 동안 아빠를 지켜보았다.

아빠가 코를 골기 시작하자 나는 움찔 놀랐다. 맥박 뛰는 소리가 들렸고, 심장은 쿵쾅거렸다. 누가 내 가슴 안에서 커다란 풍선을 불고 있는 것 같은 통증이 느껴졌다.

이러다가 심장마비가 오는 건 아닐까 하는 생각이 들었다.

아빠의 눈은 여전히 감겨 있었다. 혹시 잠든 척하고 있는 것은 아닐까? 나는 칼을 단단히 쥐고 문틀을 똑똑 두드렸다.

아빠는 고개를 뒤척이더니 발을 실룩거렸다. 그러고는 "끙." 하고 소리를 냈다. 하지만 두 눈은 감은 채였다. 그러고는 다시 코를 골기 시작했다.

아빠는 잠든 것이다.

그 말은 이제 아빠가 깨어나지만 않게 조심한다면 집을 빠져나갈 수 있다는 뜻이었다.

나는 문 옆에 있는 옷걸이에서 외투와 목도리를 챙겼다. 밤중이라 바깥은 쌀쌀할 것이다. 나는 조심조심 2층으로 다시 올라갔다. 다리가 후들거리는 바람에 그것도 쉽지 않은 일이었다. 나는 방에 들어가 토비가 들어 있는 우리를 챙겼다. 토비는 바닥을 할퀴며 소리를 내고 있었다. 나는 외투 한 벌을 우리 위에다 덮어 씌워 소리를 죽였다. 그러고는 우리를 들고 다시 아래층으로 내려갔다.

아빠는 여전히 잠들어 있었다.

나는 주방에 가서 내 특별 음식 상자를 챙겼다.

그러고는 뒷문을 열고 바깥으로 발을 내디뎠다. 그런 다음 큰 소리가 나지 않도록 손잡이를 잡은 채로 문을 다시 닫았다. 나는 정원으로 걸어 내려갔다.

정원 안쪽에는 창고가 있다. 그 안에는 잔디깎이와 울타리 손질 도구, 화분, 비료 부대, 대나무 막대, 노끈, 삽 같은 조경장비들이 가득 들어 있다. 창고 안은 약간 따뜻할 것이다. 하지만 아빠는 내가 없어진 걸 알면 분명 창고 안도 살펴볼 것이다. 그래서 나는 창고 뒤로 돌아가 빗물을 모아 두는 크고 검은 플라스틱통 뒤로 울타리와 창고 벽 사이의 틈을 비집고 들어갔다. 바닥에 앉자 약간은 안심이 되었다.

토비의 우리에 덮어 두었던 외투는 그대로 두기로 했다. 토비가 얼어 죽는 걸 원치 않았기 때문이다.

나는 음식 상자를 열었다. 그 안엔 캐러멜과 감초 두 뿌리, 클레멘타인 세 알, 분홍색 비스킷, 그리고 빨간 식용 색소가 들어 있었다.

배가 고프지는 않았지만 아무것도 먹지 않으면 감기가 들 수도 있어서 배를 채워야 했다. 나는 클레멘타인 두 알과 캐러멜을 먹었다.

자, 다음엔 무얼 한다지?

173

　창고지붕과 이웃집 울타리 위에 드리워진 큰 나무 사이로 오
리온자리가 보였다.

　사람들은 그 별자리가 곤봉과 활과 화살을 찬 사냥꾼처럼 생
겼다 하여 사냥꾼 오리온의 이름을 따 부른다.

하지만 그건 정말 바보 같은 짓이다. 저건 단지 별일 뿐이다. 게다가 마음만 먹으면 내키는 대로 점들을 서로 이어서, 바람에 휘청거리는 우산 든 여인, 혹은 시어즈 부인의 손잡이가 달린 이탈리아산 커피메이커에서 수증기가 뿜어져 나오는 모습, 그 것도 아니면 공룡처럼 보이게 만들 수도 있다.

그리고 하늘에 선이 따로 그어져 있는 것도 아니기 때문에 오리온자리를 토끼자리나 황소자리 혹은 쌍둥이자리와 이어 놓고는 그것들을 포도송이자리, 예수자리, 혹은 자전거자리라고 부를 수도 있다(오리온을 오리온이라고 불렀던 로마와 그리스시대에는 자전거가 없었을 테지만 말이다).

그건 그렇다 치고, 어찌 됐든 오리온은 사냥꾼도 커피메이커도 공룡도 아니다. 그것은 단지 베텔지우스, 벨라트릭스, 알닐람, 리겔 그리고 내가 이름을 모르는 다른 17개의 별들이 모인 것이다. 그것들은 수조 마일이나 떨어져 있다.

그리고 이것은 진실이다.

179

나는 3시 47분까지 깨어 있었다. 나는 잠들기 전에 마지막으로 시계를 보았다. 시계표면이 형광물질로 되어 있었고 버튼을 누르면 불도 들어와서 어둠 속에서 시간을 볼 수 있다. 밖은 쌀쌀했고, 아빠가 들이닥쳐 나를 찾아낼까 봐 무섭기도 했다. 하지만 정원에 숨어 있는 편이 마음이 놓였다.

나는 오랫동안 하늘을 바라보았다. 나는 마당에서 밤하늘을 바라보는 걸 좋아한다. 여름이 되면 나는 가끔 한밤중에 손전등과 가운데에 바늘이 달린 두 개의 플라스틱 원이 있는 성좌 일람표를 들고 밖으로 나오곤 했다. 그리고 별자리 지도를 밑에다 깔고 열린 포물선 모양의 조리개를 그 위에 올려놓고 빙글빙글 돌렸다. 그러면 일년 중 그날에 이곳 스윈던이 위치한 북위 51.5

도에서 관측 가능한 별들의 지도가 나타났다. 하늘의 나머지 반쪽은 언제나 지구 맞은편 위에 있기 때문에 모든 별들을 관측할 수 있는 것은 아니다.

별을 보고 있을 때 우리는 수십 수백 광년 떨어져 있는 별들을 보는 것이다. 그리고 그 별들 중 몇몇은 더 이상 존재조차 하지 않는 것일지도 모른다. 그 빛이 우리에게 도달하는 시간이 너무 오래 걸려서 이미 그 별들이 일생을 마쳤거나 폭발해서 난쟁이 별이 됐을 수도 있기 때문이다. 별들을 바라보고 있으면 자신이 아주 작게 느껴진다. 그래서 만약 당신이 살아가면서 곤란한 일을 당한다 해도, 그 일을 무시해도 좋은 것, 즉 너무나 미미해서 뭔가를 계산할 때 고려할 필요조차 없는 것이라고 생각하는 게 좋다.

춥고 바닥이 울퉁불퉁해서 등이 배기는 데다 토비까지 우리 안에서 요란하게 할퀴는 소리를 내는 바람에 깊이 잠들지는 못했다. 하지만 나는 새벽녘에 알맞게 잠에서 깼다. 하늘은 온통 오렌지와 파랑과 자줏빛이었고 새들이 이른바 새벽의 합창을 부르는 소리가 들렸다. 나는 잠에서 깬 후에도 2시간하고 32분 동안 그 자리에 머물렀다. 아빠가 정원 쪽으로 걸어 내려오면서 "크리스토퍼…… 크리스토퍼?" 하고 부르는 소리가 들렸다.

나는 주위를 둘러보았다. 비료를 담아 두던 낡은 자루가 흙

속에 묻혀 있는 것이 눈에 띄었다. 나는 토비의 우리와 음식 상자를 챙겨 창고 벽과 담장과 물받이통 사이를 비집고 들어가 비료 자루를 뒤집어썼다. 아빠가 정원으로 들어온 기척이 나자 나는 주머니에서 스위스 군용 칼을 꺼내 톱날을 펼치고 나를 발견할 경우에 대비했다. 아빠가 창고 문을 열고 안을 살피는 소리가 났다. "제기랄." 하는 소리도 들렸다. 아빠의 발걸음이 창고 주위의 풀숲으로 향하는 소리가 나자 내 심장이 콩닥거리기 시작했고, 가슴속에서 풍선이 부푸는 것 같은 통증이 다시 느껴졌다. 아빠가 창고 뒤를 살필지도 모른다고 생각했다. 하지만 비료 자루를 뒤집어쓰고 있었기 때문에 나는 아빠가 어디에 있는지 볼 수가 없었다. 그러나 아빠는 나를 발견하지 못한 듯했다. 아빠의 발소리가 다시 정원 쪽을 향하고 있었다.

나는 꼼짝하지 않고서 시계를 봤다. 그리고 27분 동안 거기 그대로 있었다. 아빠가 트럭에 시동을 거는 소리가 들렸다. 나는 그것이 아빠의 차라는 걸 알았다. 늘 들어서 익숙해진 소리였고 먼 거리도 아니었다. 게다가 이웃집 차 소리도 아니었기 때문이다. 마약을 하는 사람들은 폴크스바겐 캠핑 트럭을 가지고 있었고, 40번지에 사는 톰슨 씨는 복스홀 캐빌리어를, 34번지에 사는 사람은 푸조를 몰았다. 그리고 그것들은 모두 소리가 달랐다.

아빠가 집 밖으로 차를 몰고 나가는 소리가 들렸다. 이젠 그 곳을 나와도 안전했다.

더 이상 위험을 무릅쓰고 아빠와 함께 그 집에서 지낼 수는 없었기에 이제 무엇을 해야 할지를 결정해야만 했다.

그래서 나는 결정을 내렸다.

나는 시어즈 부인 집으로 가서 문을 두드리고 부인과 함께 지내기로 결심했다. 나는 시어즈 부인을 알고 있었기 때문에 그녀는 낯선 사람은 아니었다. 그리고 우리가 사는 쪽 거리에 전기가 나갔을 때 그 집에서 지낸 적도 있었다. 이번엔 나보고 나가라고 하지도 않을 것이다. 누가 웰링턴을 죽였는지 얘기하면 부인은 내가 자기 편이라는 걸 알게 될 것이다. 또한 내가 어째서 아빠와 살 수 없는지도 이해하게 될 것이다.

나는 음식 상자에서 감초 사탕과 분홍색 비스킷, 그리고 한 알 남은 클레멘타인을 꺼내 주머니에 넣고 비료 자루 아래에 상자를 숨겼다. 그러고는 토비의 우리와 여벌 외투를 들고 창고 뒤에서 빠져나왔다. 나는 정원을 가로질러 집 옆으로 해서 내려간 다음 정원 문을 열고 집 밖으로 걸어 나왔다.

거리엔 아무도 없었다. 나는 차도를 건너 시어즈 부인 집까지 걸어갔다. 그리고 노크를 한 다음 부인이 문을 열면 할 말을 생각해 두었다.

하지만 부인은 나오지 않았다. 그래서 나는 다시 문을 두드렸다.

그때 돌아다보니 누군가 거리를 걸어 내려오는 것이 보였다. 그들은 이웃에 사는 두 명의 마약 중독자들이었다. 나는 오싹해졌다. 나는 토비의 우리를 들고 시어즈 부인 집 옆으로 가서 그들 눈에 띄지 않도록 쓰레기통 뒤에 앉았다.

무엇을 해야 할지 계획을 세워야만 했다.

나는 내가 할 수 있는 모든 일들을 생각하고 그렇게 하는 것이 옳은지 따져 보았다.

나는 집으로 다시 돌아갈 수는 없다고 결정했다.

그리고 시오반 선생님의 집에 가서 살 수도 없다고 결정했다. 시오반 선생님은 학교 선생님이지 내 친구나 가족이 아니기 때문에 학교가 끝나고 난 후에는 나를 보살펴 줄 수 없다.

그리고 테리 삼촌 댁으로 가서 지낼 수도 없다고 결정을 내렸다. 삼촌은 선덜랜드에 살고 있는데 나는 그곳까지 가는 방법도 모른다. 그리고 삼촌은 담배를 피우는 데다가 내 머리를 쓰다듬기 때문에 나는 삼촌을 좋아하지 않는다.

그리고 알렉산더 부인 집으로 가서 지낼 수도 없다고 결정했다. 알렉산더 부인은 개를 기르긴 했지만 내 친구도 가족도 아니므로 나를 자기 집에서 자게 하지도, 자기가 쓰는 화장실을 내가 쓰게 하지도 않을 것이다. 게다가 그 할머니는 친한 사람도 아니다.

그때, 엄마에게 가서 함께 지낼 수도 있다는 생각이 들었다. 엄마는 나의 가족이고 편지에 쓰인 주소, 즉 런던 NW2 5NG 챕터 거리 451c를 기억하고 있기 때문에 엄마가 사는 곳도 알고 있다. 다만 그곳이 런던이라는 점이 마음에 걸렸다. 나는 이제껏 런던에 가 본 적이 없었다. 단지 프랑스로 가는 길에 도버해협을 지난 적이 있을 따름이었다. 테리 삼촌 댁을 방문하러 선덜랜드에 간 적이 있고, 지금은 암에 걸린 루스 이모 댁을 방문하러 맨체스터에 간 적도 있기는 했다. 내가 거기서 머물 때 이모는 암에 걸리지 않았다. 그것 말고는 우리 집이 있는 거리 모퉁이의 가게를 넘어서는 아무 데도 가 본 적이 없다. 더구나 어딘가로 혼자서 갈 생각을 하니까 겁이 났다.

하지만 집으로 다시 돌아가거나 내가 있던 장소에 계속 머물거나 혹은 매일 밤 아빠를 피해 정원에 숨어 있을 일에 대해 생각해 보니, 그게 훨씬 더 겁나는 일이었다. 게다가 어젯밤처럼 토할 것 같은 기분이 들었다.

마침내 내가 안전하게 실행할 수 있는 대안은 단 하나도 없다는 걸 깨달았다. 나는 머릿속으로 이런 그림을 그렸다.

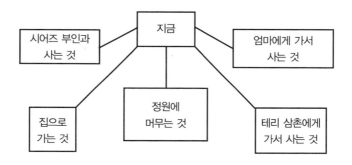

그러고는 수학 시험을 칠 때 하는 것처럼 불가능한 대안들을 모두 지워 나갔다. 나는 모든 문제들을 접할 때 선택할 것과 선택하지 않을 것을 결정한 다음 선택하지 않을 것은 지워 버린다. 그렇게 하다 보면 마지막에는 하나만 남게 되고, 그때는 마음을 바꿀 수 없다. 다음과 같은 그림이 나왔다.

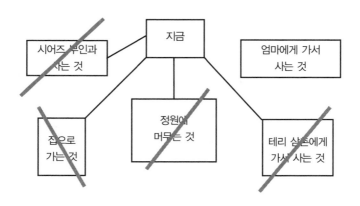

이건 내가 런던에 가서 엄마와 함께 있어야 한다는 뜻이었다. 기차를 타고 가면 될 것이다. 나는 기차 시간표를 보는 방법과 역으로 가서 표를 사고 기차가 제시간에 들어오는지 확인하기 위해 출발 표지판을 보는 방법, 그리고 플랫폼을 제대로 찾아가 기차를 타는 방법 등 기차에 관한 모든 것을 안다. 그리고 나는 『보스콤 계곡의 미스터리』에서 셜록 홈스와 닥터 왓슨이 패딩 턴에서 로즈로 가는 도중 점심을 먹기 위해 잠깐 멈췄던 스윈던 역에서 출발하게 될 것이다.

나는 앉아 있는 시어즈 부인 집 옆에 나 있는 좁은 골목의 맞은편 벽을 바라보았다. 심하게 낡은 철제 냄비의 둥그런 뚜껑이 벽에 비스듬히 기대어 서 있었다. 그것은 녹으로 뒤덮여 있었다. 그것은 여러 나라들과 대륙, 그리고 섬들의 형태로 녹이 슬어서 마치 지구의 표면처럼 보였다.

그때 나는 절대로 우주비행사가 되지 못할 거라는 생각이 들었다. 왜냐하면 우주비행사가 된다는 것은 집에서 수십만 마일을 떨어져 있어야 한다는 걸 뜻했기 때문이다. 런던까지가 100마일이니까 내가 우주 공간에 있는 것에 비하면 1000배는 가까운 셈이다. 이런 생각이 들자 아팠다. 언젠가 운동장 모퉁이의 잔디밭에 넘어졌을 때 누군가 담장 너머에서 던진, 깨진 병 조각에 무릎을 벤 적이 있었다. 다비스 씨는 내 피부 조각을 잘라

내고 세균과 먼지가 들어가지 않도록 잘라 낸 피부 아래의 맨살을 소독약으로 씻어 냈다. 그건 무척이나 아팠다. 그래서 나는 울고 말았다. 하지만 지금의 이 아픔은 내 머릿속에서 느껴지는 것이었다. 내가 우주비행사가 될 수 없을 거란 생각을 하니 서글퍼진 것이다.

그래서 일단은 셜록 홈스처럼 돼야겠다는 생각을 했다. 그리고 내 머릿속이 얼마나 아파 오는지 알아차리지 못할 만큼 나는 의도적으로 내 마음을 분리시켜야 했다.

런던까지 가려면 돈이 필요할 것이다. 긴 여행인 데다 시작하면 음식을 구할 곳이 어딘지 모르기 때문에 먹을 음식을 준비해야 할 것이다. 그리고 토비를 보살펴 줄 사람도 필요할 것이다. 내가 런던으로 갈 때 토비를 데려갈 수는 없기 때문이다.

나는 계획을 짰다. 그러자 기분이 한결 나아졌다. 질서와 패턴이 있는 뭔가가 머릿속에 자리 잡으면 나는 그 지시에 순서대로 따르기만 하면 되기 때문이었다.

나는 일어서서 거리에 아무도 없다는 걸 확인했다. 그리고 시어즈 부인의 이웃인 알렉산더 부인의 집을 향해 걸어갔다. 문을 두드리자 알렉산더 부인이 문을 열었다.

"크리스토퍼, 대체 무슨 일이니?"

"저 대신 토비를 좀 돌봐 주시겠어요?"

"토비가 누구지?"

"토비는 제 애완용 쥐예요."

"아, 아 그래. 이제 생각났다. 전에 네가 얘기해 주었지."

나는 토비의 우리를 들어올리며 말했다.

"이게 그 녀석이에요."

알렉산더 부인은 현관 안으로 한 발 물러섰다.

"이 녀석은 특제 알을 먹어요. 애완동물 가게에 가시면 구할 수 있어요. 하지만 비스킷, 당근, 빵, 닭뼈도 먹죠. 하지만 초콜릿은 주시면 안 돼요. 초콜릿에는 메틸산타인의 하나인 카페인과 디오브로마인이 들어 있거든요. 쥐에게 그걸 많이 먹이면 독이 돼요. 그리고 물컵에다가는 매일 물을 새로 갈아 주셔야 해요. 이 녀석은 동물이라서 낯가림을 하지는 않을 거예요. 그리고 우리 밖으로 나오는 걸 좋아하긴 하지만 그러지 않으셔도 상관은 없어요."

"토비를 돌봐 줄 사람이 왜 필요한 거지, 크리스토퍼?"

"제가 런던에 가거든요."

"얼마나 있을 건데?"

"대학에 갈 때까지요."

"토비를 데려갈 수는 없는 거니?"

"런던까진 먼 길이고, 저는 토비를 기차에 태우고 가다가 잃어버리고 싶지 않거든요."

"그렇구나."

알렉산더 부인은 말을 이었다.

"아빠와 함께 이사를 가는 거니?"

"아뇨."

"그렇다면, 런던에는 무슨 일로 가는 거지?"

"엄마와 함께 살 거예요."

"네 엄마는 돌아가셨다고 한 것 같은데."

"저도 엄마가 돌아가셨다고 생각했죠. 하지만 엄마는 살아 계세요. 아빠가 저한테 거짓말하신 거예요. 게다가 아빠는 자기가 웰링턴을 죽였다고 하셨어요."

"오, 하느님 맙소사."

"저는 엄마와 살 거예요. 아빠는 웰링턴을 죽인 데다 거짓말까지 하셨는걸요. 저는 아빠와 한집에 있는 게 무서워요."

"엄마가 여기 와 계시니?"

"아뇨, 엄마는 런던에 계세요."

"그럼 너 혼자서 런던까지 가겠다고?"

"네."

"자, 크리스토퍼, 안으로 들어가서 차분히 앉아서 얘기를 해보자. 그리고 최선의 길을 찾아보자꾸나."

"아뇨. 안으로 들어갈 순 없어요. 저를 위해 토비를 돌봐 주시겠어요?"

"사실 그건 좋은 생각이 아닌 것 같구나, 크리스토퍼."

나는 아무 말도 하지 않았다. 그러자 알렉산더 부인이 말했다.

"아빠는 지금 어디 계시니?"

"모르겠어요."

"음, 네 아빠에게 전화를 걸어 지금 만날 수 있는지 알아보는 게 좋을 듯싶구나. 분명 아빠는 너 때문에 걱정하고 계실 거야. 뭔가 끔찍한 오해가 있었던 게 분명해."

나는 뒤돌아서서 도로를 가로질러 우리 집 쪽으로 달려갔다. 나는 길을 건너기 전에 미처 주위를 살피지 못했다. 노란색 소형차가 급정거를 하면서 타이어가 끼익하고 미끄러지는 소리가 났다. 나는 집 옆으로 뛰어가 뒤로 돌아가서는 정원 문을 통과한 다음 문을 걸어 잠갔다.

나는 주방문을 열려고 했다. 하지만 문이 잠겨 있었다. 그래서 나는 바닥에 떨어져 있는 벽돌을 집어 들고 창문을 내리쳤다. 유리 조각이 사방으로 흩어졌다. 나는 깨진 창문 틈으로 손을 집어넣고 안에서 손잡이를 돌려 문을 열었다.

나는 집 안으로 들어갔다. 토비를 식탁 위에 내려놓고 2층으로 뛰어 올라갔다. 책가방을 열고 그 안에 토비의 먹이 조금과 수학책, 깨끗한 바지 몇 벌과 조끼, 그리고 깨끗한 셔츠를 넣었다. 그런 다음 아래층으로 내려와 냉장고를 열고 오렌지 주스한 통과 뚜껑을 안 딴 우유 한 병을 가방에 담았다. 그리고 찬장에서 클레멘타인 두 알과 구운 콩 통조림 두 통, 그리고 커스터드 크림 한 통을 꺼내어 역시 가방에 집어넣었다. 내 스위스제 군용 칼에는 통조림 따개가 달려 있어서 뚜껑을 따는 건 문제가 안 됐다.

그때 건너편 싱크대 위에 아빠의 휴대전화기와 지갑, 그리고 주소록이 있는 걸 보았다. 나는 『네 사람의 서명』에서 닥터 왓슨이 노어우드에 있는 바르톨로뮤 쇼월터의 저택 지붕에서 앤더맨 섬사람들인 통가인의 발자국을 발견했을 때처럼 오싹해지는 기분을 느꼈다. 아빠가 돌아와 집 안에 있다는 생각이 들자 머리가 지끈지끈 아파 오기 시작했다. 하지만 나는 기억을 더듬어 내가 본 광경들을 다시금 떠올려 보았다. 아빠의 트럭이 집 밖에 세워져 있지 않았던 건 분명했다. 따라서 아빠는 집을 나서면서 휴대전화기와 지갑, 그리고 주소록을 두고 간 것이 분명했다. 나는 아빠의 지갑에서 은행카드를 꺼냈다. 그것으로 돈을 마련할 수 있다. 그 카드로 돈을 인출하려면 은행에 있는 기계에 비밀번호를 입력해야 하는데, 아빠는 안전한 곳에다 그 번호를 적어 놓지 않았다. 물론 꼭 그래야만 하는 건 아니다. 그 대신 아빠는, 나라면 그 번호를 절대 잊어버리지 않을 거라며 외우라고 했다. 그 번호는 3558이었다. 나는 카드를 호주머니에 집어넣었다.

그런 다음 토비를 우리에서 꺼내서 외투에 있는 주머니 중 하나에 넣었다. 런던까지 가는 동안 내내 들고 다니기에 우리는 너무 무거웠기 때문이다. 나는 주방문을 열고 정원으로 다시 나왔다.

나를 지켜보는 사람이 있는가를 확인하면서 정원 출입문을 통해 집 밖으로 나왔다. 그러고는 학교 쪽으로 걸어가기 시작했다. 그 길이 내가 알고 있는 방향이었기 때문이다. 게다가 학교에 가면 시오반 선생님에게 기차역이 어디 있는지 물어볼 수도 있었다.

전에 한 번도 해 본 적이 없는 일을 하고 있기 때문에 학교를 향해 걸어가면서 점점 더 겁이 나는 게 당연할 것이다. 하지만 그때 나는 서로 다른 두 가지 면에서 겁을 먹고 있었다. 하나는 친숙한 곳에서 멀어지고 있다는 두려움이었고, 다른 하나는 아빠가 사는 곳에 가까이 있다는 두려움이었다. 그것들은 서로 반비례 관계에 있었다. 따라서 집과 아빠에게서 점점 멀어지고 있었지만 그 두려움들의 총합은 일정한 수준을 유지했다.

두려움(합계) = 두려움(새로운 장소) × 두려움(아빠가 가까이에
있음) = 일정한 값

집에서 학교까지 버스로 가면 19분이면 된다. 하지만 같은 거
리라도 걸어서는 47분이나 걸렸다. 그래서 학교에 도착할 때쯤
에 나는 완전히 녹초가 되었다. 나는 기차역으로 떠나기 전에
학교에서 잠시 쉬면서 비스킷 약간과 오렌지 주스를 먹을 수 있
었으면 좋겠다고 생각했다. 하지만 그러지 못했다. 내가 학교에
도착했을 때 아빠의 트럭이 옥외주차장에 세워져 있는 게 보였
기 때문이다. 측면에 스패너가 서로 교차하고 있는 문양과 함께
'에드 부운 열관리 & 보일러 수리' 라는 글씨가 있는 걸로 보아
틀림없는 아빠의 차였다.

그 차를 보자 나는 다시 토할 것 같았다. 하지만 이번엔 미리
알아차렸기 때문에 몸에다가 하지 않고 벽과 도로에 토할 수 있

었다. 게다가 먹은 것이 별로 없었기 때문에 그다지 많은 양은 아니었다. 토하고 나니 바닥에 엎드려서 끙끙대고 싶었다. 하지만 내가 바닥에 엎드려 끙끙댄다면 아빠가 학교에서 나오다가 나를 발견하고, 나를 붙잡아 집으로 끌고 가리라는 걸 알았다. 그래서 나는 학교에서 누군가에게 얻어맞았을 때 써 보라며 시오반 선생님이 알려 준 방법대로 여러 번 깊게 숨을 쉬었다. 나는 숨을 50번 헤아렸고, 온 힘을 다해 그 숫자에 집중했다. 그러자 덜 아팠다.

나는 입을 닦아내고는 누군가에게 물어서 기차역까지 가는 방법을 알아내야겠다고 결심했다. 그리고 그 누군가는 여자가 좋을 것이다. 이왕이면 아가씨에게 물어보는 게 낫겠지. '낯선 사람을 조심하자'라는 주제에 대해 배울 때 선생님들은 어떤 남자가 내게 다가와 말을 걸고 겁을 주면, 큰 소리를 지른 다음 여자 어른을 찾아 그 쪽으로 뛰어가라고 가르쳤다. 여자들이 보다 안전하다는 것이다.

그래서 나는 누군가 나를 붙잡았을 때 그를 찌를 수 있도록 스위스제 군용 칼을 꺼내 톱날을 열었다. 나는 그것을 토비가 들어 있지 않은 외투 호주머니 안에다 집어넣고 단단히 움켜쥐었다. 그때 길 건너편에서 장난감 코끼리를 든 꼬마와 함께 아기가 있는 유모차를 끌고 걸어가는 부인이 눈에 띄었다. 나는 그

녀에게 물어보기로 결심했다. 나는 차에 받히지 않도록 이번에
는 좌우를 살피며 도로를 건넜다.

나는 그 부인에게 말했다.

"어디로 가면 지도를 살 수 있나요?"

그러자 그 부인이 말했다.

"뭐라고?"

"지도를 사려면 어디로 가야 하죠?"

나는 일부러 흔드는 것도 아닌데 칼을 쥐고 있는 손이 떨리는
걸 느꼈다. 그러자 그 부인이 말했다.

"패트릭, 그것 내려놔. 더럽잖아. 얘, 어디 지도를 말하는 거
니?"

"여기 지도요."

내가 말했다.

"모르겠는걸. 어디를 가려고?"

"기차역으로 갈 거예요."

내가 대답하자 그녀는 웃으면서 말했다.

"기차역으로 갈 거라면 지도는 필요 없단다."

"필요해요. 저는 기차역이 어디 있는지 모르거든요."

그러자 그녀가 말했다,

"여기서도 보이는걸."

"아뇨. 안 보이는데요. 게다가 저는 현금인출기가 있는 곳도 알아야 하거든요."

그러자 그녀는 손으로 가리키며 말했다.

"저기, 저 건물이야. 꼭대기에 '시그널 포인트'라는 글씨가 보이지? 또 그 옥상 다른 곳에는 영국 철도라는 표지판이 있고. 기차역은 그 건물 아래에 있어. 패트릭, 한 번만 더 말하면 꼭 천 번째다. 길에 떨어져 있는 물건은 입에다 물지 말라고 했잖아."

내가 그쪽을 바라보니 옥상에 표지판이 있는 건물이 보였다. 하지만 너무 멀어서 읽기가 힘들었다.

"수평으로 창문이 있는 격자 무늬 빌딩을 말씀하시는 건가요?"

"바로 거기야."

"저 빌딩까진 어떻게 가면 되죠?"

"고든 베넷."

그리고 그녀는 다시 말했다.

"저 버스를 따라가렴."

그녀는 지나가고 있는 버스 한 대를 가리켰다.

그래서 나는 달리기 시작했다. 하지만 버스가 하도 빨라서 토비가 떨어지지는 않았는지 들여다보면서 뛰어가야 했다. 길게 나 있는 도로에서는 그럭저럭 버스를 따라갈 수 있었다. 그렇지만 내가 6번 도로를 가로질러 건넜을 때는 버스가 이미 다른 거리로 방향을 바꾼 뒤였다. 그 버스는 더 이상 보이지 않았다.

나는 달리는 걸 멈추었다. 숨쉬기가 무척 힘들었고 다리도 아팠다. 나는 가게들이 빽빽이 들어서 있는 거리에 있었다. 엄마와 장을 보러 이곳에 왔던 기억이 났다. 거리는 쇼핑을 하는 사람들로 붐볐다. 나는 사람들이 내 몸에 닿는 것이 싫어서 길 가장자리로 걸었다. 사람들이 내 가까이에 있고 온갖 소음들이 들리는 것이 싫었다. 머릿속이 아수라장이 된 것처럼 너무나 많은 정보들로 넘쳐 생각하기가 힘들어지기 때문이다. 그래서 나는 손으로 귀를 막고 아주 조용히 끙끙 소리를 냈다.

그때 나는 그 부인이 가리켰던 ⇄ 표시가 아직도 보인다는 걸 알아차렸다. 그래서 나는 그 표시를 향해 계속 걸어갔다.

그러다 어느 순간 그 ⇄ 표시가 더 이상 보이지 않았다. 나는 그것이 어디에 있었는지 기억해 내지 못했다. 나는 좀처럼 뭔가를 잊어버리는 일이 없는데 길을 잃고 만 것이다. 나는 겁이 덜컥 났다. 평상시라면 나는 머릿속에다 지도를 만들어서 그 지도를 따라 걸어갔을 것이다. 나는 그 지도상에서 작은 십자표로 표시되는데 그것은 나의 현 위치를 나타내는 것이다. 하지만 훼방을 놓는 것이 너무 많아서 머리가 뒤죽박죽이 되고 말았다. 그래서 나는 채소 가게의 백록색 차양 아래 멈춰 섰다. 가게에는 당근과 양파, 방풍나물, 브로콜리 등이 초록색 인조모피 카펫이 깔린 상자들 안에 들어 있었다. 나는 계획을 세웠다.

나는 기차역이 그다지 멀지 않은 곳에 있다는 걸 알고 있었다. 찾는 곳이 근처에 있다면 나선 모양으로 이동하면 그곳을 찾을 수 있다. 즉 시계 방향으로 걸어가면서 전에 한번 걸었던 거리가 나타날 때까지 계속 오른쪽으로 방향을 꺾으면서 걷는다. 그런 다음에는 왼쪽으로 방향을 튼다. 그러고는 다음 그림처럼 계속 왼쪽으로 방향을 꺾으면서 걸어간다(이것은 가상으로 그려 본 그림이지 실제 스윈던의 지도는 아니다).

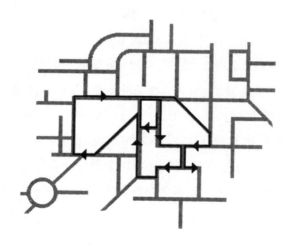

나는 이 방법으로 기차역을 찾아냈다. 나는 걸어가면서 그 규칙들을 지키는 데 온 신경을 집중하고 머릿속으로 도심의 지도를 만들어 나갔다. 그런 식으로 주위의 온갖 사람들과 소음들을 무시하는 편이 한결 편했다.

　마침내 나는 기차역으로 들어갔다.

181

나는 모든 것을 본다.

이것이 내가 새로운 장소를 꺼리는 이유다. 만일 내가 집이나 학교, 버스, 가게, 거리와 같이 그 장소에 있는 거의 모든 것들이 이미 보았던 익숙한 장소에 있다면, 무엇이 바뀌었고 무엇이 움직였는지만 보면 된다. 예를 들어, 언젠가 셰익스피어 글로브 극장의 포스터가 교실 바닥에 떨어진 적이 있었다. 포스터가 붙은 왼쪽 벽면에 세 개의 작은 블루택 얼룩이 남아 있었다. 그것은 포스터가 약간 오른쪽으로 옮겨져 있는 것을 말하며 바닥에 떨어졌던 것을 의미한다. 그리고 그다음 날은 35번가 외곽에 있는 우리 거리의 437번 가로등에 누군가 까마귀 소굴이라고 낙서해 놓은 것이 눈에 띄었다.

하지만 대부분의 사람들은 게으르다. 그들은 결코 모든 것을 보지 않는다. 그들은 주위를 흘긋 둘러보는 데 그친다. 그 말은 어떤 물체와 충돌해서 비스듬한 방향으로 튀어나간다는 의미를 담고 있다. 예를 들어 스누커 볼 하나가 다른 스누커 볼에 맞아 튀어나가는 것과 같다. 그들 머릿속에 들어가는 정보는 정말 단순하다. 예를 들어 만일 사람들이 시골에 있다고 한다면 그들이 받아들이는 정보는 아마 다음과 같을 것이다.

1. 나는 풀이 무성한 들판에 서 있다.
2. 들에는 암소 몇 마리가 보인다.
3. 구름이 별로 없는 화창한 날씨다.
4. 풀밭에는 꽃이 몇 송이 피어 있다.
5. 저 멀리엔 마을이 있다.
6. 들판 가장자리에는 울타리가 있고, 출입문이 달려 있다.

그러고는 "아, 여긴 참 아름다운 곳이구나." 혹은 "내가 가스 레인지를 켜 놓고 나온 건 아닐까?" 혹은 "줄리가 지금쯤은 애를 낳았을까?" 이런 생각들을 하느라고 인지 활동을 그만둔다 (이건 정말로 사실이다. 나는 사람들이 사물을 쳐다볼 때 어떤 생각을 하느냐고 물은 적이 있는데, 그때 선생님이 이렇게 대답해 준 것이다).

하지만 나는 시골 들판에 서 있으면 모든 것들을 인지할 것이다. 그 예로 1994년 6월 15일 목요일, 들판에 서 있던 때가 생각난다. 아빠, 엄마와 나는 프랑스로 가는 페리에 오르기 위해 도버로 차를 몰고 가고 있었다. 우리는 아빠가 '풍경이 있는 여행길' 이라 부르는 걸 실천했다. 그것은 좁은 길을 따라가면서 잠깐 멈춰 선술집 마당에서 점심을 먹는 일이다. 나는 도중에 멈춰 오줌을 눠야 했다. 나는 암소들이 거니는 들판으로 걸어 들어가 오줌을 누고는 그 자리에 서서 들판을 바라보았다. 그때 나는 다음 내용을 인지했다.

1. 들에는 암소가 19마리 있다. 그중 15마리는 하얗고 검은 얼룩소였고, 4마리는 하얗고 갈색인 얼룩소였다.

2. 조금 떨어진 곳에는 마을이 있는데, 서른한 채의 집들과 뾰족탑이 아니라 사각탑인 교회 하나가 눈에 들어왔다.

3. 들판에는 이랑을 일구어 놓았는데, 그건 여기가 중세시대에는 이른바 '밭고랑' 이라고 불리던 곳이고, 마을 사람들은 농사를 짓는 이랑을 각각 소유하고 있다는 걸 뜻했다.

4. 울타리에는 아스다 체인점에서 파는 낡은 플라스틱 가방과 달팽이가 그 위를 기어가는 찌그러진 코카콜라 캔과 기다란 오렌지색 끈이 매달려 있었다.

5. 그 들판의 북동쪽 모퉁이가 가장 높은 지대였고 남서쪽 모퉁이가 가장 낮았다(우리가 휴가를 떠나는 중이었고, 나는 프랑스에 도착해서 스윈던의 위치를 알아보고 싶어서 나침반을 가지고 있었다).

6. 풀밭에는 세 가지 종류의 풀들과 두 가지 색의 꽃들이 있는 것이 보였다.

7. 소들은 대부분 언덕 위를 향하고 있었다.

　그리고 내가 인지했던 사물들의 목록에는 31가지나 더 추가할 게 있었지만 시오반 선생님은 그걸 전부 다 적지 않아도 된다고 말했다. 이 말은 이런 모든 것들이 보이기 때문에 내가 낯선 장소에 있게 되면 무척이나 피곤해진다는 걸 뜻한다. 게다가 누군가 나중에 그 소들이 어떻게 생겼었는지 물어본다면 나는 어떤 소를 말하는 거냐고 되물을 것이다. 그리고 집으로 돌아온 후에도 나는 그 소들의 그림을 그릴 수 있고, 그중 한 마리를 선택해서 다음과 같은 무늬를 가지고 있었다는 걸 보여 줄 수도 있다.

　나는 내가 13장에서 거짓말을 했다는 걸 잘 알고 있다. 내가 농담을 할 줄 모른다고 했는데, 사실 나는 얘기할 수 있고 그 뜻을 이해하는 농담을 세 가지는 알고 있다. 그중 하나는 암소에 대한 것이다. 시오반 선생님은 다시 앞으로 돌아가 내가 13장에 적어 놓은 것을 고칠 필요는 없다고 말해 주었다. 그건 거짓말이 아니라 해명에 불과하기 때문에 문제가 되지 않는다는 것이었다.

　이것이 그 농담이다.

　기차 안에 세 사람이 타고 있었다. 한 명은 경제학자, 다른 한 명은 논리학자, 또 다른 한 명은 수학자였다. 그들은 막 스코틀랜드 국경을 넘고 있었다(왜 그들이 스코틀랜드로 가고 있는지는 모른다). 마침 그들은 들판에 갈색 암소가 서 있는 것을 유리창을 통해 보게 되었다(그 암소는 기차에서 바라보면 옆으로 서 있었다).

경제학자가 말했다.

"어라, 스코틀랜드 암소는 갈색인걸."

그러자 논리학자가 말했다.

"아냐, 스코틀랜드에 갈색 암소가 적어도 한 마리 있는 거야."

그러자 수학자가 말했다.

"아냐, 스코틀랜드엔 한쪽 측면이 갈색인 암소가 적어도 한 마리는 있는 거지."

이 이야기가 우스운 까닭은 경제학자들은 진정한 과학자라고 볼 수 없고, 논리학자가 그보다는 명석하게 사고하지만 결국 수학자가 최고라는 의미를 담고 있기 때문이다.

내가 낯선 장소에 있을 때는 모든 것들이 눈에 들어오기 때문에 컴퓨터가 동시에 너무 많은 작업을 수행할 때 CPU가 먹통이 되어 버리는 것처럼, 따로 다른 것들을 생각할 공간이 없게 된다. 그리고 낯선 장소에 있는 데다가 사람들도 많이 있으면 더욱 힘겨워진다. 사람들은 암소나 꽃, 풀과는 달라서 내게 말을 걸거나 예상치 못한 행동을 하기도 하기 때문에 그 장소에 있는 모든 사람들과 일어날 가능성이 있는 모든 일들에 신경을 곤두세워야만 한다. 내가 낯선 장소에 있고, 사람들이 많아 컴퓨터 폭주와 같은 상황일 때, 나는 때때로 두 눈을 감고 손으로 귀를 막고는 끙끙 앓는 소리를 낸다. 그것은 CTRL+ALT+DEL 키를 눌러 프로그램을 닫고 컴퓨터를 껐다가 리부팅하는 과정과 같다. 그러면 나는 내가 하고 있던 일과 내가 가려는 목적지를 기억할 수 있다.

내가 체스와 수학, 그리고 논리학에 능통한 것은 바로 이 때문이다. 대부분의 사람은 거의 다 눈뜬 장님이어서 사물들을 대부분 볼 수 없다. 머릿속에 여유 공간은 많이 있지만 그들은 가스레인지를 켜 놓고 나온 건 아닐까와 같은 엉뚱하고 어리석은 생각들로 그 공간을 채우고 있기 때문이다.

191

　내가 가지고 놀던 기차 세트에는 작은 건물이 있었는데 그 안에는 복도로 연결된 두 개의 방이 있었다. 하나는 기차표를 사는 매표소이고, 다른 하나는 기차를 기다리는 대기실이었다. 하지만 스윈던에 있는 기차역은 그것과는 달랐다. 그 역은 터널과 계단, 그리고 가게와 대기실이 다음 페이지의 그림과 같은 구조를 이루고 있었다.

　하지만 이 그림은 그 기차역의 정확한 지도는 아니다. 나는 겁에 질려 있었기 때문에 사물들을 아주 정확하게 인지하지는 못했다. 이것은 내가 기억나는 대로만 그린 것으로서 일종의 근사치라 할 수 있을 것이다.

　수많은 사람들이 터널을 들락날락했고, 사방에서 소리가 울리는 데다가 길이라곤 터널 아래로 내려가는 길 하나뿐이었다. 그리고 화장실 냄새와 담배연기 때문에 머리가 빙빙 돌고 멀미가 나서 마치 강풍이 부는 낭떠러지에 서 있는 것 같았다. 그래서 나는 벽에 기대어 섰다. 그리고 바닥에 쓰러지지 않도록, '주차장을 찾는 손님께서는 매표소 우측 맞은편에 있는 보조 전화를 이용하시기 바랍니다.' 라고 쓰여 있는 표지판 모서리를 붙잡았다.

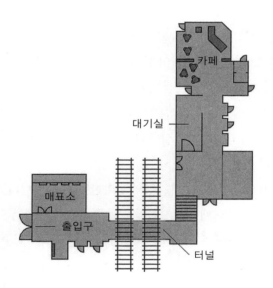

나는 집에 가고 싶었다. 하지만 집에 간다는 생각을 하자 겁이 덜컥 났다. 나는 머릿속으로 내가 해야 할 일에 대한 계획을 세우려고 무진 애를 썼다. 하지만 너무 많은 것들이 눈에 들어왔고, 너무 많은 소리가 들려왔다.

나는 그 소음을 차단하기 위해서 손으로 귀를 막고 생각에 잠겼다. 나는 기차를 타려면 역에 그냥 있어야 한다고 생각했다. 그러자면 앉아 있을 곳이 필요했다. 기차역 정문 근처에는 마땅히 앉아 있을 곳이 없었다. 그래서 나는 터널 아래로 걸어가야 했다. 나는 마음속으로 혼잣말을 했다.

'터널을 따라 내려갈 거야. 그러면 어딘가 내가 앉아 있을 만한 곳이 있을지도 모르지. 그러면 눈을 감고 생각을 할 수 있을 거야.'

나는 터널 끝에 있는 '경고 CCTV 작동 중'이라고 쓰여 있는 표지판에 집중하면서 터널을 걸어 내려갔다. 팽팽한 밧줄을 타고 절벽을 내려가고 있는 것 같았다.

마침내 나는 터널 끝에 당도했다. 계단이 나왔다. 계단을 올라갔다. 거기에도 많은 사람들이 있었고, 나는 끙끙 앓는 소리를 냈다. 계단 꼭대기에는 매점이 하나 있었는데 안에는 의자가 있는 공간이 있었다. 하지만 그곳에는 사람들이 너무 많아서 나는 그냥 그곳을 지나쳤다. 그리고 '위대한 서부인', '찬 맥주와 라거', '젖은 바닥 주의', '당신의 50펜스가 1.8초 동안 조산아의 생명을 유지할 수 있습니다', '기분전환 여행', '상쾌하게 달라집니다', '맛나고 크림이 가득한 핫 초콜릿이 단돈 1.3 파운드', '0870 777 7676', '레몬트리', '금연', '고급 차(茶)'라고 적힌 간판들이 눈에 들어왔다. 그 간판들을 지나자 의자가 딸린 작은 탁자가 보였다. 구석에 있는 탁자 하나가 비어 있었다. 그래서 나는 그 탁자 앞에 놓인 의자 중 하나에 앉아서 눈을 감았다. 그리고 호주머니에 손을 넣었다. 토비가 내 손등에 기어올랐다. 나는 가방에서 먹이를 두 알 꺼내 녀석에게 먹이면서 다른 손으로는 스위스제 군용 칼을 쥐었다. 두 손을 귀에서 뗀 상태였기 때문에 나는 소음을 막기 위해서 끙끙 앓는 소리를 냈다. 하지만 다른 사람들이 그 소리를 듣고 내게 다가와 말을 걸 정도로 큰 소리는 내지 않았다.

그러고는 내가 해야 할 일들에 대해서 생각해 보려고 했다. 하지만 나는 생각을 할 수 없었다. 내 머릿속이 다른 것들로 차 있었기 때문이다. 그래서 나는 머리를 맑게 하려고 수학 문제에 매달렸다.

내가 몰두했던 수학 문제는 '콘웨이의 병사들'이라는 것이다. '콘웨이의 병사들'에서 당신은 이 그림처럼 모든 방향으로 끊임없이 이어지는 체스 판을 가지게 된다. 그리고 그 가운데를 가로지르는 선 하단의 모든 칸에는 색을 입힌 타일이 있다.

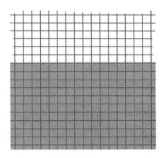

　　당신은 다음 그림과 같이 오직 가로나 세로 방향에 있는(대각선은 안 된다) 색칠한 타일을 건너뛰어 두 칸 떨어져 있는 빈 칸으로 갈 수 있는 경우에만 색칠한 타일 하나를 움직일 수 있다. 그리고 이렇게 색칠한 타일을 하나 움직이면 그 위로 뛰어넘었던 색칠한 타일을 함께 제거해야 한다.

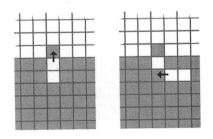

그래서 당신이 가로 출발선 위로 얼마나 멀리까지 색칠한 타일을 가져다 놓을 수 있는가를 보는 것이다. 처음에는 다음 그림과 비슷한 식으로 시작하면 된다.

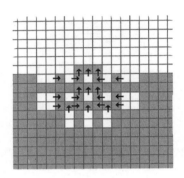

그 다음엔 이 그림과 같은 식으로 하면 된다.

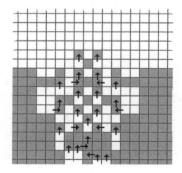

나는 그 답을 알고 있다. 당신이 어떤 식으로 타일을 움직이더라도 당신은 절대로 가로 출발선에서 위로 네 칸 이상으로는 옮겨 놓을 수 없다. 하지만 이것은 이것 말고 다른 것들에 대해서는 생각하고 싶지 않을 때 머릿속에서 풀어 보기에는 적합한 수학 문제이다. 왜냐하면 당신이 원하는 만큼 체스 판을 크게 만들고 당신이 원하는 만큼 복잡한 방식으로 타일을 움직이면 이 문제를 당신의 뇌를 채우기에 충분할 정도로 복잡하게 만들 수 있기 때문이다.

그리고 나는 꼭 그렇게 해야만 했다.

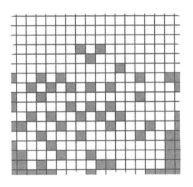

그때 위를 올려다보니 경찰 한 명이 내 앞에 서 있었다. 그는 "마냥 죽치고 있는 거야?"라고 말하고 있었다. 하지만 그게 무슨 뜻인지는 몰랐다.

그러고는 좀 있다 내게 말했다.

"괜찮아, 어린 친구?"

나는 그를 쳐다보았고, 그 질문에 바른대로 대답할 건지 잠깐 생각했다.

"아뇨."

내 대답에 그는 이렇게 말했다.

"좀 피곤한 것처럼 보이는구나."

그는 손가락 하나에 금반지를 끼고 있었고, 그 반지엔 꼬불꼬불한 글씨가 새겨져 있었다. 하지만 그 글자가 뚜렷이 보이지는 않았다.

"이 카페의 마나님이 네가 두 시간 반 동안 이 자리에 있었다고 하더구나. 말을 걸려고 와 보니 네가 완전히 인사불성이었다더군."

그러고는 말을 이었다.

"이름이 뭐지?"

"크리스토퍼 부운이에요."

"사는 곳은 어디지?"

"랜돌프 가 36번지요."

기분이 한결 좋아졌다. 나는 경찰을 좋아하고 경찰은 쉬운 질문만을 했기 때문이다. 나는 아빠가 웰링턴을 죽였다는 사실을 이 경찰에게 말해야 할지, 그러면 경찰이 아빠를 체포할 것인지 궁금했다.

"여기서 무얼 하고 있는 거지?"

"저는 어딘가에 앉아서 조용히 생각해야만 했어요."

"좋아, 쉽게 말하자. 기차역에서 무얼 하고 있는 거지?"

"엄마를 만나러 가고 있어요."

"엄마?"

"네, 엄마요."

"기차는 언제 있지?"

"그건 모르겠어요. 엄마는 런던에 살아요. 저는 런던으로 가는 기차가 언제 있는지는 모르겠어요."

"그러니까 너는 엄마랑 살고 있지는 않구나."

"네, 하지만 함께 살게 될 거예요."

그러자 그는 내 곁에 앉아서 말했다.

"네 엄마는 어디에 사시지?"

"런던이요."

"응, 그러니까 런던 어디?"

"런던 NW2 5NG 챕터 거리 451c요."

"어이쿠, 그건 뭐냐?"

나는 아래를 내려다보았다.

"이건 제 애완용 쥐 토비예요."

토비가 호주머니 밖으로 고개를 내밀고 경찰을 쳐다보고 있었다.

"애완용 쥐라고?"

"네, 애완용 쥐요. 녀석은 아주 깨끗하고 페스트에 걸리지도 않았어요."

"확실한 거지?"

"네."

"차표는 있니?"

"아뇨."

"차표 살 돈은?"

"아뇨."

"그렇다면, 런던까지는 어떻게 가겠다는 거지?"

나는 뭐라고 말해야 할지 몰랐다. 내 주머니엔 아빠의 현금카드가 있었고 남의 물건을 훔치는 건 불법이었다. 하지만 그는 경찰이었고, 따라서 나는 사실대로 말해야 하기 때문이다.

"제겐 현금카드가 있어요."

나는 이렇게 말하고는 주머니에서 카드를 꺼내 그에게 보여주었다. 그건 하얀 거짓말이었다. 하지만 그 경찰은 이렇게 물었다.

"이건 네 카드니?"

나는 그가 날 체포할지도 모른다는 생각이 들었다.

"아뇨, 아빠 거예요."

"아빠 거라고?"

"네, 아빠 거예요."

"오케이."

하지만 그는 아주 느릿느릿 이렇게 말하고는 엄지와 검지로 코를 쥐었다.

"아빠가 저한테 비밀번호를 가르쳐 주셨어요."

이건 또 한 번의 하얀 거짓말이었다.

"너하고 나하고 현금지급기가 있는 곳까지 느긋하게 걸어가 볼까?"

"제 몸을 만지시면 안 돼요."

"왜 내가 네 몸에 손을 댈 거라고 생각하는 거지?"

"모르겠어요."

"그럼 나도 모르겠다."

"경찰을 때려서 주의를 받은 적이 있거든요. 그를 다치게 할 의도는 아니었지만 만일 그 일을 또 저지르면 더 큰 벌을 받게 될 거예요."

그러자 그는 나를 바라보며 말했다.

"농담이 아니구나. 그렇지?"

"네."

"그러면 네가 앞장을 서라."

"어디로 가죠?"

"매표소가 있는 곳까지 돌아가자."

그리고 그는 엄지손가락을 들어 방향을 가리켰다.

우리는 걸어서 다시 터널을 통과했다. 하지만 이번에는 경찰과 동행하고 있어서 그다지 겁먹지 않았다.

나는 아빠와 함께 쇼핑을 갔을 때 가끔 아빠가 시키던 대로 기계 안에 현금카드를 집어넣었다. 그러자 '비밀번호를 입력하시오' 라는 글이 나타났다. 나는 3558을 차례로 누르고 '확인' 버튼을 눌렀다. '금액을 입력하시오' 라는 문구와 함께 선택사항이 나타났다.

← £10　£20 →

← £50　£100 →

기타 금액

(10단위로 입력하세요) →

그리고 나는 그 경찰에게 물어보았다.

"런던으로 가는 기차표를 끊으려면 얼마가 들죠?"

"20퀴드 정도."

"파운드를 말하는 건가요?"

"맙소사."

그는 웃음을 터뜨렸다. 하지만 나는 웃지 않았다. 나는 사람들이 나를 보고 웃는 걸 좋아하지 않는다. 비록 그가 경찰이라 하더라도 말이다. 그는 웃음을 그치고 말했다.

"그래, 20파운드야."

그래서 나는 £50를 눌렀다. 그러자 10파운드짜리 지폐 5장과 영수증이 기계에서 나왔다. 나는 지폐와 영수증, 그리고 카드를 주머니에 넣었다.

그러자 경찰이 말했다.

"자, 이제 너랑 얘기할 시간이 없을 것 같구나."

"기차표는 어디서 끊죠?"

누구든 길을 못 찾아 헤맬 때는 경찰에게 부탁할 수 있다.

그러자 그가 말했다.

"너 참 괴짜로구나, 그런 것 같지 않니?"

그가 내 질문에 대답하지 않기에 나는 다시 물어보았다.

"기차표는 어디서 끊죠?"

"저쪽이야."

그가 손으로 가리켰다. 기차역 출입문 반대편에 유리창이 달린 큰 방이 보였다.

"네가 뭘 하고 있는지 확실히 알고 있는 거지?"

"네, 엄마와 살려고 런던으로 가고 있어요."

"네 엄마가 전화번호는 알려 줬니?"

"네."

"몇 번인지 말해 볼래?"

"네, 0208 887 8907번이에요."

"곤란한 일이 생기면 엄마에게 전화를 해야 한다. 알겠니?"

"네."

돈이 있으면 공중전화를 들고 누군가에게 전화를 할 수 있다. 그리고 내겐 지금 돈이 있다.

"좋아."

나는 매표소 안으로 걸어 들어가면서 뒤를 돌아다보았다. 그 경관은 그때까지도 나를 바라보고 있었다. 그러자 마음이 놓였다. 큰 방의 다른 한쪽으로는 긴 데스크가 놓여 있었고, 그 데스크에는 유리로 된 칸막이가 있었다. 그리고 그 칸막이 앞에 한 남자가 서 있었고 칸막이 너머에도 사람이 한 명 있었다. 나는 칸막이 너머에 있는 남자에게 말했다.

"런던으로 가려고 하는데요."

그러자 칸막이 앞에 있던 남자가 말했다.

"실례 좀 할까?"

그러고는 등을 돌렸다. 그러자 칸막이 뒤에 있는 남자가 그에게 서명하라며 작은 서류를 건넸다. 그는 서명을 하고 나서 칸막이 밑으로 다시 밀어 넣었다. 그러자 칸막이 너머의 남자가 그에게 기차표를 주었다. 칸막이 앞에 있는 남자가 나를 쳐다보았다.

"빌어먹을, 뭘 그렇게 보고 있는 거야?"

그렇게 말하고 그는 걸어가 버렸다.

그는 드레드락스(주로 자메이카의 흑인들이 여러 가닥의 로프 모양으로 땋아 내린 머리를 말한다 : 역주)를 하고 있었다. 몇몇 흑인들이 하고 다니는 건 보았지만 그는 백인이었다. 드레드락스를 하고 머리를 감아 주지 않으면 마치 헌 밧줄처럼 보인다. 그리고 그는 별이 그려진 붉은색 바지를 입고 있었다. 나는 그가 내 몸에 손을 댈 경우에 대비해 스위스제 군용 칼을 계속 손에 쥐고 있었다.

그 남자가 가 버리자 칸막이 앞에는 아무도 없었다. 나는 칸막이 너머에 있는 남자에게 말했다.

"런던으로 가려고 하는데요."

경찰과 함께 있을 때는 무섭지가 않았다. 하지만 내가 뒤를 돌아보니 그는 떠나고 없었다. 나는 다시 겁이 났다. 그래서 나는 내가 컴퓨터로 '런던행 기차'라는 이름의 게임을 하고 있다고 가정하기로 했다. 이것은 '미스트'나 '일레븐스 아워'와 비슷한 게임으로, 다음 레벨까지 가기 위해서는 서로 다른 많은 문제들을 해결해야 하고, 원한다면 언제라도 그만둘 수 있다.

그 남자가 말했다.

"편도니, 아니면 왕복이니?"

"편도, 왕복이 무슨 뜻이죠?"

"런던까지만 가면 되는 거니, 아니면 갔다가 돌아올 거니?"

"도착하면 거기서 지낼 건데요."

"얼마 동안이나?"

"제가 대학에 갈 때까지요."

"그럼 편도구나. 32파운드다."

내가 그에게 50파운드를 주자 그는 10파운드를 다시 돌려 주면서 말했다.

"내게 적선을 하려는 건 아니겠지?"

그러고는 내게 노란색과 오렌지색이 인쇄된 작은 기차표 한 장과 동전으로 8파운드를 주었다. 나는 그걸 모두 칼이 들어 있는 주머니에 집어넣었다. 나는 반은 노란색인 그 차표가 마음에 들지는 않았지만 내 기차표라서 잘 간수해야 했다.

"자, 카운터에서 좀 비켜 주겠니?"

"런던행 기차는 언제 있죠?"

그는 손목시계를 보고는 말했다.

"1번 플랫폼, 5분 후에."

"1번 플랫폼이 어디죠?"

그가 손으로 가리키며 말했다.

"지하도를 지나서 계단을 올라가렴. 표지판이 보일 거야."

그가 가리키는 곳을 보니 지하도란 터널을 말하는 것이었다. 나는 매표소를 나왔다. 상황은 컴퓨터 게임과는 전혀 달랐다. 내가 그 게임 한복판에 들어와 있었기 때문이다. 온갖 표지판들이 내 머릿속에서 아우성을 치는 것 같았다. 누군가 급하게 걷다가 나와 부딪혔다. 나는 겁을 주어 그를 쫓아 버리기 위해 개 짖는 듯한 소리를 냈다.

나는 내 발치에서부터 시작해서 터널로 이어지는 커다란 빨간색 선을 머릿속으로 그렸다. 그리고 "왼발 오른발 왼발 오른발." 하고 소리를 내면서 그 빨간색 선을 따라 걷기 시작했다. 나는 가끔 겁이 나거나 화가 날 때 노래나 드럼 연주처럼 리듬이 있는 뭔가를 하면 안정을 찾곤 한다. 이것은 시오반 선생님이 가르쳐 준 것이다.

계단을 올라가자 '플랫폼 1'이라고 쓰인 표지판이 눈에 들어왔다. 그리고 화살표는 유리문을 가리키고 있었다. 그래서 나는 그 문을 통과했다. 누군가 내 몸을 가방으로 툭 치면서 지나갔다. 나는 다시 한번 개 짖는 소리를 냈다. 그러자 그가 말했다.

"눈 좀 똑바로 뜨고 다녀라."

하지만 나는 그를 '런던행 기차' 게임에 등장하는 수호 악마들 중 하나라고 가정했다. 기차가 보였다. 그리고 신문과 골프 가방을 든 한 남자가 기차에 오르며 출입문 옆에 달린 큰 버튼을 누르는 걸 보았다. 그 문은 자동문이어서 스르르 미끄러지듯 열렸다. 그건 내 마음에 들었다. 그가 통과하자 문은 다시 닫혔다.

나는 손목시계를 보았다. 매표소에서 나온 뒤로 3분이 지나 있었다. 그 말은 2분 안에 기차가 출발한다는 뜻이었다.

나는 출입문으로 올라가 큰 버튼을 눌렀다. 그러자 문이 스르르 열렸고, 나는 걸어서 그 문을 지나갔다.

나는 런던행 기차에 탑승했다.

193

　기차 세트를 가지고 노는 일에 익숙해졌을 때 나는 기차 시간
표를 만들었다. 나는 시간표를 좋아한다. 왜냐하면 언제 어떤
일이 일어날지 훤히 알 수 있다는 것이 마음에 들기 때문이다.

　다음 페이지에 나오는 표는 내가 아빠와 함께 살았을 때, 그
러니까 엄마가 죽은 줄로만 알았던 때의 내 시간표다(그건 월요
일용 시간표이며 역시 근사치다).

　그리고 또 주말에는 내 나름대로 시간표를 만들어서 보드지
에 적은 다음 벽에 붙여 둔다. 거기에는 '토비에게 먹이 줄 것',
'수학 공부', '사탕 사러 가게에 갈 것' 등의 글귀가 적혀 있다.
나는 프랑스를 좋아하지 않는데, 그 이유 가운데 하나는 그곳
사람들이 휴일에는 시간표 없이 지낸다는 점이다. 그래서 나는

아침마다 아빠와 엄마에게 그날 우리의 일과를 자세히 말해 달라고 해야만 했다. 그래야 기분이 좀 나아지곤 했다.

오 전	오 후
7 : 20 기상	1 : 00 오후 1교시
7 : 25 양치질 및 세수	2 : 15 오후 2교시
7 : 30 토비에게 물과 먹이 주기	3 : 30 집에 가는 스쿨버스에 타기
7 : 40 아침 식사	3 : 49 집에 도착
8 : 00 교복 입기	3 : 50 주스와 스낵 먹기
8 : 05 책가방 싸기	3 : 55 토비에게 물과 먹이 주기
8 : 10 독서 혹은 TV 시청	4 : 00 토비를 우리에서 꺼내기
8 : 32 스쿨버스 타기	4 : 18 토비를 우리에 담기
8 : 43 열대어 상점 통과	4 : 20 TV 시청 혹은 비디오 감상
8 : 51 학교에 도착	5 : 00 독서
9 : 00 아침 조회	6 : 00 차 마시기
9 : 15 1교시 수업	6 : 30 TV 시청 혹은 비디오 감상
10 : 30 휴식	7 : 00 수학 문제 풀이
10 : 50 피터스 선생님과 미술 수업*	8 : 00 목욕
12 : 30 점심	8 : 15 잠옷으로 갈아입기
	8 : 20 컴퓨터 게임
*미술 수업시간에는 그림을 그린다. 하지만 오전 1교시와 오후 1, 2교시에는 읽기, 시험, 사회성 훈련, 동물 사육법, 여가 활동, 쓰기, 수학, 낯선 사람 조심하기, 경제학, 스스로 하는 건강법 등 다양한 것들을 공부한다.	9 : 00 TV 시청 혹은 비디오 감상

내가 이처럼 시간표를 만드는 것은 시간이 공간하고는 다르기 때문이다. 당신이 각도기나 비스킷 같은 물건을 어딘가에 넣어 둘 때, 당신은 그걸 어디다 두었는지 일러 주는 지도를 머릿속에 그리게 된다. 하지만 그 지도와는 상관없이, 그 물건은 변함없이 그곳에 존재한다. 당신이 그려 둔 지도는 각도기나 비스킷을 다시 찾아 낼 수 있게끔, 실재하는 사물을 표시해 놓은 것이기 때문이다. 시간표란 시간의 지도이다. 시간표가 없다면 층계나 정원, 그리고 학교 가는 길 그 어디에도 시간이 존재하지 않는다는 점만 제외하고는. 시간이란 오로지 지구의 공전, 원자의 진동, 시계의 똑딱거림, 낮과 밤, 기상 및 취침과 같은, 사물들의 상이한 운동방식 간의 관계에 지나지 않는다. 이것은 지구가 운동을 멈추고 태양 속으로 끌려 들어가 버린다면 서쪽이니 동쪽이니 하는 말들이 존재하지 않게 되는 것과 비슷하다. 왜냐하면 방위란 남극, 북극과 모가디슈, 선덜랜드, 캔버라와 같은 모든 장소들 사이의 관계일 뿐이기 때문이다.

그리고 그것은 우리 집과 시어즈 부인의 집, 혹은 7과 865 간의 관계처럼 고정된 관계는 아니다. 하지만 시간은 당신이 특정한 지점과 얼마나 빨리 관계를 맺게 되는가에 달려 있다. 당신이 우주선을 타고 지구를 벗어나 광속에 가까운 속도로 여행을 하고 집으로 돌아온다면 자신은 여전히 젊은 데 반해 가족들은

모두가 죽어 있으며, 지구 시간으로는 긴 세월이 흘렀지만 당신
이 차고 갔던 시계는 고작 이삼 일이나 한 달 정도가 지난 시간
을 가리키고 있다는 걸 발견하게 될지도 모른다.

　광속보다 빠르게 여행할 수 있는 것은 존재하지 않는다. 이 말
은 다음 페이지의 그림에서 보듯, 우리가 이 우주에서 진행되고
있는 사건들의 극히 일부만을 알 수 있을 따름이라는 의미이다.

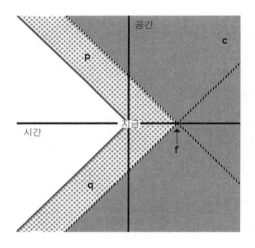

　위 그림은 모든 사물들과 모든 장소들의 지도다. 미래는 오른
쪽에, 과거는 왼쪽에 있고, 대각선 c는 광속을 가리킨다. 그늘진
영역에서는 이미 여러 사건들이 일어났음에도 불구하고 그것들

에 대해서는 알 수가 없다. 하지만 우리가 f지점에 도달한다면 보다 밝은 영역인 p와 q에서 벌어지는 사건들까지는 인식할 수 있을 것이다. 이 말은 시간이란 불가사의한 것이고 더구나 사물은 아니며, 지금껏 그 누구도 시간이란 무엇인가라는 퍼즐의 정답을 찾지 못했다는 걸 의미한다. 당신이 시간 속에서 길을 잃는다면 그것은 사막에서 길을 잃어버린 것과도 같다. 물체가 아니기 때문에, 그 시간이라는 사막이 당신 눈에 보이지 않는다는 점만 제외한다면.

내가 시간표를 좋아하는 건 이 때문이다. 시간표는 내가 시간 속에서 미아가 되는 일이 없도록 보장해 주기 때문이다.

197

　기차 안에는 많은 사람들이 있었다. 나는 그것이 싫었다. 내
가 모르는 사람들이 많이 있는 것이 싫었고, 더욱이 좁은 공간
안에서 그 사람들 틈에 끼어 옴짝달싹하지 못하는 것이 더더욱
싫었다. 기차 안은 방처럼 생겼고, 게다가 움직이고 있을 때는
밖으로 나갈 수도 없다.

　그러다 보니 어느 날 버스가 고장이 나서 승용차를 타고 학교
에서 집으로 돌아와야 했던 기억이 떠올랐다. 엄마가 학교로 날
데리러 왔는데, 피터스 선생님이 엄마에게 애들 엄마가 올 수
없는 사정이 생겨서 그러니 가는 길에 잭과 폴리를 태워다 줄 수
없겠느냐고 물었다. 엄마는 그러마고 했다. 하지만 나는 차 안
에서 비명을 지르기 시작했다. 차 안에는 사람이 너무 많았고,

잭과 폴리는 우리 반이 아닌 데다가 잭이 머리를 아무 데나 쿵쿵 박으며 짐승 같은 소리를 냈기 때문이다. 나는 차 밖으로 빠져 나오려고 했다. 하지만 차가 계속 달리는 바람에 차에서 굴러 떨어지고 말았다. 나는 머리를 꿰매야 했기 때문에 병원 사람들은 내 머리카락을 말끔히 밀어 버렸다. 머리카락이 예전처럼 자라기까지는 석 달이 걸렸다.

그 일이 생각나자 나는 객차 안에 가만히 서서 꼼짝하지 않았다.

그때 누군가 "크리스토퍼." 하고 부르는 소리가 들렸다.

나는 그 목소리의 주인공이 학교 선생님이거나 이웃에 사는 누구이겠거니 생각했다. 하지만 그게 아니었다. 그는 아까 보았던 경찰이었다.

"제때 널 찾았구나."

그는 무릎을 부여잡고 숨을 헐떡거리고 있었다.

나는 아무 말도 하지 않았다.

"우리는 네 아빠를 경찰서에 모시고 있단다."

나는 그가 웰링턴을 죽인 혐의로 아빠를 체포했다고 말하려는 줄 알았다. 하지만 그는 그렇게 말하지 않았다.

"아빠가 널 찾고 계시더구나."

"저도 알아요."

"그런데 왜 런던에 가려는 거지?"

"엄마와 지내려고요."

"음, 네 아빠가 그 문제에 대해 뭔가 할 말이 있으실 것 같은데."

그가 나를 아빠에게 다시 데려가려 한다는 생각이 들었다. 겁이 덜컥 났다. 그는 경찰이었고, 경찰은 법대로 하기 때문이다. 그래서 나는 도망치려 했다. 하지만 그가 나를 붙잡았다. 나는 비명을 질렀다. 그러자 그는 붙잡았던 손을 놓았다.

"좋아, 여기서 지나치게 흥분하지는 말자. 경찰서로 가서 너, 네 아빠, 나 이렇게 셋이 앉아 자초지종을 따져 보자꾸나."

"저는 런던에서 엄마와 함께 살 거예요."

"하지만 당장은 안 돼."

"아빠를 체포했나요?"

"체포라니? 무엇 때문에?"

"아빠가 개를 죽였어요. 정원에서 쓰는 쇠스랑으로요. 그 개는 웰링턴이라고 해요."

"아빠가 정말 그러셨다고?"

"네, 정말이에요."

"좋아, 그 문제에 대해서도 얘기해 보자. 자, 어린 친구, 이만하면 하루 동안의 모험으로는 충분한 것 같은데."

그러고는 손을 뻗어 나를 잡으려 했다. 나는 다시 비명을 지르기 시작했다. 그러자 그가 말했다.

"자. 똑똑히 들어. 이 말썽꾸러기야. 내 말에 순순히 따르는 게 좋을 거다. 안 그러면 억지로라도……."

그때, 기차가 덜컹하더니 움직이기 시작했다.

경찰이 소리쳤다.

"이런, 빌어먹을."

그러고는 기차 천장을 바라보면서 사람들이 하늘나라에 있는 신에게 기도할 때처럼 두 손을 입 앞에 모으고는 힘껏 불어서 삐익 하는 소리를 냈다. 그때 기차가 다시 덜컹거렸기 때문에 그는 부는 걸 멈추고 천장에 달린 손잡이를 붙잡아야 했다.

"너, 가만히 있어."

그러고는 무전기를 꺼내고는 버튼을 누르며 말했다.

"로브? 그래, 니젤이야. 망할 놈의 기차 안에 갇혀 있어. 그래, 안 돼 그건…… 잘 들어, 디드컷 역에서 멈출 거야. 그러니까 누굴 시켜서 차로 날 데리러 올 수 있겠어? 잘됐군. 그 사람에게는 아이를 붙들긴 했지만 시간이 좀 걸릴 거라고 말해 둬, 알았지? 좋았어."

그는 딸깍하고 무전기를 끄고는 말했다.

"어디 좀 앉아 있자."

그는 가까운 곳에 있는, 서로 마주 보고 있는 두개의 의자를 가리켰다.

"얌전히 있어야 돼. 더 이상 말썽 부리면 안 돼."

그 자리에 앉아 있던 사람들이 일어나서 자리를 피했다. 말한 이가 경찰이었기 때문이다. 우리는 마주 보고 앉았다.

"너 사람 참 성가시게 하는구나. 제길."

나는 경찰이 내가 런던 NW2 5NG 챕터 거리 451c를 찾는 걸 도와 줄지 알고 싶었다.

나는 창 밖을 내다보았다. 우리는 낡은 차가 가득한 폐차장과 공장들을 지나가고 있었다. 진흙 들판에는 이동주택 네 채와 개 두 마리, 그리고 햇볕에 널어 놓은 옷가지들이 있었다.

입체에다 실물 크기라는 점만 빼면 창 밖 풍경은 지도와 같았다. 너무 많은 사물들이 있어서 나는 머리가 아팠다. 그래서 눈을 감았다. 하지만 이내 다시 눈을 떴다. 공중을 나는 듯한 기분이 들었기 때문이다. 땅으로부터 그다지 높이 날아오르는 느낌은 아니었지만, 하늘을 난다는 건 기분 좋은 일이다. 어느새 기차는 시골로 접어들고 있었다. 논과 밭, 암소 떼와 말 떼, 다리, 농장, 집들과 차가 달리고 있는 수많은 샛길들이 눈에 들어왔다. 그 광경을 보다 보니 이 세상에는 수백만 마일의 기찻길이 깔려 있고 그것들은 모두 집들과 도로와 강, 그리고 들판을 지

276

나가고 있을 거라는 생각이 들었다. 그리고 이 세상에 얼마나 많은 사람들이 살고 있는지, 그리고 그들 모두가 집과 돌아다니는 길, 자동차, 애완동물, 옷들을 가지고 있으며 모두 다 밥을 먹고 잠을 자며, 각자 이름을 가지고 있다는 생각도 들었다. 이런 생각이 들자 다시 머리가 아팠다. 그래서 나는 눈을 감고 숫자를 헤아리면서 끙끙 앓는 소리를 냈다.

내가 눈을 떴을 때 그 경찰은 〈선〉지를 보고 있었다. 신문 앞면에는 '앤더슨, 매춘 때문에 3백만 파운드짜리 망신살'이라는 글귀가 적혀 있었고 한 남자와 브래지어를 한 여자의 사진이 위아래로 실려 있었다.

나는 다음의 근의 공식을 이용하여 2차방정식을 푸는 수학 문제들을 몇 개 풀어 보았다.

$$x = \frac{-b \pm \sqrt{(b^2 - 4ac)}}{2a}$$

오줌이 마려웠다. 하지만 나는 기차 안에 있었다. 그리고 우리가 런던에 도착하려면 얼마나 더 가야 하는지도 몰랐다. 나는 당황하기 시작했다. 나는 기다리는 데 도움이 되라고, 그리고 오줌이 마렵다는 생각을 떨쳐 버리기 위해서 박자를 맞춰 가며 손가락으로 유리창을 톡톡 두드리기 시작했다. 잠시 후 나는 시계를 보았다. 17분이 지나 있었다. 내가 오줌이 마려울 때는 정말 잽싸게 화장실로 가야 한다. 내가 집이나 학교 안에 있는 걸 좋아하는 것도 이 때문이다. 그리고 나는 버스에 타기 전에는 항상 오줌을 싸 둔다. 나는 기를 쓰고 참았지만 찔끔 오줌이 나와서 바지가 젖었다.

그때 경관이 나를 건너다보면서 신문을 내려놓고는 말했다.

"오, 이런. 너…… 그것 참. 화장실에 가지 그랬니."

"하지만 여긴 기차 안인데요."

"기차에 화장실이 있다는 것도 모르니?"

"어디 있는데요?"

그가 손짓하며 말했다.

"저 문을 지나가면 있어. 하지만 내가 똑똑히 지켜보고 있을 거야. 알아들었어?"

"아뇨."

내가 대답했다. 그의 말이 무슨 뜻인지는 알았지만 내가 화장실에 있으면 내 모습이 보일 리가 없기 때문이다.

"어서 화장실에 가기나 해."

나는 일어섰다. 그 기차에 타고 있는 사람들을 보지 않으려고 거의 눈꺼풀이 붙을 정도로 눈을 가늘게 떴다. 나는 문으로 걸어갔다. 그 문을 통과하자 오른편으로 반쯤 열린 문이 하나 더

있었다. 그 문에 화장실이라고 쓰여 있었다. 나는 안으로 들어
갔다.

　화장실 안은 끔찍했다. 변기에는 똥이 그대로 있었고 냄새도
났다. 마치 조셉이 혼자 똥누러 갔다 온 뒤의 학교 화장실 같았
다. 조셉은 똥으로 장난을 한다.

　나는 그 화장실을 쓰고 싶지 않았다. 내가 모르는 사람들의
똥인 데다가 갈색이었기 때문이었다. 하지만 정말 급했기 때문
에 어쩔 수가 없었다. 그래서 나는 눈을 꼭 감고 오줌을 누었다.
기차가 흔들거리는 바람에 화장실 바닥과 변기 위에 온통 튀었
다. 나는 고추를 휴지로 닦은 다음 변기의 물을 내렸다. 세면대
를 쓰려고 했지만 수도꼭지가 말을 듣지 않았다. 그래서 나는
두 손에다 침을 뱉고 휴지로 손을 닦은 다음 변기에 버렸다.

　그러고는 화장실 밖으로 나왔다. 화장실 맞은편에는 상자들
과 배낭을 올려놓은 두 개의 선반이 보였다. 그걸 보자 집에 있
는 세탁물 건조 선반과 내가 가끔 그 위에 올라가면 안심이 되곤
했던 기억이 떠올랐다. 그래서 나는 가운데 선반 위에 올라간 다
음 상자들을 끌어당겨 내 주위를 담처럼 에워쌌다. 거긴 어두웠
고 나 말고는 아무도 없었다. 그리고 사람들이 말하는 소리도 들
리지 않았다. 나는 마음이 차분하게 가라앉았다. 마음에 들었다.

　그리고 나는 다음과 같은 2차방정식을 더 풀어 보았다.

$$0 = 437x^2 + 103x + 11$$
$$0 = 79x^2 + 43x + 2089$$

나는 문제를 어렵게 하기 위해서 몇 개의 계수(수와 문자로 이루어진 식에서 지목된 문자 이외의 부분을 말한다 : 역주)들을 일부러 큰 숫자로 바꿨다.

그때 기차의 속도가 느려지기 시작했다. 그리고 누군가가 선반 가까이로 다가와 화장실 문을 두드렸다. 그 경찰이었다.

"크리스토퍼? 크리스토퍼?"

그러고는 화장실 문을 열어 보더니 한 마디 했다.

"이런 망할."

그가 바로 코앞에 있어서 그가 가진 무전기와 허리에 찬 경찰봉이 보였고 면도 후에 바르는 로션 냄새까지 맡을 수 있었다. 하지만 그는 나를 보지 못했다. 그가 나를 아빠에게 데려가는 걸 원치 않았기 때문에 나는 조용히 있었다.

그는 어디론가 달려갔다.

기차가 멈춰 섰다. 런던에 도착한 걸까? 하지만 그 경찰에게 발각되고 싶지 않아서 그 자리에서 움직이지 않았다.

잠시 후 꽃과 벌이 그려진 양털 점퍼를 입은 한 여자가 들어와서는 내 머리 위에 있는 선반에서 배낭을 꺼냈다. 그녀가 말했다.

"간 떨어질 뻔했잖니."

하지만 나는 가만히 있었다.

그러자 그녀가 말했다.

"누가 저쪽 플랫폼에서 널 찾고 있는 것 같은데."

하지만 나는 여전히 말을 하지 않았다.

"뭐, 내가 상관할 일은 아니지."

그녀는 이렇게 말하고는 가 버렸다.

그러고는 세 사람이 더 지나갔다. 그중 한 명은 하얀색 정장을 입은 흑인이었는데 그는 내 머리 위의 선반에다가 커다란 소포를 올려놓았다. 하지만 나를 보지는 못했다.

잠시 후 기차가 다시 움직이기 시작했다.

199

사람들은 신의 존재를 믿는다. 이 세계가 대단히 복잡하기 때문에, 그리고 날다람쥐나 인간의 눈이나 뇌같이 정교한 것이 우연히 생긴다고는 도저히 믿어지지 않기 때문이다. 하지만 논리적으로 생각해 볼 필요가 있다. 만일 사람들이 논리적으로 생각해 본다면 그러한 의문을 품게 되는 것이 이미 그런 일이 벌어져 실제로 존재하기 때문이라는 걸 알 수 있을 것이다. 생명체가 없는 행성은 무수히 많다. 그 행성들에는 그 사실을 인식할 수 있는 두뇌를 가진 생명체가 존재하지 않는다. 그리고 그것은, 이 세상의 모든 사람이 동전을 던지다 보면 결국 누군가에게는 5698번 연속해서 동전 앞면이 나오기 마련인데 그 당사자가 자신을 아주 특별한 존재라고 생각하는 것과도 같다. 하지만 5698

번 연속으로 동전 앞면이 나오지 않은 사람들이 수백만 명 있다고 해서 그가 특별하다고 할 수는 없다.

지구에 생명체가 있는 건 순전히 우연 때문이다. 하지만 그것은 아주 특별한 종류의 우연이다. 그리고 이런 우연한 일이 발생하려면 다음과 같은 조건 세 가지가 갖춰져야 한다.

1. 어떤 물체가 자신을 복사할 수 있어야 한다(이것을 가리켜 복제라고 한다).
2. 그 과정에서 그 물체가 작은 실수를 해야 한다(이것을 가리켜 돌연변이라고 한다).
3. 이 실수들이 그들의 복사물에도 똑같이 전해져야 한다(이것을 가리켜 유전이라고 한다).

이 조건들이 충족될 가능성은 극히 희박하다. 하지만 가능한 일이다. 이것들이 생명 현상을 일으킨다. 바로 그 일이 지구에 일어난 것뿐이다. 하지만 그것이 꼭 코뿔소나 인간이나 고래의 모습으로 귀결되어야만 하는 것은 아니었다. 다른 무엇인가가 그 자리를 대신할 수도 있다.

어떤 이들은 눈동자가 우연히 생겼다는 건 말도 안 된다고 얘기한다. 눈과 아주 유사한 어떤 것이 진화하여 눈이 됐다는 말인데 그것은 발생론적 오류이기 때문에 그런 일은 일어나지 않는다는 것이 그들의 주장이다. 즉 완전한 눈이 아닌, 50% 정도의 기능을 가진 눈을 무엇에다 쓰냐는 것이다. 하지만 그 50% 눈은 아주 쓸모가 있다. 50% 눈이 있다는 건 어떤 동물이 자신을 잡아먹으려고 덤비는 동물을 반만큼은 볼 수 있고, 그래서 그걸 피해 달아날 수 있다는 걸 의미하기 때문이다. 그리고 그놈은 3분의 1, 혹은 49%짜리 눈을 가진 다른 동물들을 잡아먹을 것이다. 그것들은 살아남을 만큼 재빨리 도망치지 못하기 때문이다. 그리고 잡아먹히는 동물들은 죽었기 때문에 새끼들을 낳을 수 없을 것이다. 그리고 1%짜리 눈이라도 눈이 아예 없는 것보다는 낫다.

또한 신의 존재를 믿는 사람들은 신이 인간을 지상에 데려다 놓았다고 생각한다. 그들 생각으론 인간이 만물의 영장이기 때문이다. 하지만 인간은 단지 동물일 뿐이다. 그리고 인간은 또 다른 동물로 진화할 것이다. 그 동물은 인간보다 영리해서 인간들을 동물원에다 집어넣을 것이다. 우리가 침팬지와 고릴라들을 동물원에 가둬 놓듯이 말이다. 아니면 인간들 모두가 질병으로 멸종하거나 극심한 환경오염으로 자멸할 수도 있다. 그러고 나면 지구에는 곤충들만이 남게 되고 그들은 만물의 영장이 될 것이다.

211

기차가 방금 런던에 도착한 것일까? 그렇다면 기차에서 내렸어야 했는데. 내가 아는 사람이라고는 한 명도 없는 외딴 곳으로 기차가 가고 있는 건 아닌지 겁이 났다.

그때 누군가 화장실로 들어갔다. 그러고는 좀 있다가 다시 나왔다. 하지만 나를 보지는 못했다. 그들이 일을 치를 때 똥 냄새가 났는데 내가 화장실에 있을 때하곤 다른 냄새였다.

나는 눈을 감고 수학 문제를 몇 개 더 풀어 보았다. 그래서 이 기차가 어디로 가고 있는지에 대해선 더 이상 생각하지 않았다.

그때 기차가 다시 멈춰 섰다. 나는 선반을 내려가 가방을 들고 기차에서 내릴까 하고도 생각해 봤다. 하지만 그 경찰에게 발각되어 아빠에게 보내질까 봐 걱정되었다.

그래서 나는 선반에 그냥 있기로 하고 꼼짝 않고 있었다. 이번에는 아무도 나를 발견하지 못했다.

그때 학교 교실 벽에 있던 지도가 생각났다. 그것은 잉글랜드와 스코틀랜드, 웨일스 지도로, 그 지역의 모든 도시들의 위치를 보여 주고 있었다. 나는 머릿속으로 다음 그림과 같이 스윈던과 런던이 표시된 지도를 그려 보았다.

그것은 이런 모습이었다.

기차가 오전 12시 59분에 출발한 뒤로 나는 죽 시계를 보고 있었다. 첫 번째 정차한 것은 17분이 지난 오후 1시 16분이었다. 그리고 지금 시각은 오후 1시 39분, 첫 번째 정차한 후 23분이 지났다. 그것은 기차가 급커브만 돌지 않았다면 바다가 보일 거라는 뜻이었다. 하지만 기차가 급커브를 돌았는지는 알 수 없었다.

그 이후로 네 번 더 정차했고, 네 사람이 들어와 선반에서 가방을 가지고 나갔으며, 두 사람이 짐을 선반에 넣고 나갔다. 하지만 내 앞에 있는 큰 여행가방을 옮기는 사람은 없었다. 단 한 사람만 나를 발견하고 한 마디 했다.

"이 녀석 보게. 거 참 희한한 놈이네."

그리고 여섯 사람이 화장실로 들어갔지만 냄새나는 똥을 싸지는 않았다. 다행이었다.

다시 기차가 멈췄고, 노란색 방수코트를 입은 한 여자가 들어오더니 그 큰 여행가방을 들어냈다.

그녀가 말했다.

"이거 만졌니?"

"네."

좀 있다 그녀는 가 버렸다.

잠시 후 한 남자가 선반 옆에 서서 말했다.

"이것 좀 봐, 배리. 기차에서 꼬마 도깨비를 키우나 봐."

그러자 다른 한 명이 오더니 그 옆에 서서 말했다.

"음, 우리 둘 다 취했나 보군."

처음 남자가 말했다.

"이 녀석에게 맛 좀 보여 주자."

그러자 두 번째 남자가 말했다.

"맛 좀 봐야 하는 건 바로 너야."

처음 남자가 다시 말했다.

"자, 어서 덤벼 봐. 이 미친놈아. 술 깨기 전에 얼른 맥주나 더 마셔야겠다."

그러고는 둘 다 가 버렸다.

기차 안이 쥐죽은 듯 조용해졌다. 기차는 다시 움직이지 않았고, 사람들 소리도 들리지 않았다. 그래서 나는 선반을 내려가 가방을 챙기고 그 경찰이 아직도 그 자리에 있는지 보기로 했다.

나는 선반에서 내려와 문틈으로 살펴보았다. 하지만 그 경찰은 없었다. 그리고 내 가방 역시 사라지고 없었다. 그 안에는 토비의 먹이와 수학책, 깨끗한 바지, 조끼, 오렌지 주스, 우유, 커스터드 크림, 그리고 구운 콩이 들어 있었다.

그때 발걸음 소리가 들렸다. 뒤돌아보니 아까 기차에 있었던 경찰이 아닌 다른 경찰이었다. 문틈으로 그가 다음 차량에 있는 걸 볼 수 있었다. 그는 좌석 밑을 들여다보고 있었다. 나는 이제 더 이상 경찰을 전처럼 좋아하지는 않겠다고 결심하고는 기차에서 내렸다.

기차가 서 있는 공간이 얼마나 크던지, 또 어찌나 떠들썩한 소리가 사방에서 울리던지 나는 쓰러질 것만 같았다. 그래서 잠시 무릎을 바닥에 대고 있어야 했다. 그리고 그동안 어느 길로 갈 건지를 생각했다.

나는 기차가 역으로 들어올 때의 진행 방향으로 걸어가기로 결심했다. 여기가 종착역이라면 그쪽이 런던이 있는 방향이었다.

나는 일어서서 큼직한 빨간 선이, 저 끝에 있는 출입구까지 기차와 나란하게 그려져 있는 모습을 상상했다. 그러고는 전처럼 "왼발 오른발 왼발 오른발" 하며 그 선을 따라 걸어갔다.

출입구에 다다르자 한 남자가 내게 말했다.

"애야, 너를 찾는 사람이 있는 것 같은데."

"절 찾는 사람이 누군데요?"

내가 말했다. 혹시 스윈던의 그 경찰이 내가 말한 전화번호로 전화를 해서 엄마가 나와 있을지도 모른다는 생각이 들었다.

하지만 그가 말했다.

"경찰이야."

"알고 있어요."

"아, 그랬구나. 여기서 기다리고 있어라. 내가 가서 그들에게 얘기해 줄게."

그리고 그는 뒤로 돌아 기차 옆으로 해서 걸어갔다.

나는 계속 걸었다. 아직도 가슴 안에 풍선이 들어 있는 것 같은 통증이 느껴졌다. 나는 손으로 귀를 막고 걸어가다가 그 큰 공간 한가운데 위치한, '호텔 및 극장 예약 0207 402 5164' 라는 간판이 있는 작은 매점 벽에 몸을 기댔다. 그러고는 손을 귀에서 뗀 다음 외부 소음을 차단하기 위해 끙끙 앓는 소리를 내면서 여기가 런던인지 알아보려고 그 큰 공간의 간판들을 죄다 바라보았다.

Sweet Pastries **Heathrow Airport Check-In Here** *Bagel Factory* **EAT** *excellence and taste* **YO!** sushi **Stationlink** Buses **W H Smith** Mezzanine **Heathrow Express** Clinique First Class Lounge FULLERS easyCar.com *The Mad Bishop* **and Bear Public House** Fuller's London Pride Dixons **Our Price** Paddington Bear at Paddington Station **Tickets** Taxis ♥♥**Toilets** First Aid **Eastbourne Terrace** ▮▮ing-ton Way Out **Praed Street The Lawn** Q Here Please Upper Crust Sainsbury's **Local** ⓘ **Information** Great Western First ⓟ Position Closed **Closed** Position Closed Sock Shop Fast Ticket Point ⊗ **Millie's Cookies** Coffee FERGIE TO STAY AT MANCHESTER UNITED |eshly **Baked Cookies and Muffins** Cold Drinks **Penalty Fares** Warning **Savoury Pastries** Platforms 9-14 *urger King* **Fresh Filled!** the reef° café bar **business travel** *special edition* TOP 75 ALBUMS Evening Standard

하지만 몇 초가 지나자 그것들은 이렇게 보였다.

Sweathr♟♘■ow◯◨Airpheck-*lagtory***EA****encea**lt*aste*
YOI suUsetHeesortCWH**Smith**EANEIN**Stat**nH✳i◌*d*Bho
athrnieFirlassLoULLER**nreHe***B*SeasyCar.com*TheN*anard
Beble**Fuler's**LonPrⁿᵈᵒ ide**Pai**ess**tr**Dzzixons**Our***is*PPur⁚**boi**▤
△ceic**HousPatC**ngtoneaswat**Poa**gton**Tets**Ta*el*F↟**Toil**
eddistsFirs⊢✶⋆ta♠✸*Bu*ngfe**Fi**5us✳✖HPDNLe**Ter**·**ce**■
■■**ington**W✟asta**ySt**☙atio↗▬**nlink**OutC▦lo⹁d①&
qed3iniBr1uowo[Cli**Pr**aicxisked**Point**DrS▦**tree**˥he*Ly*
uaw**Hea**✑▮r**Crust****Mufly**B▭akl6dE①Ton**Close**ᶜ*excel*
*le*ᵗᵒˣᵖʳ**ess**nQinrePlek4shSaisesUp ↟←⋏pensburiy's'idSo**h**
kt①ick**mation**REATM✚✛ASTER**Cookies**WESTE**fi**|Coj**RN**
2FningSTanI⑥R**ST**Ⓟ**P**0all**nforositio**NCH✂⊕✳En⢀AYATS
3hop**Fast**⊙☙**Positd**|●**Penie**→♟**sPloNIa**8⑨▥④⊃tfoe9s
WEfᶜus**Coff**ReoS**Veled**POSi⊗**tness**kix①edcoreSh◔✕③
5AL Bialed Millia**fébarbeean**CrKl'**geing**⊕F3illeFFTOl˪mEGI
Es9TED**Frese**↠ ▢sanalty**Farrning****Sa**⊘**vou**ʳʸᴾᵃ**st**14*Bur*
zd!**the**▥▤●resit✳▢rh▤⊡a*specition*TOP&UMSl̵edard

너무나 많은 간판이 있어서 내 머리가 제대로 작동하지 않았
다. 나는 겁이 났다. 그래서 다시 눈을 감고, 세제곱을 하지는 않
고 천천히 50까지 수를 셌다. 그리고 마음을 진정시키기 위해

거기 서서 주머니 안에 있는 스위스제 군용 칼의 날을 열고 단단히 쥐었다.

그러고는 손을 작은 통 모양으로 만들고 눈을 떴다. 그리고 그걸 통해서 바깥을 바라보았다. 그러자 간판들을 한 번에 하나씩만 볼 수 있었다. 한참이 지나 나는 '안내'라고 적힌 간판을 보았다. 그것은 작은 매점 창문 위에 있었다.

그때 한 남자가 내게 다가왔다. 그는 파란색 재킷에 파란색 바지를 입고 갈색 구두를 신고 있었으며 손에는 책을 들고 있었다.

"길을 잃은 모양이구나."

나는 스위스제 군용 칼을 꺼내 들었다.

그가 "자, 진정해라." 하면서 손가락을 벌리고 두 손을 들어올렸다. 마치 나와 하이파이브를 하려는 것처럼. 하지만 아빠나 엄마처럼 한 손이 아니고 두 손이었다. 더구나 그는 내가 모르는 사람이었다.

그는 뒷걸음질을 치며 가 버렸다.

나는 '안내'라는 간판이 있는 매점으로 걸어갔다. 심장이 쿵쾅거리는 것이 느껴지고 귀 안에서는 파도치는 듯한 소리가 들렸다. 매점 창문 앞에 이르자 나는 "여기가 런던인가요?" 하고 물었다. 하지만 창문 너머엔 사람이 없었다.

잠시 후 누군가 창문 뒤에 와서 앉았다. 흑인 여자였는데 분홍색 칠을 한 긴 손톱을 갖고 있었다.

"물론이지, 아가야."

"여기가 런던이에요?"

"그렇다니까."

"어떻게 하면 런던 NW2 5NG 윌스든 챕터 거리 451c로 갈 수 있나요?"

"거기가 어딘데?"

"그곳은 런던 NW2 5NG 챕터 거리 451c이에요. 그리고 어떨 땐 런던 NW2 5NG 윌스든 챕터 거리 451c라고 쓰기도 하죠."

그러자 그 여자가 내게 말했다.

"지하철을 타고 윌스든 환승역까지 가렴. 아님 윌스든 그린까지 가도 되고. 거기서 거기거든."

"어떤 튜브(영국에서는 지하철을 tube라고 한다 : 역주)를 말씀하시는 건가요?"

"너 농담하니?"

나는 잠자코 있었다.

그러자 그녀가 말했다.

"저길 보렴, 에스컬레이터가 있는 큰 계단이 보이지? '지하철'이라고 적힌 표지판도 보이니? 윌스든 환승역까지 가려면 베이커루선을 타면 되고, 윌스든 그린으로 가려면 주빌리선을 타면 돼. 알아들었지, 아가야?"

나는 그녀가 가리키고 있는 곳을 바라보았다. 지하로 내려가는 큰 계단이 있었고 그 위에는 다음과 같은 큰 표지판이 있었다.

나는 지금까지 정말 잘 해 왔기 때문에 이번에도 잘 해낼 수 있으리라고 생각했다. 나는 지금 런던에 있고 엄마를 찾고야 말 것이다. 나는 사람들이 들판에 있는 암소들과 다를 게 없다고 속으로 생각했다. 항상 앞만 똑바로 바라보고 큰 홀 바닥에 머릿속으로 그린 빨간 선을 따라가기만 하면 된다.

나는 큰 홀을 가로질러 에스컬레이터까지 걸어갔다. 한 손으로는 주머니에 있는 스위스제 군용 칼을 꼭 쥐고 다른 손으로는 토비가 빠져나오지 못하도록 꼭 붙들었다.

에스컬레이터는 계단식으로 되어 있었는데 움직이고 있었다. 그리고 사람들이 그 위에 발을 디디면 그들을 아래로 위로 실어

날랐다. 그걸 보자 웃음이 나왔다. 전에는 한 번도 본 적이 없는 데다가 미래를 다룬 공상과학 소설에 나오는 물건 같았기 때문이다. 하지만 그것을 직접 이용하고 싶은 생각은 안 들었다. 그래서 대신 계단으로 내려갔다.

지하에는 좀더 작은 공간이 있었다. 사람들이 많이 있었고, 바닥 주변에 파란색 등이 있는 기둥들이 서 있었다. 나는 그것이 마음에 들었다. 하지만 사람들은 마음에 들지 않았다. 그때 1994년 3월 25일 여권 사진을 찍으러 들어갔던 곳과 꼭 닮은 즉석사진관이 눈에 띄었다. 나는 그 안으로 들어갔다. 그 안은 벽장과 비슷해서 바깥보다는 아늑하고 커튼 사이로 밖을 내다볼 수도 있었다.

나는 밖을 주시하면서 동정을 살폈다. 사람들이 회색 개찰구 안으로 표를 집어넣고 걸어서 통과하는 것이 보였다. 몇몇 사람은 벽에 있는 커다란 검은색 기계를 이용해 표를 샀다.

47명의 사람들이 그렇게 했다. 나는 그들이 어떻게 하는지를 외워 두었다. 그러고는 바닥에 빨간 선이 있다고 상상하면서 행선지 목록을 적어 놓은 벽보가 붙어 있는 벽까지 걸어갔다. 그 목록은 알파벳 순으로 되어 있었고 나는 옆에 £2.20라고 쓰여 있는 윌스든 그린을 찾아냈다. 나는 기계들 중 하나를 향해 걸어갔다. 기계에는 '차표 종류를 선택하시오.' 라는 글이 있는 작은 스크린이 있었다. 나는 대부분의 사람들이 선택했던 '어른 편도' 와 '£2.20' 를 눌렀다. 그러자 '£2.20를 투입하세요.' 라는 화면이 나타났다. 나는 1파운드짜리 동전 세 개를 구멍에 집어넣었다. 그러자 '차표와 거스름돈을 집으세요.' 라는 글씨가 화면에 나타났다. 기계 아래쪽에 있는 작은 구멍에서 차표 한 장과 50펜스 동전 한 개, 20펜스 동전 한 개, 그리고 10펜스 동전 한 개가 나왔다. 나는 동전들을 주머니에 넣고 회색 개찰구 중 하나를 향해 걸어갔다. 투입구에 티켓을 집어넣자 그 안으로 빨려 들어갔다가 개찰구의 다른 편 구멍으로 나왔다. 누군가가 "빨리 빨리 움직여." 라고 말하는 소리가 들렸다. 나는 개가 으르렁거리는 소리를 내면서 앞으로 걸어갔다. 그러자 이번엔 개찰구가 열렸다. 나는 다른 사람들이 했던 것처럼 티켓을 빼냈다. 나는 회색 개찰구가 맘에 들었다. 그것 역시 미래를 다룬 공상과학 영화에 나오는 물건 같았기 때문이다.

나는 어느 쪽으로 갈지 결정해야 했다. 나는 사람들과 몸이 닿지 않도록 벽에 기대섰다. '베이커루선' 이란 표지판과 '지방 및 순환선' 이란 표지판이 보였다. 하지만 아까 그 여자가 말했던 '주빌리선' 은 보이지 않았다. 그래서 나는 베이커루선에 있는 윌스든 환승역으로 가기로 계획을 세웠다.

베이커루선 쪽에는 다음 페이지의 그림과 같은 또 하나의 표지판이 있었다.

나는 그 표지판에 적힌 문구들을 모조리 읽어 내려갔다. 그리고 윌스든 역을 찾아냈다. 나는 화살표를 따라 왼쪽 터널로 들어갔다. 터널 가운데에는 가로대가 이어져 있었고, 보통 도로와 같이 왼쪽 길로는 사람들이 곧장 앞으로 걸어가고 있었고, 오른쪽 길로는 사람들이 걸어오고 있었다. 그래서 나는 왼쪽 길을 따라서 걸었다. 터널이 왼쪽으로 구부러지자 더 많은 개찰구들과 베이커루선이란 표지판이 있었다. 그것은 에스컬레이터 아래를 가리키고 있었다. 어쩔 수 없이 에스컬레이터를 타고 내려가야 했다. 나는 그것이 움직일 때 넘어지지 않도록 고무 손잡이 레일 위에 손을 얹었다. 사람들이 내 가까이에 서 있어서 그들을 때려서 쫓아 버리고 싶었다. 하지만 '주의'를 받은 적이 있어서 그들을 때리지는 않았다.

에스컬레이터 밑 부분까지 도착하자 훌쩍 뛰어야 했다. 나는 발을 헛디뎠고 누군가와 부딪혔다. 부딪힌 사람이 말했다.

"천천히 내려야지."

길이 두 갈래로 나 있었다. 그중 하나에 '북쪽 방향'이라고 쓰여 있었다. 나는 그 길로 걸어갔다. 윌스든은 지도 윗부분에 있었고, 지도의 윗부분은 언제나 북쪽이기 때문이다.

또 다른 승강장이 하나 나타났다. 하지만 이번엔 작았으며 터

← 베이커루선

플랫폼 **3** 플랫폼 **4**

해로우 & 윌드스턴 ⇄
켄턴
사우스 켄턴
노스 웸벌리
웸벌리 센트럴
스톤브리지 파크
할스든
윌스든 환승역 ⇄
켄살 그린
퀸즈 파크 ⇄
킬번 파크
마이다 발레
워윅 애비뉴
패딩턴 ⇄
에드거 로드
매러번 ⇄
베이커 가(街)
리젠트 파크
옥스퍼드 광장
피커딜리 광장
차링크로스 ⇄
엠번만
워털루 ⇄
램버스 노스
엘리펀트 & 캐슬

널 안에 있었다. 철로는 하나뿐이었고 터널 벽은 커브를 그리고 있었으며, '나가는 곳', '런던 운송박물관', '당신의 직업 선택을 후회하신다면 찾아오세요', '자메이카', '브리티시 철도', '금연', '이사', '이사', '이사', '퀸즈 파크보다 멀리 가시는 분들은 첫 번째 기차를 타시고 퀸즈 파크에서 갈아타시기 바랍니다', '해머스미스와 시티 라인', 그리고 '당신을 제 가족보다 더 가까이 모시겠습니다'라는 문구가 적힌 커다란 광고판들이 그 위를 뒤덮고 있었다. 그리고 수많은 사람들이 좁은 기차역에 서 있었다. 그곳은 지하였기 때문에 창문이라곤 찾아볼 수 없었다. 나는 기분이 좋지 않았다. 벤치에 빈자리가 보였다. 나는 벤치 가장자리에 앉았다.

　조금 있으니 많은 사람들이 작은 승강장 안으로 쏟아져 들어왔다. 누군가 벤치 맞은편 가장자리에 앉았다. 검정색 서류가방을 들고 자주색 구두에 앵무새 모양의 브로치를 한 여자였다. 사람들이 쉬지 않고 좁은 승강장으로 들어오는 바람에 아까의 큰 기차역보다 훨씬 더 북적거렸다. 사람으로 가려서 더 이상 벽이 보이지 않을 지경이었다. 누군가 지나가면서 재킷으로 내 무릎을 건드렸다. 토할 것 같았다. 나는 정말 큰 소리로 끙끙거렸다. 벤치에 앉아 있던 여자가 벌떡 일어섰다. 그 다음부턴 벤치에 앉는 사람이 아무도 없었다. 나는 독감에 걸렸을 때의 기분을 느꼈다. 그때 나는 하루 종일 침대에만 누워 지냈는데 온몸이 쑤셨고, 말하지도, 먹지도, 잠들지도, 수학 공부를 하지도 못했다.

그때 사람들이 칼을 들고 싸우는 것 같은 소리가 났다. 강한 바람과 굉음이 일기 시작하는 것이 느껴졌다. 나는 눈을 감았다. 그 으르렁거리는 소리는 점점 커졌고, 나는 아주 큰 소리로 끙끙 앓는 소리를 냈다. 하지만 나는 그 소리를 차단하지는 못했다. 나는 이 작은 승강장이 무너져 내리고 있거나 아니면 어딘가에 큰 불이 난 거라고 생각했고, 이제 죽을 거라는 생각이 들었다. 그때 그 포효 소리가 덜거덕덜거덕, 끼익끼익 하는 소리로 바뀌었고 차츰 조용해지다가 결국엔 그쳤다. 나는 여전히 눈을 감고 있었다. 일어나고 있는 일을 보지 않는 편이 조금이나마 안심이 될 것 같았기 때문이다. 사람들이 움직이는 소리가 들렸다. 나는 눈을 떴다. 사람들이 너무 많아서 처음에는 아무것도 보이지 않았다. 잠시 후, 아까는 그 자리에 없었던 기차 한 대에 사람들이 올라타는 것이 보였다. 그 굉음의 주인공은 바로 기차였다. 땀방울이 머리카락 밑에서 얼굴로 흘러내리고 있었다. 나는 앓는 소리를 냈다. 그건 끙끙하는 소리보다는 마치 개가 발톱을 다쳤을 때 내는 소리와 비슷했다. 하지만 처음에는 그 소리가 나 자신이 내는 소리라는 걸 알아차리지 못했다.

잠시 후 기차의 출입문이 닫혔고, 기차가 움직이기 시작했다. 다시 으르렁 소리가 났지만 이번엔 그리 요란하지는 않았다. 객차 다섯 량이 지나갔다. 기차가 역 끝에 있는 터널 안으로 사라지자 다시 조용해졌다. 터널 안에 들어왔던 사람들은 죄다 그 작은 역을 빠져나가고 없었다.

나는 떨려서 그만 집에 돌아가고 싶었다. 하지만 다음 순간 나는 집에 있을 수 없다는 걸 깨달았다. 그곳에는 아빠가 있었다. 아빠가 거짓말을 하고 웰링턴을 죽였다는 것은, 그곳이 이제 더 이상 내 집이 아니라는 걸 의미했다. 이제 내 집은 런던 NW2 5NG 챕터 거리 451c인 것이다. 내가 집에 돌아갔으면 하는 잘못된 생각을 했다는 사실이 나를 겁나게 했다. 그건 내 마음이 제대로 작동하고 있지 않다는 뜻이기 때문이다.

잠시 후 사람들이 작은 역 안으로 들어오더니 이내 사람들로 가득해졌다. 그러고는 굉음이 다시 들리기 시작했다. 나는 눈을 감았다. 땀이 흐르고 속이 메스꺼웠다. 그리고 가슴 안에 커다란 풍선이 들어 있는 것 같은 느낌이 들었다. 그 느낌이 너무 강해서 숨쉬기조차 어려웠다. 그러고는 사람들은 기차를 타고 역을 떠났으며 작은 역은 다시 텅 비었다. 그러다가 다시 사람들로 가득 차고 또 다른 기차가 굉음을 지르며 들어왔다. 예전에 독감에 걸렸을 때와 꼭 같았다. 그때도 전원 플러그를 뽑아 컴퓨터를 끄듯이 그걸 멈추게 하고 싶었던 것이다. 그때 나는 더 이상 생각이 나지 않도록 어서 잠이 들길 원했다. 다른 생각을 할 만큼 여유도 없었고 떠오르는 생각이라곤 무척 아프다는 생각 말고는 없었기 때문이다. 하지만 나는 잠들지 못했고, 그저 가만히 앉아 아픔을 참는 것 외에는 달리 할 수 있는 일이 없었다.

223

이것은 또 다른 묘사다. 왜냐하면 시오반 선생님은 글에 묘사 부분을 써야 한다고 말했기 때문이다. 이 글은 그 작은 기차역 벽에 걸려 있던 한 광고에 대한 묘사다. 하지만 나는 죽을 거라는 생각을 하고 있어서 그것이 전부 기억나지는 않는다.

그것은 다음과 같은 광고였다.

꿈 같은 휴가를 보내고 싶으시다면

쿠오니를 생각해 보세요.

말레이시아에 있습니다

그리고 두 마리의 오랑우탄이 나뭇가지에 매달려 있는 커다란 사진이 그 문구의 배경을 이루고 있었다. 그들 뒤로는 나무들이 보였는데, 카메라가 움직이고 있는 오랑우탄에 초점을 맞추었기 때문에 그 잎사귀들은 흐릿하게 보였다. 오랑우탄은 '숲속의 사람' 이란 의미의 말레이어인 오랑후탄에서 유래했다. 하지만 오랑후탄은 말레이시아 사람들에게는 오랑우탄을 가리키는 말은 아니다.

광고란, 당신이 자동차나 스니커즈를 사게 만들거나 인터넷 서비스 공급자를 이용하게 만드는 사진이나 TV프로그램이다.

하지만 이것은 휴가 때 말레이시아로 가게 만드는 광고다. 말레이시아는 동남아시아에 있고 말레이반도, 사바, 사라와크, 라부안으로 이루어져 있다. 수도는 쿠알라룸푸르이고 가장 높은 산은 해발 4,101미터인 키나발루 산이다. 하지만 그 광고에 등장하진 않았다.

시오반 선생님은 사람들이 새로운 사물을 보거나 긴장을 풀고 쉬기 위해 휴가를 떠나는 거라고 말했다. 하지만 그 사진은 나의 긴장을 풀어 주지는 못했다. 그리고 당신이 현미경으로 흙을 관찰하거나 같은 두께의 둥근 막대 세 개를 직각으로 교차시켜 입방체를 만들어 보아도 처음 보는 사물과 만날 수 있다. 내 생각으론 단지 한 집만 뒤져도 그것에 대해 제대로 생각해 보려면 몇 년은 걸릴 만큼 많은 물건들이 나올 거라고 본다. 더욱이 무언가에 흥미를 가지게 되는 것은 그것에 대해서 이모저모 생각해 보게 되기 때문이지 그것이 처음 보는 사물이라서 그런 건 아니다. 예를 들어, 시오반 선생님은 손가락에 물을 적시고 얇은 유리컵에 대고 문지르면 노래 소리가 난다는 걸 보여 주었다. 그리고 컵 여러 개에다가 그 양을 달리하여 물을 부으면 그것들은 서로 다른 음정을 가지게 된다. 그것들은 서로 다른 공명 진동수를 지니기 때문이다. 그러면 '세 마리 눈먼 쥐'와 같은 노래도 연주할 수도 있다. 많은 사람들이 집에 얇은 유리컵을 가지고 있지만 그들은 이렇게 할 수 있다는 걸 모른다.

그리고 그 광고에는 다음 문구가 있었다.

말레이시아, 진정한 아시아

풍광과 향기에서 깨어나 보면 당신은 완전히 다른 세상에 도착했다는 걸 깨닫게 됩니다. 당신은 전통과 자연, 그리고 세계를 경험하실 수 있습니다. 당신의 추억은 도시의 일상에서 벗어나 천연 보호구역과 해변에서의 느긋한 시간들로 이어지게 됩니다.

1인당 경비는 £575부터 시작합니다.

01306 747000으로 전화하시거나, 여행사로 찾아오시거나,

아니면 www.kuoni.co.uk로 들어오시면 됩니다.

또 다른 세상을 경험하세요.

그리고 세 장의 다른 사진들이 있었다. 그것들은 아주 작은 사진들로 왕궁과 해변, 그리고 또 다른 왕궁의 사진들이었다.
그리고 이것은 그 오랑우탄들의 모습이다.

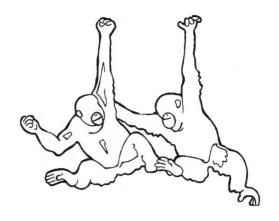

227

　나는 계속 눈을 감은 채 시계는 전혀 보지 않았다. 기차가 역
으로 들어왔다 나갔다 하는 것에는 노래나 드럼 연주처럼 일정
한 리듬이 있었다. 그리고 그것은 마음을 진정시켜야 할 때 써
보라며 시오반 선생님이 일러 주었던, '왼발 오른발 왼발 오른
발……' 하고 박자 맞추며 말하는 것과 비슷했다. 나는 기차가
내 마음 안에만 있는 것처럼 '기차가 온다, 기차가 멈췄다, 기차
가 간다, 정적, 기차가 온다, 기차가 멈췄다, 기차가 간다……'
이렇게 머릿속에서 말했다. 보통 때라면 나는 실제로 일어나고
있지 않은 일을 상상하지는 않는다. 그것은 거짓이고, 그렇게
하다 보면 무서운 기분이 들기 때문이다. 하지만 그게 기차가
역을 들어왔다 나갔다 하는 것을 지켜보는 것보다는 나았다. 그

건 더 겁났기 때문이다.

나는 눈을 뜨지 않았고, 시계도 보지 않았다. 커튼이 닫힌 캄캄한 방 안에 있는 것처럼 아무것도 보이지 않았다. 그건 밤중에 잠이 깰 때와 같았다. 머릿속에서 들리는 소리 말고는 어떤 소리도 들리지 않았다. 그리고 그 편이 더 나았다. 그 작은 기차역이 내 마음 밖에 실제로 존재하지 않는 것 같았고, 대신 나는 편안하게 침대에 누워 있는 기분이 들었기 때문이다.

기차가 들어오고 나가는 사이사이의 정적이 차츰 길어졌다. 그리고 들리는 소리로 미루어, 기차가 역에 없을 때의 사람들 수가 줄었다는 걸 알 수 있었다. 나는 눈을 뜨고 시계를 보았다. 오후 8시 7분이었다. 나는 그 벤치에 거의 5시간을 앉아 있었다. 하지만 엉덩이가 아프고 갈증과 허기가 느껴진다는 것만 빼곤 5시간이나 흘렀다고는 생각되지 않았다.

그때 나는 토비를 놓쳐 버렸다는 걸 깨달았다. 녀석이 내 호주머니에 들어 있지 않았다. 녀석을 그냥 내버려 둘 수는 없었다. 여기는 아빠의 집도, 엄마의 집도 아니었다. 이 작은 기차역에서 녀석에게 먹이를 줄 사람은 없었다. 녀석은 굶어 죽을 것이다. 그리고 어쩌면 기차에 치일지도 모른다. 천장을 올려다보자 기다란 검은 상자가 보였고 다음과 같은 표시가 있었다.

```
1 해로우 & 윌드스턴 1분
2 윌스든 환승역 4분
```

잠시 후 아랫줄의 화면이 이동하면서 사라지고 다른 줄이 그 자리로 이동했다.

```
1 해로우 & 윌드스턴 2분
3 퀸즈 파크 7분
```

그러고는 다시 다음과 같이 바뀌었다.

```
1 해로우 & 윌드스턴
뒤로 물러나시오 기차 접근 중
```

그러고는 칼싸움을 하는 것 같은 소리가 나더니, 기차가 굉음을 지르며 역으로 들어오는 것이 보였다. 나는 잠시 생각한 끝에 어딘가에 있는 대형 컴퓨터가 모든 기차의 위치를 파악하고는 언제 기차가 들어오는지를 알려 주기 위해 작은 역의 검은 상자에다가 메시지를 보낸다는 걸 알게 되었다. 나는 기분이 한결 나아졌다. 모든 것이 질서 있게 계획에 따라 움직이고 있었다.

기차가 역에 들어와서 멈췄다. 다섯 사람이 기차에 올라탔고, 다른 한 사람은 헐레벌떡 뛰어와서 기차에 탔다. 그리고 일곱 사람이 기차에서 내렸다. 잠시 후 문이 자동으로 닫혔고, 기차는 떠나갔다. 다음 기차가 들어올 때부터는 더 이상 무섭지 않았다. '기차 접근 중'이라는 표지판 덕택에 기차가 들어올 것을 미리 알 수 있었기 때문이다. 역 안에는 이제 겨우 세 사람뿐이었다. 그래서 나는 토비를 찾아보기로 결심했다. 나는 자리에서 일어나 그 작은 승강장과 터널로 들어가는 입구를 이리저리 살펴보았다. 하지만 녀석은 눈에 띄지 않았다. 나는 레일이 깔려 있는 어두운 지점을 내려다보았다. 생쥐 두 마리가 보였다. 녀석들은 먼지를 뒤집어써서 새까맸다. 나는 쥐와 생쥐를 좋아하기 때문에 그것들이 좋아졌다. 하지만 녀석들은 토비가 아니었다. 그래서 계속해서 살펴보았다.

마침내 토비가 보였다. 녀석도 역시 레일이 깔려 있는 어두운 지점에 있었다. 하얀색인 데다 등에 달걀 모양의 갈색 반점이 있는 걸 보고 녀석이 토비라는 걸 알 수 있었다. 나는 콘크리트 구조물을 타고 밑으로 내려갔다. 녀석은 단맛이 나는 헤진 종잇조각을 먹어치우고 있었다. 누군가 고함을 질렀다.

"맙소사, 뭐 하는 짓이야?"

나는 토비를 붙잡으려고 몸을 숙였다. 하지만 녀석은 도망쳤다. 나는 녀석을 쫓아가서 다시 몸을 숙이고는 "토비, 토비, 토비." 하고 불렀다. 그리고 나는 토비가 내 손 냄새를 맡고 나라는 걸 알 수 있도록 손을 뻗었다.

누군가 소리쳤다.

"어서 나오지 못하겠니?"

올려다보니 초록색 레인코트에 검은 구두를 신고 있는 한 남자가 보였다. 그가 신은 양말이 보였는데 그건 다이아몬드 무늬가 있는 회색 양말이었다.

내가 "토비, 토비." 하고 불렀지만 녀석은 다시 도망쳤다.

다이아몬드 무늬 양말을 신은 그 남자가 내 어깨를 붙잡으려 했다. 나는 비명을 질렀다. 그때 칼싸움하는 것 같은 소리가 들렸고 토비가 달리기 시작했다. 하지만 이번엔 반대 방향이었다. 녀석은 내 발밑을 지나갔고 나는 녀석을 잡아채서 꼬리를 붙들었다.

다이아몬드 무늬 양말을 신은 그 남자가 말했다.

"오 이런, 오 세상에."

그때 포효하는 소리가 들렸고 나는 토비를 들어올려 양손으로 녀석을 쥐었다. 녀석이 내 엄지손가락을 물었다. 피가 나왔고, 나는 비명을 질렀다. 토비는 자꾸 내 손을 빠져나가려고 했다.

그때 그 요란한 소리가 점점 커졌다. 돌아보니 기차 한 대가 터널에 모습을 드러내고 있었다. 기차에 치여 죽을지도 몰랐다. 나는 콘크리트 구조물을 기어오르려 했지만 턱이 너무 높았고 게다가 두 손으로는 토비를 잡고 있었다.

그때 다이아몬드 무늬 양말을 신은 그 남자가 내 몸을 붙들었다. 나는 비명을 질렀다. 하지만 그는 아랑곳하지 않고 나를 잡아당겨 콘크리트 위로 끌어올렸다. 우리는 바닥에 넘어졌고, 나는 계속 비명을 질러 댔다. 그가 내 어깨를 아프게 했기 때문이다. 그때 기차가 역에 들어왔다. 나는 일어서서 다시 벤치로 뛰어갔다. 나는 토비를 내 재킷주머니에 넣었다. 녀석은 아주 조용했고, 움직이지도 않았다.

다이아몬드 무늬 양말을 신은 남자가 내 옆에 와서 섰다.

"거기서 놀다니 도대체 생각이 있는 거냐?"

내가 잠자코 있자 그가 다시 말했다.

"뭘 하고 있던 거니?"

기차 문이 열리고 사람들이 내렸다. 다이아몬드 무늬 양말을 신은 남자 뒤에 웬 여자가 서 있었다. 그녀는 시오반 선생님 것과 비슷한 기타 케이스를 들고 있었다.

"저는 토비를 찾고 있었어요. 얘는 제 애완용 쥐예요."

그러자 다이아몬드 무늬 양말을 신은 남자가 말했다.

"맙소사, 로라."

그러자 기타 케이스를 든 여자가 말했다.

"애는 괜찮아?"

그러자 다이아몬드 무늬 양말을 신은 남자가 말했다.

"애? 눈물나게 고맙군. 난 사람도 아닌가. 빌어먹을, 애완용 쥐라니. 제기랄, 앗! 저걸 타야 하는데."

그러고는 기차를 향해 달려가더니 닫혀 있는 문짝을 쾅쾅 두들겼다. 기차가 출발하기 시작하자 그가 말했다.

"제기랄."

그러자 그 여자가 말했다.

"너 괜찮니?"

여자는 내 팔을 만졌다. 나는 다시 비명을 질렀다.

그러자 그녀가 말했다.

"괜찮아, 괜찮아, 괜찮아."

그녀의 기타 케이스에는 이런 스티커가 붙어 있었다.

나는 바닥에 앉아 있었다. 그녀는 쭈그리고 앉아 이렇게 물었다.

　"내가 도와 줄 일이 있을까?"

　그녀가 학교 선생님이었다면 나는 "런던 NW2 5NG 윌스든 챕터 거리 451c가 어디에요?"라고 물어봤을 것이다. 하지만 그녀는 낯선 사람이었다. 그래서 나는 말했다.

　"좀 떨어져 줄래요?"

　나는 그녀가 너무 가까이 있는 게 싫었다. 나는 계속 말했다.

　"나한텐 스위스제 군용 칼이 있고 거기 달린 톱날로 사람 손가락쯤은 문제없이 잘라 버릴 수도 있어요."

　그러자 그녀는 말하고는 일어나서 가 버렸다.

　"알았어, 친구. 도움이 필요 없다는 뜻으로 알겠어."

　다이아몬드 무늬 양말을 신은 남자가 말했다.

　"미쳐도 단단히 미쳤구만, 빌어먹을."

　그리고 그는 얼굴을 손수건으로 눌렀다. 손수건에는 피가 묻어 있었다.

　이어 다른 기차가 들어오자 다이아몬드 무늬 양말을 신은 남자와 기타 케이스를 든 여자가 올라탔고, 기차는 다시 떠났다.

　그러고는 8대의 기차가 더 들어왔고, 나는 어떤 기차에 탈지, 그리고 앞으로 무엇을 해야 할지를 결정했다.

나는 그 다음 기차에 탔다.

토비가 자꾸 내 주머니에서 빠져나오려고 했기 때문에 나는 녀석을 바깥주머니에다 넣고 손으로 붙잡았다.

내가 탄 기차 칸에는 11명이 있었다. 나는 11명의 사람과 한 방에 있고, 더구나 터널 안에 있다는 것이 싫었다. 그래서 나는 객실 안에 있는 물건들에 집중했다.

스칸디나비아와 독일에는 53,963채의 별장이 있습니다, 비타바이 오틱스, 3435, 전 구간에서 차표를 제시하지 못하면 벌과금 £10, 금을 찾아라, 구리는 그다음이다, TVIC, EPBIC 엿 먹어라, ⚠️문을 막으면 위험할 수 있습니다, BRV, Con.IC, 복음을 전하라.

이런 문구들이 있었고, 벽에는 다음과 같은 무늬가 있었다.

의자에는 이런 무늬가 있었다.

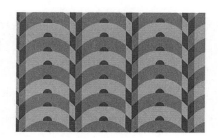

그때 기차가 몹시 흔들렸다. 그래서 나는 손잡이에 매달려야
했다. 기차가 터널 안으로 진입하면서 요란한 소리가 났고, 나
는 눈을 감았다. 내 목에서 맥박이 뛰는 것이 느껴졌다.

잠시 후 기차가 다시 터널을 빠져나와 또 다른 작은 역으로 들
어갔다. 그곳은 워윅 애비뉴라는 단어가 큰 글씨로 벽에 쓰여
있었다. 내가 어디에 있는지 알 수 있어서 좋았다.

나는 윌스든 환승역까지 모든 구간마다 소요시간을 쟀다. 역
과 역 사이에 걸리는 시간은 다음 페이지에서 보듯 전부 15초의
배수였다.

패딩턴 0:00

워윅 애비뉴 1:30

마이다 발레 3:15

킬번 파크 5:00

퀸즈 파크 7:00

켄살 그린 10:30

윌스든 환승역 11:45

　기차가 윌스든 환승역에 도착하자 문이 자동으로 열리고 나는 기차 밖으로 나왔다. 잠시 후 문이 닫히더니 기차가 출발했다. 나를 제외하고는 너 나 할 것 없이 계단을 올라가 육교를 건너갔다. 역에는 단지 세 사람만이 남아 있었다. 한 사람은 술에 취해 있었는데 외투는 누렇게 때가 묻어 있었고, 구두는 짝이 맞지 않았다. 그는 노래를 부르고 있었는데 무슨 노래인지는 알아들을 수가 없었다. 또 다른 한 사람은 벽에 작은 창문이 나 있는 매점 안의 인도인 사내였다.

　나는 그 둘 중 어느 누구에게도 말을 걸고 싶지 않았다. 지쳐 있었고 배도 고픈 데다가 이미 낯선 사람들에게 너무 많은 말을 했다. 그건 위험한 일이다. 위험한 일을 하면 할수록 뭔가 안 좋은 일이 일어나기가 십상이다. 하지만 나는 어떻게 런던 NW2 5NG 챕터 거리 451c로 가야 하는지 몰랐다. 그래서 누군가에게는 물어봐야 했다.

그래서 그 작은 매점에 있는 사내에게 다가가서 물었다.

"런던 NW2 5NG 챕터 거리 451c가 어디죠?"

그러자 그는 작은 책을 집어 들고는 내게 건네 주면서 말했다.

"두 장하고 구십오."

그 책의 제목은 『A에서 Z까지, 런던 거리 지도책과 지명 목록』이었다. 그 책을 펼쳐 보니 많은 지도가 있었다.

매점 안에 있는 사내가 말했다.

"그 책 살 거냐, 안 살 거냐?"

"모르겠는데요."

"그럼 책에서 그 더러운 손가락 좀 치워 주겠니?"

그러고는 다시 그 책을 내 손에서 가져갔다.

"런던 NW2 5NG 챕터 거리 451c가 어디죠?"

그러자 그가 말했다.

"'A에서 Z까지'를 사든가 아니면 아무 데나 가 보든지 해. 난 걸어다니는 백과사전이 아니야."

"저게 'A에서 Z까지'인가요?"

나는 좀 전의 그 책을 가리켰다.

"아냐, 이 망할 놈의 악어새끼."

"저게 'A에서 Z까지'인가요?"

그건 악어가 아니었기 때문에 나는 그의 독특한 억양 때문에 잘못 알아들은 것이라고 생각했다.

"그래, 'A에서 Z까지' 야."

"그걸 살 수 있나요?"

그는 잠자코 있어서 나는 다시 물었다.

"그걸 살 수 있나요?"

"2파운드 95펜스. 하지만 돈을 먼저 줘. 들고 내빼면 곤란하니까."

그제야 나는 아까 두 장하고 구십오라는 말이 2파운드 95펜스란 뜻이라는 걸 알아차렸다.

나는 그에게 내 돈으로 2파운드 95펜스를 지불했다. 그러자 그는 우리 동네에 있는 가게에서처럼 잔돈을 거슬러 주었다. 나는 그곳을 나와 더러운 옷을 입고 있는 좀 전의 사내와 같이 벽에다 등을 기대고 바닥에 앉았다. 하지만 그와는 멀리 떨어져 앉았다. 나는 책을 펼쳤다.

겉표지 안에는 애비 우드와 포플러, 액튼, 스탠모어 같은 지명이 표시된 커다란 런던 지도가 있었다. 그리고 거기에는 지도가 있는 페이지 번호라고 적혀 있었다. 그리고 그 지도 위로 격자 모양 눈금이 그어져 있었다. 그리고 각 칸마다 두 개의 숫자가 쓰여 있었다. 그리고 윌스든은 42, 43이라는 숫자가 있는 칸에 있었다. 나는 그 숫자들이 런던 시가지를 더 큰 축척으로 보게 해 주는 페이지들의 번호라는 걸 알았다. 책 전체가 하나의 런던 지도였다. 하지만 그것을 잘게 쪼개서 책처럼 볼 수 있게 만든 것이다. 나는 이 책이 맘에 들었다.

하지만 윌스든 환승역은 42, 43페이지에는 없었다. 나는 지도가 있는 페이지 번호로 돌아가 42페이지 바로 밑에서 윌스든 역을 찾아냈다. 그리고 58페이지는 42페이지와 연결되어 있었다. 그리고 스윈던에서 기차역을 찾을 때처럼 윌스든 환승역을 가운데 놓고 나선 모양으로 움직여 나갔다. 하지만 이번에는 지도 위에서 손가락으로 찾아가는 것이었다.

짝이 맞지 않는 구두를 신고 있던 남자가 내 앞에 와서는 말했다.

"바로 그거야, 그래 맞아. 그 간호사들이야, 틀림없어. 새빨간 거짓말쟁이. 완전히 속았어."

그러고는 가 버렸다.

챕터 거리를 찾는 데는 오랜 시간이 걸렸다. 그게 58페이지에 없었기 때문이다. 42페이지로 다시 돌아가서야 찾을 수 있었다. 그것은 5C칸에 있었다. 다음은 윌스든 환승역과 챕터 거리 사이에 있는 도로망의 그림이다.

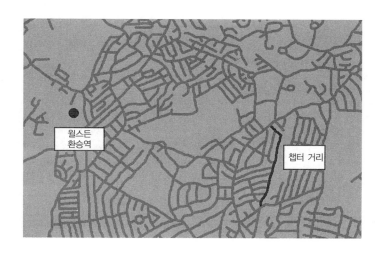

그리고 이것은 내가 걸어갈 길이다.

나는 계단을 올라가서 육교를 건넌 다음 작은 회색 개찰구에 차표를 넣고 거리를 향해 걸어갔다. 버스 한 대와 잉글랜드, 웨일스, 스코틀랜드 철도라는 표시가 된 커다란 기계가 있었다. 하지만 그건 노란색이었다. 나는 주변을 둘러보았다. 밤중이어서 수많은 불빛들이 보였다. 한참 동안 안에만 있다가 나와서 그런지 그 광경을 보자 속이 울렁거렸다. 나는 길의 형태만 볼 수 있을 정도로 눈을 가늘게 떴다. 그러고는 어느 길이 내가 따라 가야 하는 역 접근로와 오크 레인인지를 알아냈다.

나는 걷기 시작했다. 하지만 시오반 선생님은 내가 일어나는 일들을 빠짐없이 묘사할 필요는 없고 단지 흥미로운 것들만 서술하면 된다고 얘기했다.

그렇게 해서 나는 런던 NW2 5NG 챕터 거리 451c에 도착했다. 도착까지는 27분이 걸렸다. 내가 플랫 C라고 적혀 있는 버튼을 눌렀을 때 거기엔 아무도 없었다. 도착할 때까지 있었던 일 중 단 하나 흥미로웠던 것은 8명의 사내들이 바이킹 복장과 뿔 달린 투구를 쓰고서 고래고래 소리를 질러 댄 일이었다. 하지만 그들은 진짜 바이킹이 아니었다. 바이킹은 거의 2,000년 전에 살았다. 그리고 나는 한 번 더 오줌을 눠야 했다. 나는 영업이 끝난 버데트 모터스라는 주유소를 끼고 골목으로 들어갔다. 별로 내키지는 않았지만 바지를 또 적시고 싶지는 않았다. 이것 말고는 흥미로운 일이 없었다.

나는 기다리기로 결심했다. 엄마가 휴가를 떠난 것이 아니길 바랐다. 그렇다면 엄마가 일 주일 이상 집을 비울 수도 있다는 뜻이기 때문이다. 하지만 나는 그럴 리는 없을 거라고 애써 생각했다. 다시 스윈던으로 돌아갈 수는 없었다.

나는 런던 NW2 5NG 챕터 거리 451c 앞에 있는 작은 정원 안의 쓰레기 저장고 뒤에 앉았다. 그곳엔 수풀이 우거져 있었다. 한 여자가 정원으로 들어왔다. 그녀는 한쪽 끝에 쇠로 된 격자 창이 있고 꼭대기에는 손잡이가 달린 작은 상자를 들고 있었는데 그건 고양이를 동물 병원에 데려갈 때 쓰는 것과 비슷했다. 하지만 안에 고양이가 들어 있는지는 확인할 수 없었다. 그녀는 하이힐을 신고 있었다. 그녀는 나를 보지 못했다.

그때 비가 내리기 시작했다. 나는 흠뻑 젖었고 추워서 몸을 떨기 시작했다.

밤 11시 32분이었다. 그때 거리를 따라 걸어오고 있는 사람들의 목소리가 들렸다.

"당신이 그걸 웃기다고 생각하든 아니든 난 신경 안 써요."

여자 목소리였다.

그러자 다른 목소리가 말했다.

"주디, 미안해, 사과할게."

그건 남자 목소리였다.

아까의 여자 목소리가 다시 들렸다.

"좋아, 당신이 날 완전히 바보로 만들기 전에 미리 생각 좀 해 보는 게 어때요?"

그 여자의 목소리는 엄마의 목소리였다.

엄마는 정원 안으로 들어왔고 엄마 옆에는 시어즈 씨가 있었다. 남자 목소리는 그였다.

나는 일어나서 말했다.

"안에 안 계셔서 기다리고 있었어요."

"크리스토퍼!"

엄마가 말했다.

"뭐라고?"

시어즈 씨가 말했다. 엄마는 팔로 내 어깨를 감싸고 말했다.

"크리스토퍼, 크리스토퍼, 크리스토퍼."

나는 엄마를 밀어냈다. 엄마가 나를 꽉 붙들었기 때문이다. 그리고 아주 세게 미는 바람에 나는 넘어지고 말았다.

시어즈 씨가 말했다.

"도대체 어떻게 된 일이지?"

엄마가 말했다.

"정말 미안하다. 크리스토퍼. 깜박했구나."

나는 땅바닥에 누워 있었고 엄마는 오른손을 들어올리고 손가락을 쫙 펼쳐서 내가 엄마의 손가락을 만질 수 있도록 했다. 하지만 그때 토비가 내 주머니에서 빠져나와 도망치는 게 보였다. 그래서 나는 녀석을 붙잡아야 했다.

시어즈 씨가 말했다.

"그렇다면 에드가 여기 있다는 소린데."

정원에는 담이 빙 둘러쳐져 있어서 토비는 밖으로 달아날 수 없었다. 녀석은 구석에 갇혔고 벽을 기어오르려 했지만 그전에 내가 녀석을 잡아채서 다시 주머니 안에 집어넣었다.

"녀석은 배가 고파요. 토비에게 먹이로 줄 만한 게 있어요? 그리고 물이랑요."

"아빠는 어디 계시니?"

"제 생각엔 스윈던에 계실 것 같아요."

"하느님 감사합니다."

시어즈 씨가 말했다.

"그럼, 어떻게 여기까지 왔니?"

엄마가 말했다. 나는 추워서 주체하지 못할 정도로 이가 덜덜 떨렸다.

"기차를 타고 왔어요. 정말 무서웠어요. 아빠의 현금카드를 가지고 나와서 돈을 구했고, 경찰도 저를 도와주었어요. 하지만 좀 있다가는 저를 아빠한테 데려가려고 했죠. 그는 저와 함께 기차에 타고 있었어요. 하지만 좀 있다가는 저 혼자만 있게 됐어요."

"크리스토퍼, 너 흠뻑 젖었구나. 로저, 그렇게 서 있기만 할 거예요?"

그리고 엄마는 다시 말했다.

"오, 세상에. 크리스토퍼. 난 꿈에도 생각하지 못했어. 왜 혼자서 여기까지 온 거니?"

시어즈 씨가 말했다.

"안으로 들어갈 거야, 아니면 밖에서 밤을 새울 거야?"

"저는 엄마와 살 거예요. 아빠가 정원용 쇠스랑으로 웰링턴을 죽여서 저는 아빠가 무서워요."

"미치고 팔짝 뛰겠네."

시어즈 씨가 말했다.

"로저, 제발. 자 크리스토퍼, 안으로 들어가서 몸을 말리자."

엄마가 말했다. 나는 일어서서 집 안으로 들어갔다.

"로저를 따라가렴."

나는 엄마 말대로 시어즈 씨를 따라서 계단을 올라갔다. 층계참이 나왔고, 플랫 C라는 문패가 있는 문이 하나 있었다. 안에 무엇이 있을지 몰라서 나는 들어가기가 겁났다.

"자, 어서 들어가. 안 그러면 독감에 걸릴 거야."

엄마가 말했지만 나는 독감에 걸린다는 말이 무슨 뜻인지는 몰랐다. 나는 안으로 들어갔다.

"목욕물을 받아 둘게."

엄마가 말했다. 나는 안심할 수 있도록 머릿속에 지도를 만들어 두기 위해 아파트를 둘러보았다. 그 아파트는 이렇게 생겼다.

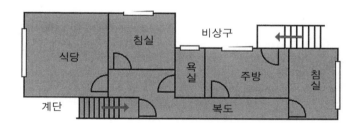

엄마는 내게 옷을 벗으라고 한 다음 욕실로 데리고 갔다. 그리고 엄마의 수건을 쓰라고 했다. 그건 자주색이었는데 가장자리에는 초록색 꽃무늬가 있었다. 엄마는 접시에 토비가 마실 물을 따라 주고 약간의 빵 조각도 주었다. 나는 토비를 욕실에다 풀어 주었다. 녀석은 세면대 밑에다가 세 가닥의 조그만 똥을 쌌다. 나는 그걸 집어 변기에다 버리고 물을 내렸다. 그러고는 다시 욕조 안에 들어갔다. 따뜻해서 기분이 좋았다.

좀 있다 엄마가 욕실로 들어와 변기 위에 앉아서 말했다.

"괜찮니. 크리스토퍼?"

"너무 피곤해요."

"그래 알아, 아가야."

그러고는 다시 말했다.

"너 참 용감하구나."

"네."

그리고 엄마가 말했다.

"편지 한 통 없더니."

"알아요."

"크리스토퍼, 왜 엄마한테 편지를 쓰지 않았니? 그렇게 많이 편지를 보냈건만. 나는 내내, 뭔가 끔찍한 일이 생겼거나 아니면 네가 이사를 가서 네가 사는 곳을 찾을 수 없을지도 모른다는 생각을 떨칠 수가 없었어."

"아빠는 엄마가 돌아가셨다고 하셨어요."

"뭐라고?"

"아빠는 엄마의 심장에 문제가 생겨 병원에 갔다고 말씀하셨어요. 그러고는 심장마비를 일으켜 돌아가셨다고 하셨고요. 그리고 엄마 편지들을 전부 침실 벽장 안에 있는 셔츠 상자에 넣어

두셨죠. 저는 웰링턴이 죽은 일에 대해서 책을 쓰고 있었는데 아빠가 그걸 빼앗아 그 셔츠 상자에다 숨기셨어요. 저는 책을 찾다가 그 편지들을 발견했어요."

"오, 이런 세상에."

엄마는 한참 동안 한 마디도 하지 않았다. 그러고는 자연을 다룬 TV 프로그램에 나오는 짐승처럼 큰 소리로 울부짖었다.

시끄러운 소리 때문에 나는 엄마가 그러는 게 싫었다.

"왜 그러세요?"

엄마는 잠시 잠자코 있다가 다시 말했다.

"오, 크리스토퍼. 정말 미안하구나."

"엄마 잘못이 아니에요."

"나쁜 자식, 나쁜 자식."

그리고 엄마가 잠시 후에 말했다.

"엄마 손을 좀 잡아 주겠니? 딱 한 번만. 엄마를 위해서, 응? 너무나 네 손을 잡아 보고 싶구나."

엄마는 손을 내밀었다.

"저는 누가 제 손을 잡는 게 싫어요."

그러자 엄마가 손을 다시 거두었다.

"그래, 괜찮아. 정말 괜찮아. 이제 욕조에서 나와 몸을 닦자. 괜찮지?"

나는 욕조에서 나와 그 자주색 수건으로 몸을 닦았다. 잠옷이 없어서 나는 엄마가 입는 하얀색 티셔츠와 노란색 반바지를 입었다. 하지만 너무 지쳐 있어서 아무래도 좋았다. 내가 옷을 입는 동안 엄마는 주방으로 가서 토마토 수프를 끓이고 있었다. 그게 붉은색이기 때문이다.

그때 누군가 아파트 문을 여는 소리가 들렸다. 밖에 낯선 남자의 음성이 들렸다. 그래서 나는 욕실 문을 걸어 잠갔다. 말다툼하는 소리가 들리더니 남자가 말했다.

"그 애와 얘기를 하고 싶습니다."

그러자 엄마가 말했다.

"그 애는 오늘 겪을 만큼 겪었어요."

그러자 그 남자가 말했다.

"알아요. 하지만 그래도 난 그 애와 얘기를 해야겠어요."

그러자 엄마가 문에다 노크를 하고는 경찰이 나와 얘기를 하고 싶어 하기 때문에 할 수 없이 문을 열어야 할 것 같다고 말했다. 엄마는 경찰이 나를 데려가도록 놔 두지는 않겠다고 약속했다. 그래서 나는 토비를 집어 들고 문을 열었다.

문 밖에는 경찰 한 명이 있었다.

"네가 크리스토퍼 부운이니?"

나는 그렇다고 대답했다.

330

"네 아빠 말씀으론 네가 가출했다고 하시던데, 사실이니?"

"네."

"이분이 네 엄마시니?"

그가 엄마를 가리켰다.

"네."

"도망친 이유가 뭐지?"

"아빠가 웰링턴이라는 개를 죽였기 때문이에요. 그래서 전 아빠가 무서워요."

"그 말은 들었다. 아빠가 있는 스윈던으로 돌아가고 싶니, 아니면 이곳에서 지내고 싶니?"

"여기서 지내고 싶어요."

"당신 생각은 어떤가요?"

"저는 여기서 지내고 싶어요."

"잠시만, 네 엄마에게 묻고 있단다."

"에드가 크리스토퍼에게 내가 죽었다고 했대요."

엄마가 말했다.

"됐어요. 음…… 누가 무슨 말을 했는가는 여기서 따지지 맙시다. 나는 단지……."

"물론, 애는 여기서 지낼 수 있어요."

그러자 경찰이 말했다.

"좋아요, 내 용무는 다 처리된 것 같군요."

이번에는 내가 물었다.

"저를 스윈던으로 데려가실 건가요?"

"아니."

나는 엄마와 지낼 수 있게 돼서 기뻤다.

경찰이 말했다.

"남편분이 나타나서 말썽을 일으키면 우리에게 전화를 꼭 주세요. 그렇지 않으면 당신들끼리 문제를 해결해야 할 겁니다."

그리고 경찰은 가 버렸다.

나는 토마토 수프를 먹었고, 시어즈 씨는 빈 방에 있던 상자들을 한쪽으로 쌓고는 바닥에 공기를 넣는 매트리스를 깔아 내 잠자리를 만들었다.

그리고 나는 잠자리에 들었다.

나는 사람들이 아파트에서 고함을 지르는 소리에 잠에서 깼다. 새벽 2시 31분이었다. 그들 중 한 명은 아빠였다. 나는 겁이 났다. 하지만 그 빈 방에는 잠금장치가 없었다.

아빠가 소리쳤다.

"당신이 좋든 싫든 나는 애 엄마와 얘기를 할 거야. 당신 같은 사람한테 이래라저래라 하는 말을 듣지는 않겠어."

엄마가 소리쳤다.

"로저, 그러지 말아요. 그냥⋯⋯."

시어즈 씨가 소리쳤다.

"내 집에서 저런 말을 듣고만 있을 수는 없어."

아빠가 소리쳤다.

"내가 얼마나 욕을 잘하는지 보여 줄까?"

엄마가 소리쳤다.

"당신은 여기 있을 권리가 없어요."

아빠가 소리쳤다.

"권리가 없다고? 권리가 없다고? 그 애는 내 아들놈이야. 까맣게 잊어버린 모양이지?"

"세상에, 애한테 그런 말을 하다니 당신이 어떤 짓을 저질렀는지 알기나 해요?"

"내가 뭘 잘못했는데? 떠난 사람은 바로 당신이야."

엄마가 소리쳤다.

"그래서 저 애 인생에서 나를 싹 지워 버리기로 결심했어요?"

시어즈 씨가 소리쳤다.

"자, 우리 모두 진정합시다."

아빠가 소리쳤다.

"좋아, 당신이 원했던 게 그게 아니었나?"

"나는 매주 애한테 편지를 썼어요. 매주."

"편지라고 했어? 편지를 쓰는 게 대체 무슨 소용이 있어?"

시어즈 씨가 소리쳤다.

"자, 자, 자, 진정들 해요."

"나는 애한테 요리를 해 주고, 옷을 빨아 주고, 주말마다 애 옆에 붙어 있었어. 어디가 아프면 간호해 주고 병원에도 데리고 갔어. 밤중에 애가 사라져 버릴 때마다 내가 병에 걸리는 건 아닌가 걱정했어. 그리고 애가 학교에서 싸움을 할 때마다 학교로 불려갔어. 그런데 당신은 뭘 했지? 애한테 빌어먹을 편지 몇 통 썼다고 할 일 다 했다는 거야?"

"그래서 애한테 엄마가 죽었다고 말해도 된다는 거예요?"

시어즈 씨가 소리쳤다.

"지금은 너무 늦은 시간이에요."

아빠가 소리쳤다.

"당신은 빠져. 안 그러면……."

엄마가 소리쳤다.

"에드, 제발……."

"애를 봐야겠어. 나를 말리기만 해 봐. 그러면……."

아빠는 이렇게 소리치고는 내가 자고 있던 방 안으로 들어왔다. 하지만 나는 아빠가 나를 잡을 경우에 대비해 스위스제 군용 칼의 톱날을 세워 꼭 쥐고 있었다. 엄마도 따라서 방 안으로 들어왔다. 엄마가 말했다.

"괜찮아, 크리스토퍼. 아빠가 아무 짓도 못하게 할게. 괜찮아."

아빠는 내 침대 옆에 쭈그리고 앉은 다음 말했다.

"크리스토퍼?"

하지만 나는 잠자코 있었다.

"크리스토퍼, 정말 진심으로 미안하다. 웰링턴, 편지, 네가 도망칠 수밖에 없게 한 그 모든 것들에 대해서 말이야. 결코 그럴 의도는 아니었어. ……앞으로 두 번 다시는 그런 짓들을 하지 않으마. 약속할게. 자, 어서, 애야."

그러고는 오른손을 들어 손가락을 부채처럼 펼쳐서 내가 자신의 손가락을 만질 수 있게 했다. 하지만 나는 겁이 나서 그렇게 하지 않았다.

"제길, 크리스토퍼. 제발."

아빠의 얼굴 위로 눈물이 흘러내리고 있었다.

한동안 아무도 말이 없었다.

잠시 후 엄마가 말했다.

"이제 그만 가요."

그건 아빠에게 하는 말이었다.

그때 그 경찰이 돌아왔다. 시어즈 씨가 경찰서에 전화를 한

것이다. 그 경찰은 아빠에게 진정하라고 말하며 아빠를 데리고
아파트를 나갔다.

엄마가 말했다.

"이제 다시 자렴. 모든 일이 잘 풀릴 거야. 약속할게."

나는 다시 잠들었다.

229

잠들었을 때 나는 가장 좋아하는 꿈을 꾸었다. 어떨 때는 낮에도 꿈을 꾸긴 하지만 그건 백일몽이고 주로 밤에 꿈을 꾼다.

그 꿈에서는 세상의 거의 모든 사람들이 죽는다. 바이러스에 감염되었기 때문이다. 하지만 그건 보통 바이러스가 아니라 컴퓨터 바이러스와 비슷한 것이다. 그리고 사람들은 감염된 사람이 하는 말의 의미와 그들이 말할 때 짓는 얼굴 표정의 의미 때문에 그 병에 걸린다. 그 말은 감염된 사람이 TV에 나온 걸 보기만 해도 병에 걸릴 수 있다는 얘기다. 그래서 그것은 삽시간에 온 세상으로 퍼진다.

그 바이러스에 감염되면 소파에 우두커니 앉아 아무 일도 하지 않게 된다. 그 사람은 먹지도, 마시지도 않다가 결국은 죽는다. 어떨 때는 그 꿈의 다른 버전이 나타나기도 한다. 한 영화의 두 가지 버전, 그러니까 '블레이드 러너'의 일반용 버전과 감독용 버전을 볼 수 있는 것처럼 말이다. 그리고 또 어떤 버전에서는 바이러스 때문에 사람들이 차 충돌사고를 일으키거나 바다로 걸어 들어가 익사하거나 강으로 몸을 던진다. 내 생각엔 이 버전이 더 좋은 것 같다. 사람들이 죽어 있는 시체들이 어느 곳에서도 보이지 않기 때문이다.

그리고 마침내 이 세상에는 다른 사람의 얼굴을 쳐다보지도 않고 다음 그림들의 의미를 이해하지도 못하는 사람들을 제외하고는 단 한 사람도 살아남지 못하게 된다.

그리고 그 사람들은 나처럼 모두가 특별한 사람들이다. 그들은 혼자 있는 걸 좋아하며 좀처럼 사람들 눈에 띄지 않는다. 그들은 콩고의 정글에 사는 영양의 한 종류인 오카피처럼 매우 수줍음을 타고 그 수도 극히 적기 때문이다.

그리고 원하기만 하면 나는 이 세상 어디든지 갈 수 있다. 그리고 그 누구도 내게 말을 걸지 않고 내 몸에 손을 대지도 않으며 질문을 하지도 않으리라는 걸 안다. 하지만 내가 원하지 않으면 나는 아무 데도 갈 필요가 없다. 나는 집에서 머물면서 언제나 브로콜리와 오렌지 주스와 감초 사탕을 먹을 수 있다. 아니면 일주일 내내 컴퓨터 게임을 할 수도 있고, 방구석에 앉아서 1파운드 동전을 라디에이터의 표면에 앞뒤로 문질러서 물결 모양을 만들 수도 있다. 그리고 프랑스에 갈 필요도 없다.

그리고 나는 아빠의 집 밖으로 나와서 거리를 걸어간다. 한낮인데도 그곳은 아주 조용해서 새가 지저귀는 소리와 바람소리, 그리고 이따금 먼 곳에서 건물들이 무너져 내리는 소리 말고는 아무 소리도 들리지 않는다. 그리고 내가 신호등에 아주 가깝게 서 있다면 신호등의 색이 바뀔 때마다 찰칵하는 작은 소리를 들을 수 있다.

나는 다른 사람들 집으로 들어가 탐정 놀이를 한다. 사람들이 죽었기 때문에 나는 유리창을 깨야만 안으로 들어갈 수 있다. 하지만 문제 될 것은 없다. 나는 가게로 들어가 분홍색 비스킷, PJ산 나무딸기, 망고 스무디(과일을 믹서로 갈아 우유, 요구르트, 아이스크림, 얼음과 뒤섞은 걸쭉한 음료 : 역주), 컴퓨터 게임, 책, 비디오와 같이 내가 원하는 물건들을 가지고 나온다.

나는 아빠의 트럭에서 사다리를 꺼내 지붕 위로 올라간다. 그리고 지붕 가장자리까지 가면 다시 사다리를 걸치고 다음 지붕으로 간다. 꿈속에선 뭐든 가능하니까.

나는 누군가의 자동차 열쇠를 발견한다. 그러고는 그 차를 타고 운전을 한다. 차가 무엇엔가 부딪혀도 문제 될 건 없다. 나는 바다까지 차를 몰고 간 다음 차를 세우고 내린다. 그곳엔 폭우가 쏟아지고 있다. 나는 바닷가 가게에 있는 아이스크림을 꺼내 먹는다. 그러고는 바닷가로 걸어 내려간다. 바닷가는 모래와 큰 바위로 뒤덮여 있고, 그 끝에는 등대가 있다. 하지만 등대지기도 죽었기 때문에 불이 밝혀져 있지는 않다.

내가 서 있는 곳까지 파도가 밀려 들어와 내 신발 위를 적신다. 상어가 있을지도 몰라서 헤엄치러 바다로 들어가지는 않는다. 나는 수평선을 바라본다. 그리고 오래된 쇠자를 집어 바다와 하늘 사이에 있는 선에다 맞추어 본다. 수평선은 휘어져 있고 따라서 지구가 둥글다는 것을 증명한 셈이다. 음악이나 드럼 연주처럼, 파도가 밀려와 내 신발까지 찼다가 다시 빠지는 것에도 리듬이 있다.

그리고 사람들이 죽은 집에 들어가 마른 옷가지들을 구한다. 그리고 아빠의 집으로 돌아온다. 사실 이젠 더 이상 아빠의 집은 아니다. 그것은 나의 집이다. 그리고 나는 직접 빨간 식용 색소가 들어간 '고비 알루 색'을 만들고 마실 것으로는 딸기 셰이크를 준비한다. 그러고는 태양계에 관한 비디오를 본 다음 컴퓨터 게임을 조금 하고 잠자리에 든다.

  그러자 그 꿈이 끝났고 나는 행복했다.

233

다음 날 아침 나는 아침 식사로 기름에 볶은 토마토와 엄마가
냄비에 데운 푸른 콩 한 접시를 비웠다.

한참 아침을 먹고 있는데 시어즈 씨가 말했다.

"좋아, 며칠간은 데리고 있어도 돼."

그러자 엄마가 말했다.

"아이가 원한다면 언제까지라도 여기서 지내게 할 거예요."

시어즈 씨가 말했다.

"이 아파트는 둘이 살기에도 비좁아. 셋은 말할 것도 없지."

엄마가 말했다.

"애가 듣고 있어요."

"그 애가 뭘 하면서 지내겠어? 애가 다닐 학교도 마땅치 않고

우리는 맞벌이를 하잖아. 그건 정말 바보 같은 짓이야."

"로저, 그만해요."

엄마는 내게 설탕을 넣은 생강차를 타 주었다. 하지만 나는 그 차를 좋아하지 않는다. 엄마가 말했다.

"네가 원한다면 언제까지라도 있어도 좋아."

시어즈 씨가 출근하고 나자 엄마는 사무실로 전화를 걸어 가족 중의 누가 죽거나 위독할 때 쓰는 특별 휴가를 냈다.

그러고는 내가 입을 겉옷과 잠옷, 칫솔, 속옷 같은 것들을 사러 나가야겠다고 말했다. 그래서 우리는 아파트를 나가 간선도로로 걸어갔다. 거긴 사람들로 붐볐다. 우리는 브렌트크로스 쇼핑센터로 가는 266번 버스를 탔다. 존 루이스 백화점 안에는 사람들이 너무 많았다. 나는 겁에 질렸고 바닥에 드러누워 비명을 질렀다. 엄마는 택시를 잡아타고 나를 집에 데려와야 했다.

그러고는 겉옷과 잠옷, 칫솔, 속옷을 사러 다시 쇼핑센터로 갔다. 나는 엄마가 돌아올 동안 빈 방에 들어가 있었다. 시어즈 씨가 무서워서 그가 쓰는 방에는 들어가고 싶지 않았다.

엄마는 나를 위해 딸기 셰이크 한 잔을 사 왔다. 그러고는 내가 입을 새 잠옷을 보여 주었다. 자주색 바탕에 파란색 별무늬가 있는 새 잠옷이었다.

"스윈던으로 돌아가야 해요."

내가 말했다.

"크리스토퍼, 여기 온 지 얼마나 됐다고 그러니?"

"A레벨 수학 시험이 있어서 전 돌아가야만 해요."

"A레벨 수학을 한다고?"

"네, 수요일과 목요일, 그리고 다음 주 금요일에 시험이 있어요."

"세상에."

"피터스 신부님이 시험 감독을 하실 거예요."

"정말 대단하구나."

"전 A학점을 받을 거예요. 이게 제가 스윈던으로 돌아가야 하는 이유예요. 하지만 아빠를 만나고 싶지는 않아요. 그래서 엄마가 함께 가 주셔야 해요."

엄마는 손을 얼굴에 대고는 크게 한숨을 내쉬었다.

"글쎄, 그게 가능할지 모르겠구나."

"하지만 저는 가야만 해요."

"그 문제는 다음에 얘기하자."

"좋아요. 하지만 저는 스윈던에 가야 해요."

"크리스토퍼, 제발."

나는 셰이크를 약간 마셨다.

그리고 한참 후 밤 10시 30분이 되자 나는 별이 보이는지 보려고 발코니로 나갔다. 하지만 구름이 잔뜩 끼어 있는 데다가 불빛 공해, 그러니까 가로등과 헤드라이트, 전조등에서 나오는 불빛과 빌딩의 불빛들이 대기 중의 미세한 입자에 반사되어 별빛을 차단해 버렸기 때문에 별빛을 찾아볼 수가 없었다. 그래서 나는 다시 안으로 들어왔다.

잠이 오지 않았다. 나는 새벽 2시 7분에 침대에서 나왔다. 시어즈 씨가 무서워서 나는 1층으로 내려가 현관을 빠져나와 챕터 거리로 들어섰다. 거리에는 아무도 없었고, 멀리서 차 소리와 사이렌 소리가 들려오긴 했지만 낮 시간보다는 조용했다. 마음이 차분해졌다. 나는 챕터 거리를 따라 걸어가면서 온갖 차들과 구름 낀 오렌지색 하늘을 배경으로 전화선들이 그려내는 무늬들, 그리고 사람들이 집 앞마당에 늘어놓은 정령 조각상, 조리 도구, 작은 인공연못, 곰 인형 같은 것들을 바라보았다.

그때 두 사람이 걸어오는 소리가 들렸다. 그래서 나는 스킵(건축현장 등에서 나오는 폐기물을 운반하는 데 쓰이는 대형 용기 : 역주)의 가장자리와 포드 화물트럭 사이에 쪼그리고 앉았다. 그들이 하는 말은 영어가 아니었다. 그들은 나를 보지 못했다. 내 발치에 있는 도랑 안에 작은 톱니바퀴 조각이 더러운 물에 잠겨 있는 게 보였다. 태엽시계에서 떨어져 나온 것 같았다.

나는 그 쓰레기통과 트럭 사이에 있는 것이 좋았다. 그래서 오랫동안 그곳에 머물러 있었다. 나는 거리를 바라보았다. 보이는 색이라고는 오렌지색과 검은색, 그리고 그 둘을 섞어 놓은 색뿐이었다. 그래서 그 자동차들이 낮에 무슨 색으로 보이는지는 알 수 없었다. 문득 십자가로 모자이크 문양을 만들 수 있는지 알고 싶었다. 나는 궁리 끝에 머릿속으로 이런 그림을 상상해 낼 수 있었다.

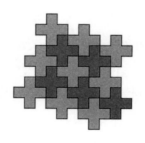

그때 엄마가 외치는 소리가 들렸다.

"크리스토퍼! 크리스토퍼!"

엄마는 거리를 허둥지둥 뛰어 내려오고 있었다. 그래서 나는 쓰레기통과 트럭 사이에서 나왔다. 엄마는 내게 뛰어오더니 말했다.

"하느님 맙소사."

그러고는 내 앞에 서서 내 얼굴을 손가락으로 가리키며 말했다.

"한 번이라도 이런 짓을 다시 저지른다면, 크리스토퍼, 널 사랑하긴 하지만, 내가 어떻게 할지는 나도 장담하지 못하겠구나."

엄마는 다시는 나 혼자서 아파트를 떠나지 않겠다고 약속하라고 했다. 왜냐하면 그건 위험한 일이고, 런던 사람은 모두가 낯선 사람들이라 믿을 수가 없다는 것이었다. 그리고 다음 날 엄마는 다시 장을 보러 가면서 누가 초인종을 누르더라도 절대로 문을 열어 줘서는 안 된다고 당부했다. 엄마는 토비에게 줄 먹이와 세 편의 스타트랙 비디오를 들고 돌아왔다. 나는 시어즈 씨가 집으로 돌아올 때까지 거실에 앉아 영화를 봤다. 그러고는 다시 빈 방으로 들어갔다. 나는 런던 NW2 5NG 챕터 거리 451c에 마당이 있었으면 했지만 마당은 없었다.

그다음 날 엄마가 일하는 사무실에서 전화가 왔다. 그러고는 이제 그 직장에서 일을 할 수 없게 되었다고 했다. 엄마를 대신해서 사람을 구했다는 것이었다. 엄마는 화가 단단히 나서 이건 불법이니 고소하겠다고 말했다. 하지만 시어즈 씨가 말했다.

"바보같이 굴지 마. 그 일은 임시직이란 말이야."

잠자리에 들기 전, 엄마가 빈 방에 들어왔을 때 나는 말했다.

"전 A레벨 수학 시험을 치러 스윈던에 돌아가야 해요."

엄마가 말했다.

"크리스토퍼, 지금은 안 돼. 네 아빠한테서 전화가 왔는데 엄마를 법정에 세우겠다고 으름장을 놓았다는구나. 로저한테 그 얘기를 전해 들었어. 지금은 시기가 좋지 않아."

"하지만 전 돌아가야 해요. 왜냐하면 그건 예정된 일이고, 피터스 신부님이 시험 감독을 하신단 말이에요."

"잘 들어, 그건 그저 시험일 뿐이야. 엄마가 학교에 전화를 하면 다음으로 미룰 수 있어. 너는 다음에 그 시험을 칠 수 있어."

"다음엔 그 시험을 칠 수 없어요. 그건 예정된 일이에요. 그리고 전 복습도 많이 했어요. 교장 선생님이 학교에 있는 교실을 써도 좋다고 하셨다고요."

"크리스토퍼, 엄마는 지금 간신히 정신을 차리고 있어. 하지만 까무러치기 일보 직전이야. 알겠니? 그러니까 엄마한테 좀 시간을……."

엄마는 말을 멈추고 손을 입에다 대고는 일어서서 방을 나갔다. 나는 지하철에 있을 때처럼 가슴에서 통증을 느끼기 시작했다. 스윈던으로 돌아가서 A레벨 시험을 보지 못할 거라는 생각이 들었기 때문이다.

나는 식탁이 있는 방의 창 밖을 내다보며 그날이 아주 좋은 날, 좋은 날, 특별히 좋은 날, 우울한 날 중 어떤 날이 될지 알아보려고 거리에 있는 차들의 숫자를 셌다. 하지만 그건 학교로 가는 버스에 타고 있을 때하고는 달랐다. 지금은 얼마든지 오랫동안 창 밖을 볼 수 있어서 원하는 만큼의 차들을 볼 수 있기 때문이다. 나는 세 시간 동안 창 밖을 내다보면서, 연속해서 다섯 대의 빨간 차와 네 대의 노란차를 보았다. 그 말은 그날이 좋은 날과 암울한 날, 둘 다라는 뜻이라서 규칙은 더 이상 의미가 없었다. 하지만 차들을 세는 데 집중한다면 내가 A레벨 시험과 가슴의 통증에 대해서 생각하는 걸 멈출 수 있을 것이다.

오후에 엄마는 택시를 타고 나를 햄스테드 언덕으로 데려갔다. 우리는 언덕 꼭대기에 앉아서 비행기들이 히스로 공항으로 들어가는 모습을 바라보았다. 그리고 나는 아이스크림 차에서 빨간색 아이스크림을 사 먹었다. 엄마는 교장 선생님에게 전화를 해서 내가 A레벨 수학 시험을 내년에 볼 거라고 얘기했다고 말했다. 나는 빨간색 아이스크림을 던져 버리고 한참 동안 비명을 질렀다. 가슴의 통증이 너무 심해서 나는 숨쉬기조차 힘들었다. 한 남자가 다가오더니 내가 괜찮은지 물었다. 그러자 엄마가 말했다.

"당신 눈에는 이게 어떻게 보이죠?"

그러자 그는 가 버렸다.

내가 비명을 지르다가 기진맥진하자 엄마는 나를 다른 택시에 태워 아파트로 돌아왔다. 다음 날은 토요일이었는데 엄마는 시어즈 씨에게 도서관에 가서 과학과 수학에 대한 책들을 몇 권 빌려 오라고 말했다. 그 책들은 『백 가지의 퍼즐』과 『우주와 원자력의 기원』이라는 제목이었다. 하지만 그것들은 애들이나 읽는 것이었고, 썩 좋은 책도 아니었다. 그래서 나는 그 책들을 읽지 않았다. 시어즈 씨가 말했다.

"애쓴 보람이 전혀 없군."

나는 햄스테드 언덕에서 빨간 아이스크림을 먹다 버린 뒤로 아무것도 입에 대지 않았다. 그래서 엄마는 내가 아주 어렸을 때처럼 별이 있는 도표를 만들어 주었다. 그리고 계량용기에다가 딸기로 맛을 낸 컴플란(유아식품의 일종 : 역주)을 붓고 내가 그걸 200밀리리터 마시면 동별을, 400밀리리터를 마시면 은별을, 그리고 600밀리리터를 마시면 금별을 주었다.

엄마와 시어즈 씨가 말다툼을 벌일 때 나는 주방에 있던 작은 라디오를 들고 나와서는 빈 방에 들어가 앉았다. 그리고 두 군데의 방송 채널 사이에 주파수를 맞춰서 하얀 소음만이 들리도록 했다. 그러고는 아주 시끄러울 정도로 볼륨을 높이고 라디오를 내 귀에 갖다 댔다. 그러자 그 소리가 내 머릿속을 가득 채웠다. 그것이 워낙 고통스러웠기 때문에 내 가슴의 통증처럼 다른 어떤 종류의 고통도 느낄 수 없었다. 엄마와 시어즈 씨가 다투는 소리도 들리지 않았고, A 레벨 수학 시험이나 런던 NW2 5NG 챕터 거리 451c에 마당이 없다는 사실, 그리고 내가 별을 볼 수 없다는 사실에 대해서도 생각할 수가 없었다.

그러고는 월요일이 되었다. 한밤중이었는데 시어즈 씨가 방 안으로 들어와 나를 깨웠다. 그는 맥주를 마시고 취해 있었다. 그에게서 아빠가 로드리 아저씨와 맥주를 마시고 들어왔을 때와 같은 냄새가 났다. 그가 말했다.

"너는 너 자신이 엄청 똑똑하다고 생각하지. 그렇지? 넌 다른 사람에 대해서는 눈곱만큼도 생각을 안 해, 맞지? 좋아, 장담하지만 넌 지금 너 자신에 대해 대만족일 거야. 안 그러냐?"

그때 엄마가 들어와서 그를 방 밖으로 떠밀고는 말했다.

"크리스토퍼, 미안해. 정말 미안하다."

다음 날 아침 시어즈 씨가 출근하고 나자 엄마는 옷가지들을 여행 가방 두 개에 챙겨 넣고는 내게 토비를 데리고 아래층으로 가서 차에 타라고 했다. 엄마는 여행 가방들을 트렁크에 싣고 차를 몰아 그곳을 떠났다. 하지만 그건 시어즈 씨의 차였다. 내가 물었다.

"이 차를 훔치고 있는 거예요?"

"잠시 빌리는 것뿐이야."

"어디로 가는 거죠?"

"집으로 가는 거야."

"스윈던에 있는 집을 말씀하시는 거예요?"

"그래."

"아빠도 거기 있을 건가요?"

"부탁이다. 크리스토퍼, 제발 지금은 엄마를 가만히 놔 두렴."

"아빠와 있긴 싫어요."

"틀림없이…… 꼭…… 잘될 거야. 크리스토퍼, 알겠니? 모든 게 잘될 거야."

"우리가 스윈던으로 돌아가면 A레벨 수학 시험을 볼 수 있는 건가요?"

"뭐라고?"

"그러니까 내일 있을 A레벨 수학 시험 말이에요."

그러자 엄마는 아주 천천히 이야기했다.

"우리가 스윈던으로 돌아가는 이유는 우리가 계속 런던에 머물면 누군가 상처를 받게 되기 때문이야. 그게 꼭 너라는 말은 아니야."

"무슨 뜻이에요?"

"이제 잠깐 동안만 조용히 있어 주면 좋겠구나."

"내가 얼마 동안 조용히 있는 걸 원하세요?"

"맙소사. 그래, 30분. 크리스토퍼, 30분만 조용히 있어 다오."

우리는 3시간 12분이나 걸리는 먼 길을 무릅쓰고 스윈던까지 차를 몰았다. 도중에 기름이 떨어져 잠깐 쉬어야 했다. 엄마가 밀키바를 사다 주었지만 나는 먹지 않았다. 그리고 우리는 긴 교통정체 구간에 들어섰다. 다른 도로에서 발생한 사고를 보느라고 사람들이 속력을 늦추었기 때문이다. 나는 사람들이 속력을 늦추는 것이 교통정체의 유일한 원인인지 아닌지, 그리고 a) 교통량, b) 주행속도, c) 앞에서 가고 있는 차가 브레이크를 밟는 것을 보았을 때 운전자가 얼마나 빨리 브레이크를 밟는가, 이 세 가지가 교통정체에 얼마나 영향을 미치는가를 알아 볼 수 있는 공식을 세워 보려고 했다. 하지만 나는 간밤에 A레벨 수학 시험을 볼 수 없다는 생각을 하느라 잠을 자지 못했기 때문에 무척이나 피곤했다. 나는 잠이 들어 버렸다.

스윈던에 도착하자 우리는 엄마가 가지고 있던 열쇠로 문을 따고 집 안으로 들어갔다.

"아무도 없어요?"

하지만 집 안에는 사람이 없었다. 오후 1시 23분이었기 때문
이다. 나는 겁이 났다. 하지만 엄마는 내게 아무 일 없을 거라고
말했다. 나는 내 방으로 올라가 문을 닫았다. 나는 토비를 주머
니에서 꺼내서 방바닥에 풀어 주었다. 나는 지뢰 찾기 게임을
하면서 놀았다. 나는 174초 만에 전문가용 버전을 끝냈다. 내 최
고기록보다는 75초가 더 걸렸다.

오후 6시 35분이 되었다. 나는 아빠가 트럭을 몰고 집으로 오
는 소리를 들었다. 나는 아빠가 들어오지 못하도록 침대를 옮겨
문에다가 기대어 놓았다. 아빠가 집 안으로 들어왔다. 아빠와
엄마는 서로 목청을 높이기 시작했다.

"대체 어떻게 안에 들어왔지?"

엄마가 소리쳤다.

"잊어버렸나 본데 여긴 내 집이기도 해요."

"그 제멋대로인 녀석도 여기 있는 거야?"

그때 나는 테리 삼촌이 사 준 봉고 드럼을 집어 들었다. 그리
고 방 귀퉁이로 가서 무릎을 꿇은 다음 양 벽 사이에 머리를 들
이밀고는 드럼을 두드리며 끙끙 앓는 소리를 냈다. 나는 한 시
간 동안 그러고 있었다. 엄마가 들어오더니 아빠는 가고 없다고

말했다. 당분간 아빠는 로드리 아저씨와 지낼 거라고 말했다. 그리고 2, 3주 안으로 우리 둘이 살 집을 갖게 될 거라고 했다.

나는 정원으로 가서 창고 뒤에 숨겨 두었던 토비 우리를 찾아냈다. 그리고 집 안으로 들고 들어와 깨끗이 닦은 다음 토비를 우리 안에 집어넣었다.

그리고 엄마에게 다음 날 있는 A레벨 수학 시험을 볼 수 있는지 물어보았다.

"미안하다, 크리스토퍼."

"A레벨 수학 시험을 볼 수 있는 거예요?"

"엄마 말을 귀담아듣지 않는구나. 크리스토퍼."

"듣고 있어요."

"말했잖니? 교장 선생님에게 전화를 했다고. 네가 런던에 있었을 때 말이야. 네가 내년에 그 시험을 볼 거라고 말씀드렸어."

"하지만 지금은 이곳에 있으니까 시험을 볼 수 있잖아요."

"미안하다, 크리스토퍼. 나는 제대로 일처리를 하려고 했던 거지, 엉망으로 만들려고 했던 건 아니야."

내 가슴이 다시 아파 오기 시작했다. 그래서 나는 팔짱을 낀 채 몸을 앞뒤로 흔들면서 끙끙거렸다.

"우리가 돌아오게 될 줄은 몰랐어."

하지만 나는 계속해서 끙끙거리며 몸을 앞뒤로 흔들었다.

"얘, 그런다고 문제가 해결되지는 않아."

엄마는 내가 가지고 있는 '푸른 별 지구'라는 비디오 중 한 편을 보고 싶은지 물었다. 그것은 북극 빙하 밑에 서식하는 생물들이나 혹등고래의 이동에 대한 필름이었다. 하지만 나는 아무런 말도 하지 않았다. 내가 A레벨 수학 시험을 보지 못하리라는 것을 알았기 때문이다. 그것은 엄지손가락을 라디에이터에 대고 누르는 것과 같았다. "앗, 뜨거!" 하는 사이에 통증이 시작되고 울고 싶을 지경이 된다. 그리고 그 아픔은 엄지손가락을 라디에이터에서 떼고 난 다음에도 계속된다.

그러자 엄마는 내게 당근과 브로콜리와 케첩 요리를 해 주었다. 하지만 나는 그것들을 먹지 않았다.

그리고 밤에 잠을 자지도 않았다.

다음 날 버스를 놓치는 바람에 엄마는 시어즈 씨의 차를 몰고 나를 학교로 데려다 주었다. 우리가 차에 타고 있을 때 시어즈 부인이 길을 건너오더니 엄마에게 말했다.

"이 철면피 같은 인간아."

엄마가 말했다.

"차에 타거라, 크리스토퍼."

하지만 문이 잠겨 있어서 차에 탈 수가 없었다.

시어즈 부인이 말했다.

"결국엔 그가 너도 걷어찬 모양이지?"

엄마는 차문을 열어 차에 타고는 내가 서 있는 쪽의 차문을 열어 주었다. 내가 차에 탄 뒤 우리는 차를 몰고 그곳을 벗어났다.

우리가 학교에 도착했을 때 시오반 선생님이 말했다.

"크리스토퍼 엄마시군요."

그리고 나를 다시 보게 돼서 기쁘다고 하면서 내가 괜찮은지 물었다. 나는 피곤하다고 말했다. 엄마는 내가 A레벨 수학 시험을 보지 못하게 돼서 충격을 받은 나머지 제대로 먹지도, 자지도 못했다고 설명했다.

엄마가 떠나자 나는 가슴의 통증을 잊기 위해서 원근법을 사용해 버스의 그림을 그렸다.

점심 시간 후에 시오반 선생님은, 자신이 교장 선생님과 얘기를 해 보았는데, 아직도 내 수학 시험지가 3개의 봉투 안에 밀봉된 채 책상 안에 보관되어 있다는 말을 들었다고 했다.

그래서 나는 지금이라도 A레벨 시험을 볼 수 있는 건지 물어봤다.

그러자 시오반 선생님이 말했다.

"가능할 것 같구나, 이따 오후에 피터스 신부님에게 전화를 해서 네 시험 감독을 해 주실 수 있는지 확인해 보기로 했어. 교장 선생님은 심사위원회에 네가 결국 시험을 치르기로 했다는 내용의 서한을 보낼 거야. 그들이 수락할 거라고 생각해. 꼭 그렇다고 단정할 수는 없지만."

그리고 잠깐 말을 멈추었다가 다시 말했다.

"네게 지금 알려 주어야 할 것 같았어. 네가 생각해 볼 수 있도록 말이야."

"제가 무엇에 대해 생각해 볼 수 있다는 거예요?"

"크리스토퍼, 시험을 보는 게 네가 원하는 일이니?"

나는 그 질문에 대해 생각해 보았다. 나는 어떻게 대답할지 확신이 서지 않았다. A레벨 수학 시험을 보고는 싶었지만 나는 아주 피곤한 상태였다. 수학에 대해 생각해 보려 했을 때 내 머리가 제대로 돌아가지 않았다. 나는 X보다 크지 않은 소수의 근사치를 구하는 수학공식과 같은, 내가 분명히 알고 있는 내용들에 대해서 기억해 보려고 했다. 하지만 기억이 나지 않았다. 그러자 겁이 덜컥 났다.

시오반 선생님이 말했다.

"꼭 해야 하는 건 아니야. 크리스토퍼, 네가 시험을 보고 싶지 않다고 말하더라도 네게 화를 낼 사람은 아무도 없어. 그건 잘못도, 불법도, 바보 짓도 아니야. 단지 네가 하고 싶은 대로 하면 되고, 아무런 문제도 없어."

"시험을 보고 싶어요."

내 시간표에 있는 일들을 뒤로 미루고 나중에 다시 그 일을 해야만 하는 게 싫었기 때문이다. 그때마다 나는 속이 메스꺼웠다. 시오반 선생님이 말했다.

"좋아."

시오반 선생님은 피터스 신부님에게 전화를 했고, 신부님은 오후 3시 27분에 학교에 왔다. 그가 말했다.

"자, 젊은이, 이제 시작해 볼까?"

나는 미술실에 앉아 A레벨 수학 문제 1번을 풀었다. 그리고 감독관인 피터스 신부님은 내가 시험을 보는 동안 책상에 앉아 샌드위치를 먹으면서 디트리히 본회퍼의 『제자도』를 읽었다. 그리고 시험 중간에 밖에 나가 창 밖에서 담배를 피웠다. 하지만 창을 통해 나를 감시하지는 않았다.

나는 문제지를 펼치고 죽 읽어 보았다. 푸는 방법이 생각나는 문제가 하나도 없었다. 제대로 숨을 쉴 수가 없었다. 아무나 붙잡고 때리거나 스위스제 군용 칼로 찌르고 싶었다. 하지만 내가 때리거나 스위스제 군용 칼로 찌를 사람이 그곳에는 없었다. 피터스 신부님이 있긴 했지만 그는 아주 키가 큰 데다가 내가 그를 스위스제 군용 칼로 찌르면 남은 시험에 감독관으로 올 수 없을 것이다.

그래서 나는 학교에서 누군가를 때리고 싶을 때 하라고 시오반 선생님이 일러 준 대로 깊이 숨을 쉬었다. 그리고 이렇게 자연수의 세제곱을 하면서 50까지 헤아렸다.

1, 8, 27, 64, 25, 216, 343, 512, 729, 1000, 1331, 1728, 2197, 2744, 3375, 4096, 4913……

그러자 조금은 진정되는 기분이었다. 하지만 시험 시간 2시간 가운데 이미 20분이 지나가 버렸다. 그래서 나는 정말 빠른 속도로 문제를 풀어야 했다. 답을 다시 검토할 시간은 없었다.

그리고 그날 밤 내가 집에 돌아온 지 얼마 지나지 않아 아빠가 왔다. 나는 비명을 질렀지만 엄마는 내게 안 좋은 일이 일어나도록 그냥 놔 두지는 않을 거라고 말했다. 나는 정원으로 들어가 드러누워 하늘의 별들을 바라보며 나 자신이 아주 미미한 존재라는 사실을 다시금 떠올렸다. 아빠가 집 밖으로 나와 나를 한참 동안 바라보더니 울타리를 주먹으로 쳐서 구멍을 만들었다. 그러고는 가 버렸다.

나는 그날 밤 A레벨 수학 공부를 하느라 조금밖에 자지 못했다. 그리고 아침에 시금치를 조금 먹었다.

그리고 다음 날 나는 문제 2를 풀었다. 피터스 신부님은 『제자도』를 읽었지만 담배를 피우지는 않았다. 그리고 시험 전에 시오반 선생님이 나를 화장실로 데려다 주었다. 그러고는 내가 앉아서 깊이 숨을 쉬며 수를 세도록 시켰다.

그날 저녁 내가 컴퓨터로 '일레븐스 아워'를 하고 있을 때 택시 한 대가 집 밖에 멈춰 섰다. 시어즈 씨가 타고 있었는데 그는 택시에서 내리더니 엄마의 물건들을 담은 큰 종이상자를 잔디밭에 집어 던졌다. 헤어드라이어와 속옷 몇 벌, 로레알 샴푸, 그리고 시리얼 한 상자와 앤드루 머튼의 『다이애나 그녀의 진실』, 질리 쿠퍼의 『라이벌』이라는 책 두 권, 그리고 내 사진이 들어 있는 은색 액자가 그 안에 있었다. 액자 유리는 상자가 잔디에 떨어질 때 깨졌다.

그는 주머니에서 열쇠고리를 꺼내 자기 차에 타더니 시동을 걸었다. 엄마가 집 안에서 뛰쳐나와 도로로 뛰어들어 소리쳤다.

"다시는 날 귀찮게 하지 마!"

엄마는 떠나는 차에다 시리얼 상자를 집어 던졌고 그건 트렁크에 부딪혔다. 엄마가 이런 행동을 하고 있는 동안 시어즈 부인이 자기 집 창문에서 내다보고 있었다.

그다음 날 나는 문제 3을 풀었다. 피터스 신부님은 〈데일리 메일〉을 읽었고, 담배를 세 대 피웠다.

내가 가장 마음에 들었던 문제는 이것이다.

다음을 증명하시오.

세 변이 n^2+1, n^2-1, $2n$(단, $n>1$일 경우)으로 표시되는 삼각형은 직각삼각형이다.

반대되는 한 예를 들어 그 역은 성립하지 않음을 증명하시오.

나는 그 물음에 대한 나의 풀이를 이 책에 쓸 작정이었다. 시오반 선생님은 그것이 그다지 흥미로운 내용이 아니라고 했다. 하지만 나는 그렇지 않다고 했다. 그러자 시오반 선생님은 본문에다가 그 수학 문제의 답을 실으면 사람들이 읽고 싶어 하지 않을 거라고 하면서 책 뒤에 있는 부록에다가 그 답을 적어서 원하는 사람들만 읽을 수 있도록 하는 게 좋을 것 같다고 했다. 나는 그렇게 했다.

가슴이 그다지 아프지 않아서 숨쉬기가 한결 쉬웠다. 하지만 여전히 속이 울렁거렸다. 시험을 잘 쳤는지도 알 수 없었고, 교장 선생님이 내가 그 시험을 보지 않을 거라고 통보한 후라 심사위원회에서 내 시험 답안지를 심사 대상으로 인정해 줄지도 알 수 없었다.

일식이나 크리스마스에 현미경을 선물받는 것 같은 신나는 일이 곧 일어나리라는 걸 안다면 그건 최고로 좋은 일이다. 그리고 치과에 가거나 프랑스에 가는 것처럼 안 좋은 일이 일어날 것을 미리 아는 건 기분 나쁜 일이다. 하지만 내 생각으론, 최악의 경우는 좋은 일이 생길지 나쁜 일이 생길지 알 수 없을 때인 것 같다.

그날 밤 아빠가 집에 들렀다. 나는 소파에 앉아 〈우주로의 도전〉이라는 잡지를 보면서 과학 영역의 퀴즈들을 풀어 보고 있었다. 아빠는 거실 현관에 서서 말했다.

"소리 지르지 말아라. 괜찮아, 크리스토퍼. 너를 다치게 하지 않을 거야."

엄마가 아빠의 등 뒤에 서 있었기 때문에 나는 비명을 지르지 않았다. 아빠는 좀 더 가까이 다가오더니 개에게 자신이 공격할 의도가 없다는 걸 보여 줄 때처럼 몸을 쪼그리고 앉았다.

"시험은 잘 봤니?"

하지만 나는 아무 말도 하지 않았다.

"얘기하지 그러니, 크리스토퍼."

하지만 나는 여전히 잠자코 있었다.

엄마가 말했다.

"부탁할게, 크리스토퍼."

"문제를 맞게 풀었는지 잘 모르겠어요. 너무 피곤했고, 음식도 전혀 먹지 않은 상태여서 제대로 생각할 수가 없었어요."

아빠는 고개를 끄덕였고, 잠시 아무런 말도 하지 않았다. 그러고는 말했다.

"고맙다."

"뭐가요?"

"그냥…… 고마워. 네가 너무 자랑스럽구나. 크리스토퍼. 정말 대단해. 네가 잘 해낼 줄 알고 있었어."

그리고 아빠는 가 버렸다. 나는 잡지의 나머지 부분을 읽었다.

그다음 주에 아빠는 엄마에게 집을 비워 달라고 했다. 하지만 아파트를 빌릴 만한 돈을 가지고 있지 않아서 엄마는 그럴 처지가 못 되었다. 나는 아빠가 웰링턴을 죽인 혐의로 체포되어 감옥에 가게 되는지 물어보았다. 아빠가 감옥에 간다면 우리가 이 집에서 살 수 있기 때문이다. 하지만 엄마는 경찰이 아빠를 체포하려면 반드시 시어즈 부인이 고소를 해야 한다고 했다. 그건 경찰에게 누군가가 죄를 지었으니 체포해 달라고 말하는 것이다. 사소한 범죄의 경우에는 요청 없이 체포할 수는 없기 때문이다. 엄마는 개를 죽이는 것은 사소한 범죄에 지나지 않다고 말했다.

하지만 그때 모든 일이 잘 풀렸다. 엄마가 한 원예용품점에 취직이 되어 카운터를 보게 되었기 때문이다. 의사는 아침마다 복용하라며 우울한 기분을 가시게 해 주는 약을 엄마에게 주었다. 하지만 현기증이 나거나 빨리 일어서다 어지러울 때는 복용을 중지하라고 했다. 우리는 커다란 빨간 벽돌집에 딸려 있는 방 한 칸으로 이사를 갔다. 침대와 주방이 같은 방 안에 있었다. 나는 그곳이 싫었다. 방은 비좁았고, 복도에는 갈색 페인트칠이 돼 있었다. 그리고 화장실과 욕조는 남들이 쓰는 걸 같이 사용했다. 엄마는 내가 그걸 쓰기 전에 청소를 해야 했다. 그렇지 않으면 나는 그걸 사용하지 않았다. 그리고 화장실에 다른 사람이 있을 때는 가끔 바지에다 오줌을 싸는 일도 있었다. 방 밖에 있는 복도에서는 고깃국물 냄새와 학교 화장실을 청소할 때 쓰는 표백제 냄새가 났다. 그리고 방 안에서는 양말 냄새와 소나무향 공기청정기 냄새가 났다.

나는 A레벨 수학 시험 결과가 나올 때까지 기다리는 것이 싫었다. 그리고 내가 앞날에 대해서 생각할 때마다 머릿속에 있는 어떤 것도 선명하게 볼 수가 없었다. 그러면 나는 당황하기 시작했다. 그래서 시오반 선생님은 내게 미래에 대해서 생각하지 말라고 했다. 시오반 선생님은 말했다.

"오직 오늘만을 생각하렴. 일어난 일들, 특히 좋은 일들에 대해서 생각하렴."

그 좋은 일 가운데 하나는 엄마가 나무로 만든 퍼즐 장난감을 사 준 일이다. 그건 이렇게 생겼다.

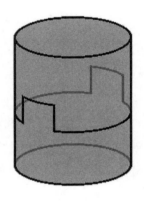

이 장난감의 윗부분을 밑 부분과 분리시켜야 한다. 그건 아주 어렵다.

그리고 또 하나 좋았던 일은 엄마가 방에 밀가루 색이 약간 가

미된 하얀색 페인트칠을 하는 걸 거들었던 일이다. 내 머리에 페인트가 묻은 것만 빼고서. 엄마는 내가 욕조 안에 있을 때 내 머리를 샴푸로 씻어내려 했지만 내가 가만히 있지를 않았다. 그래서 내 머리엔 닷새 동안 페인트가 묻어 있었다. 결국 나는 가위로 머리칼을 잘라 냈다.

하지만 좋은 일보다는 나쁜 일이 많았다.

그중 하나는 오후 5시 30분까지는 엄마가 직장에서 돌아오지 않는다는 것이었다. 그래서 나는 3시 49분에서 5시 30분까지는 아빠 집에 있어야만 했다. 엄마는 나를 혼자 놔 둘 수는 없다고 하면서 내게는 선택권이 없다고 말했다. 그래서 나는 아빠가 들어오려고 할 경우를 대비해 침대를 밀어서 문에 기대어 놓았다. 가끔 아빠는 문을 통해서 나와 얘기를 하려고 했다. 하지만 나는 대꾸하지 않았다. 아빠가 문 밖의 마룻바닥에 한참 동안 아무 말 없이 앉아 있는 기척이 들릴 때도 있었다.

그리고 또 하나 나쁜 일은 토비가 죽은 일이었다. 녀석은 2년 하고 7개월을 살았는데 그건 생쥐에게는 많은 나이다. 나는 녀석을 묻어 주고 싶다고 말했다. 하지만 엄마에겐 정원이 없었다. 그래서 나는 꽃이나 풀을 심는 커다란 플라스틱 화분에 녀석을 묻어 주었다. 내가 다른 쥐를 갖고 싶다고 말했지만 엄마는 방이 너무 비좁아서 안 된다고 했다.

나는 그 퍼즐을 풀었다. 그 장난감 안에 두개의 빗장이 걸려 있고, 그것들은 안에 금속 막대가 들어 있는 일종의 터널이라는 걸 알아냈다.

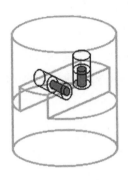

금속 막대들이 둘 다 터널 끝까지 미끄러지도록 해서 그것들이 그 장난감의 두 부분 사이에서 교차되지 않도록 적절히 들어주면 분리할 수 있게 된다.

하루는 엄마가 퇴근하고 돌아와 나를 아빠 집으로 데리고 갔다. 아빠가 말했다.

"크리스토퍼, 너랑 얘기해도 되겠니?"

"안 돼요."

그러자 엄마가 말했다.

"괜찮아 크리스토퍼, 엄마가 있어 줄게."

"아빠하고 얘기하고 싶지 않아요."

그러자 아빠가 말했다.

"우리, 타협을 하자."

그러고는 반으로 자른 커다란 플라스틱 토마토 모양의 주방용 타이머를 들고는 그것을 비틀어 돌렸다. 그러자 똑딱똑딱 시간이 가기 시작했다. 아빠가 말했다.

"5분이야, 그게 다야. 5분이 지나면 가도 좋아."

그래서 나는 소파에, 아빠는 의자에 앉았고, 엄마는 문가에 있었다. 아빠가 말했다.

"크리스토퍼, 보렴. 언제까지나 이렇게 지낼 수는 없어. 너에 대해서 잘 모르겠구나. 하지만 이건…… 이건 너무나 마음이 아프구나. 너는 집에 있어도 아빠와는 한 마디도 얘기하지 않으려 하잖니. ……네가 나를 믿을 수만 있다면 그 기간이 얼마가 걸리든 난 상관 안 해. 오늘 1분이면 내일은 2분, 그다음 날은 3분, 이렇게 일 년이 가더라도 상관없어. 왜냐하면 이건 중요한 일이니까. 이건 다른 어떤 것보다도 중요한 일이니까 말이야."

그러고는 왼손 엄지손톱 옆에서 작은 피부 각질을 떼어 냈다.

아빠가 말을 이었다.

"이 일을 이렇게 부르자꾸나. 프로젝트, 우리가 함께 해야 하는 프로젝트라고 말이야. 너는 나와 더 많은 시간을 함께 보내야 할 거야. 그리고 나는…… 나는 내가 믿을 수 있는 사람이라는 걸 네게 보여 줘야겠지. 처음에는 힘들 거야. ……왜냐하면 이건 어려운 프로젝트니까. 하지만 점점 나아질 거야. 약속하마."

그리고는 손가락 끝으로 이마 쪽을 문지르며 말했다.

"지금 당장은 뭐라고 얘기하지 않아도 돼. 생각만 해 보렴. 그리고 음…… 네게 줄 선물을 준비했어. 아빠 말이 진심이라는 걸 보여 주려고, 그리고 미안하다는 뜻으로. 그리고…… 좋아, 내가 무슨 말을 하려는지 알게 될 거야."

아빠는 의자에서 일어나 주방문으로 걸어가서 문을 열었다. 큰 종이 상자 하나가 바닥에 놓여 있었고 그 안에 담요가 있는 게 보였다. 아빠는 몸을 숙여 손을 그 안에 집어넣고는 모래 빛깔의 작은 개를 꺼냈다.

아빠는 돌아와 나에게 그 개를 주었다. 그리고 말했다.

"두 달 됐어. 녀석은 골든 리트리버야."

개가 내 무릎에 앉았다. 나는 녀석을 쓰다듬었다.

잠시 아무도 입을 열지 않았다.

그리고 아빠가 말했다.

"크리스토퍼, 다시는 결코 너를 아프게 하지 않으마."

그리고는 둘 다 말이 없었다.

그때 엄마가 방 안으로 들어와서 말했다.

"우리 집에서 키울 수는 없겠는걸. 걱정이네. 방이 너무 좁아서 말이야. 하지만 네 아빠라면 돌봐 줄 수 있을 거야. 원하면 언제든지 여기 와서 녀석을 데리고 산책을 나갈 수 있어."

"이름은 있나요?"

"네가 뭐라고 부를지 정하렴."

개가 내 손가락을 살짝 깨물었다.

그때 5분이 지나 토마토의 알람이 울렸다. 그래서 엄마와 나는 차를 몰아 엄마의 집으로 돌아왔다.

그다음 주, 천둥번개가 쳤다. 아빠의 집 근처 공원에 있는 큰 나무가 벼락에 맞아 쓰러졌다. 사람들이 와서 전기톱으로 가지를 잘라 낸 다음 통나무를 화물차에 싣고 가버렸다. 남아 있는 것이라곤 숯덩이가 된 크고 검은 그루터기가 전부였다.

그리고 나의 A레벨 수학 시험 결과가 나왔다. 나는 최고 성적인 A학점을 받았다. 나는 이런 기분이 되었다.

나는 그 개 이름을 샌디라고 붙였다. 아빠는 목사리와 줄을 사

주었다. 그리고 가게를 오가는 길에 샌디를 데리고 산책을 해도 좋다고 허락했다. 나는 고무뼈다귀를 가지고 샌디와 놀았다.

엄마가 감기가 들어 나는 사흘 동안 아빠 집에서 지내야 했다. 하지만 괜찮았다. 샌디가 내 침대에서 잠을 자기 때문에 밤중에 누가 안으로 들어오면 멍멍 짖을 것이다. 아빠는 정원에 작은 채소밭을 일구었고, 나도 아빠를 거들었다. 우리는 당근과 완두콩, 그리고 시금치를 심었다. 그것들이 알맞게 자라면 거두어서 먹을 수 있을 것이다.

나는 엄마와 서점에 가서 『A레벨 고급 수학』이란 책을 샀다. 그리고 아빠는 교장 선생님에게 내가 내년에 A레벨 고급 수학을 배울 거라고 얘기했다. 교장 선생님은 문제없다고 했다.

나는 그 과정을 무사히 통과하고 A학점을 받을 것이다. 그리고 2년 안에 A레벨 물리학을 수강하고 역시 A학점을 받을 것이다.

그때에는, 그러니까 그 과정들을 다 마치고 나면, 나는 다른 도시에 있는 대학에 가게 될 것이다. 꼭 런던이어야 하는 건 아니다. 나는 런던이 마음에 안 든다. 대학이 있는 고장들은 많이 있으며, 큰 도시에만 대학이 있는 건 아니기 때문이다. 그리고 나는 정원과 제대로 된 화장실이 있는 아파트에 살게 될 것이다. 샌디와 내 책들과 내 컴퓨터도 함께 가져 갈 수 있을 것이다.

그리고 나는 제1급 우등학위를 받게 될 것이다. 그리고 과학자가 될 것이다.

나는 내가 충분히 해낼 수 있다는 걸 알고 있다. 왜냐하면 나는 혼자 힘으로 런던까지 갔고, '누가 웰링턴을 죽였는가' 라는 미스터리를 풀었으며, 엄마의 집을 찾아냈고, 게다가 용감하기 때문이다. 그리고 나는 책까지 썼다. 그 말은 내가 뭐든지 할 수 있다는 뜻이다.

물음 다음을 증명하시오.

"세 변이 n^2+1, n^2-1, $2n$(단, $n>1$일 경우)으로 표시되는 삼각형은 직각삼각형이다."

반대되는 한 예를 들어 그 역은 성립하지 않음을 증명하시오.

풀이 먼저 세 변이 n^2+1, n^2-1, $2n$(단, $n>1$)인 삼각형에서 가장 긴 변을 결정해야 한다.

$$n^2+1-2n = (n-1)^2$$

그리고 $n>1$이라면 $(n-1)^2>0$

따라서 $n^2+1-2n>0$이다.

따라서 $n^2+1>2n$

마찬가지로 $(n^2+1)-(n^2-1)=2$

따라서 $n^2+1 > n^2-1$이다.

이는 n^2+1이 세 변이 n^2+1, n^2-1, $2n$(단, $n>1$)인 삼각형에서 가장 긴 변임을 뜻한다.
이것은 또한 다음 그래프에 의해서도 증명된다.

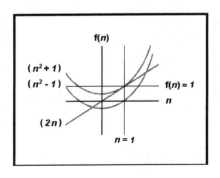

피타고라스의 정리에 의하면, 짧은 두 변의 제곱의 합이 빗변의 제곱과 같다면, 그 삼각형은 직각삼각형이다. 따라서 이 삼각형이 직각삼각형임을 증명하기 위해선 이것이 성립한다는 것을 증명할 필요가 있다.

짧은 두 변의 제곱의 합은 $(n^2-1)^2+(2n)^2$
$(n^2-1)^2+(2n)^2 = n^4-2n^2+1+4n^2 = n^4+2n^2+1$이다.

빗변의 제곱은 $(n^2+1)^2$
$(n^2+1)^2 = n^4+2n^2+1$이다.

따라서 짧은 두 변의 제곱의 합은 빗변의 제곱과 같고, 이 삼각형은 직각삼각형이다.

"세 변이 n^2+1, n^2-1, $2n$(단, $n>1$)으로 표시되는 삼각형은 직각삼각형이다."의 역은 "직각삼각형은 그 길이가 n^2+1, n^2-1, $2n$(단, $n>1$)으로 표시되는 세 변을 갖는다."이다.

반례란 세 변이 n^2+1, n^2-1, $2n$(단, $n>1$)으로 표시되지 않는 직각삼각형을 찾아낸다는 의미다.

직각삼각형 ABC의 빗변을 AB라 하자.
그리고 AB=65라 하자.
그리고 BC=60이라 하자.
그러면 CA=$\sqrt{(AB^2-BC^2)}$
$=\sqrt{(65^2-60^2)}$ = $\sqrt{(4225-3600)}$ = $\sqrt{625}$ = 25

AB=n^2+1=65라고 하자.

그러면 n=$\sqrt{(65-1)}$ =$\sqrt{64}$=8

따라서 (n^2-1)=64-1=63$\neq$BC=60$\neq$CA=25

그리고 2n=16$\neq$BC=60$\neq$CA=25

따라서 삼각형 ABC는 직각삼각형이지만 n^2+1, n^2-1, $2n$(단, $n>1$)으로 표시되는 변들을 갖지 않는다. 증명 끝.

규칙을 넘어 세상으로 나아가다

유은영

이 이야기는 액자소설처럼 주인공이 겪는 이야기와 그 이야기를 책으로 쓴 부분이 뒤섞여 있다. 이 책의 주인공이자 자신이 쓰는 책의 주인공이기도 한 15살 소년 크리스토퍼는 일종의 자폐증 환자다. 그는 노란색과 갈색을 싫어하고, 사람들이 자기 몸을 만지지 못하게 하며, 혼잡한 환경에 노출되면 힘들어한다.

크리스토퍼는 책 속에서 자신의 실제 이야기를 책으로 쓴다. 정확성, 질서, 목록, 패턴 등을 좋아하는 크리스토퍼는 순수소설에 등장하는 모호한 상상이나 수사법에 익숙하지 않다. 크리스토퍼는 자기 나름의 관점으로 세상을 바라보며 모든 것을 정확한 수치로 이해해야 마음 편하게 느낀다. 그래서 수학에 뛰어난 자질을 보이며

천문학에도 깊은 관심을 지니고 있다. 또한 사람들의 분노와 갈등과 복잡한 심리 상태를 잘 이해하지 못하며 마치 유리창 밖의 풍경을 바라보듯 덤덤하게 반응한다.

그러나 크리스토퍼의 눈을 통해 읽는 이가 바라보게 되는 세상은 결코 무미건조한 것이 아니다. 감정에 전혀 말려들지 않고 주변 사람들의 행동을 태연하게 서술하는 부분에서, 우리는 괴롭든 기쁘든 슬프든 늘 인생에 깃들어 있는 유머를 보게 된다. 마치 '포레스트 검프'에서 그의 어리석음과 순수함이 주변의 똑똑하다는 사람들에게 오히려 중요한 가르침을 주듯, 크리스토퍼가 지닌 순진하고 담백한 태도는 정확성과 더불어 인생을 관조하는 법을 알려 준다. 크리스토퍼는 자신이 쓰는 책의 장을 소수로 매기면서 이렇게 적고 있다.

"책을 나누는 장은 자연수로, 그러니까 1, 2, 3, 4, 5, 6…… 이런 순서로 나간다. 그러나 나는 이 책의 장들을 소수인 2, 3, 5, 7, 11, 13 등으로 붙여 나갈 것이다. 왜냐하면 나는 소수를 좋아하니까.

내가 소수를 어떻게 찾아냈는지 그 방법을 알려 주겠다.

우선 세상에 존재하는 모든 숫자를 써 보자.

그러고는 먼저 2의 배수를 모두 지운다. 다음에 3의 배수도 지운다. 그리고 4의 배수, 5의 배수, 6의 배수, 7의 배수 등 계속 배수를 지운다. 그리고 남는 수가 소수이다. …… 소수는 모든 규칙들을 지우고 났을 때 남는 수다. 나는 소수가 인생과 같다고 생각한다."

또한 크리스토퍼는 이렇게도 말한다.

 "무언가에 흥미를 가지게 되는 것은, 그것에 대해서 이모저모
 생각해 보게 되기 때문이지 그것이 처음 보는 사물이라서 그런 건
 아니다."

이 책은 이웃집 개의 살해 사건을 다룬 추리소설로 시작한다. 크
리스토퍼는 이 사건의 탐정으로, 또한 그 이야기를 써 나가는 지은
이로 등장한다. 이 책의 작가 마크 해던이 줄거리를 그대로 서술하
지 않고 주인공이 자신의 이야기를 글로 쓴다는 설정을 했다는 것
은, 독자들이 자신의 삶을 객관화해서 바라보도록, 다시 말해 삶이
란 하나의 이야기이며 우리 모두는 그 이야기의 주인공이자 지은이
라는 것을 말하려는 듯하다. 더구나 탐정 노릇을 해야 할 크리스토
퍼는 자폐증 증세마저 보인다. 그러나 자폐증은 세파의 영향에서
스스로를 보호하는 울타리이기도 하다. 크리스토퍼는 자폐증이라
는 유리창 너머로 세상을 무심히, 그러나 섬세하게 바라본다.
 크리스토퍼는 결코 화를 내는 법이 없다. 어른들이 화를 내며 사
는 세상을 묵묵히 관조하며 나름대로 분석할 뿐이다. 엄마는 화를
내며 아빠를 떠나가고, 아빠는 화가 나서 개를 죽이지만 크리스토

퍼는 타인에게 분노하거나 세상에 대해 분개하는 일 없이 그저 '있는 그대로' 바라볼 뿐이다.

또한 이 책은 주인공이 겪는 사건을 통해 내면의 성장이 이루어지는 성장소설이기도 하다. 크리스토퍼는 자기 동네 모퉁이를 벗어난 적이 없었다. 그러나 이웃집 개가 죽은 사건을 계기로 크리스토퍼는 탐정 노릇을 하기 위해 낯선 사람에게 말을 걸며 또한 엄마에게 가기 위해 스스로 세상에 노출되는 길을 택한다. 자폐증을 극복해 가며(그동안 살던 세계에서 벗어나) 런던(더 넓은 곳)으로 가게 된다. 크리스토퍼는 소수를 7507까지 기억하고 있다. 규칙을 좋아하고 규칙이 있어야 안심하는 그는 특이하게도 규칙을 갖지 않는 소수를 좋아한다. 때로 전혀 규칙이 없어 보이는 세상을 소수로만이 아니라 직접 경험하게 된 것이다. 마침내 크리스토퍼는 이렇게 맺는다.

"나는 내가 충분히 해낼 수 있다는 걸 알고 있다. 왜냐하면 나는 혼자 힘으로 런던까지 갔고, '누가 웰링턴을 죽였는가' 라는 미스터리를 풀었으며, 엄마의 집을 찾아냈고 게다가 용감하기 때문이다. 그리고 나는 책까지 썼다. 그 말은 내가 뭐든지 할 수 있다는 뜻이다."

옮긴이 유은영

서울에서 태어나 연세대학교 신학과와 영문학과를 졸업했다.
번역서로는『창의력으로 자신을 차별화하라』
『내 마음속 부처 깨우기』『청바지를 입은 예수』
『십대를 위한 영혼의 닭고기 수프』『인디고 아이들』
『사랑을 잊은 지구형제들에게』『둠스펠 시리즈』등이 있다.

한밤중에 개에게 일어난 의문의 사건

개정2판 1쇄 발행 2018년 6월 29일
개정2판 6쇄 발행 2023년 3월 31일

지은이 | 마크 해던
옮긴이 | 유은영
발행인 | 김은경

펴낸곳 | 문학수첩리틀북
주   소 | 경기도파주시 회동길 503-1(문발동 633-4) 출판문화단지
전   화 | 031) 955-9088(대표번호), 031) 955-9530(편집부)
팩   스 | 031) 955 -9066
등   록 | 2001년 3월 29일 제03-01282호

홈페이지 | www.moonhak.co.kr
블로그 | blog.naver.com/moonhak91
이메일 | moonhak@moonhak.co.kr

ISBN 978-89-5976-236-1 03840

* 파본은 구매처에서 바꾸어 드립니다.
* 문학수첩리틀북은 (주)문학수첩의 유아·아동 브랜드입니다.

《한밤 중 개에게 일어난 의문의 사건》에 쏟아진 찬사들

독창적이고 감동적인 이 소설에 그저 한없이 공감할 뿐.

—뉴요커

마음의 작용을 대단히 정밀하고 인간적인 방식으로 조명한 소설. 예리하게 관찰한 사례 연구 같기도 하고 색다른 '미스터리' 즉, 우리가 너무나도 다른 사람들과 어떻게 생각과 감정을 공유하는지에 관한 예술적 탐험기 같기도 하다.

—엔터테인먼트 위클리

살인 사건 미스터리, 도로 지도책, 현대적 감각 과부하에 관한 포스트모던적 묘사, 성장 일기, 부모의 낭만적 사랑이 거칠게 모순되는 지점과 그 실패의 결과물이 미치는 충격적인 파장…… 이 놀라운 첫 소설로 마크 해던은 영리하고 관찰력 있는 작가임을 증명하며 세상에 엄청난 파장을 불러일으키고 있다.

—워싱턴 포스트 북 월드

해던은 인생이란 사실 정보의 총합이 아니며, 우리는 은유를 통해 자신을 이해할 수 있음을 잔잔한 유머로 일깨운다.

—시카고 트리뷴

아름다운 소설이다…… 가슴이 먹먹해질 정도로 강한 울림이 있고, 오싹하면서도, 감동적이다. 해던은 지금까지 본 적 없는 새로운 유형의 주인공을 창조했다. 따뜻하고 재미있는 이야기 속에서 겸허한 가르침을 주면서, 각기 다른 사람들이 어우러져 가장 멋진 삶을 꾸려갈 수 있음을 보여준다.

—데일리 텔레그래프

색다른 탐정소설이다…… 세상에 있을 것 같지 않은 주인공이 설득력 있는 목소리로 이야기를 풀어간다. 흥미로운 반전이 담겨 있는 작품이다.

—이코노미스트